Drago Jančar

Rauschen im Kopf

ROMAN

Aus dem Slowenischen von
Klaus Detlef Olof

Paul Zsolnay Verlag

Mit freundlicher Unterstützung von KulturKontakt Austria

1 2 3 4 02 01 00 99

ISBN 3-552-04915-0

Satz: Filmsatz Schröter GmbH, München
Druck und Bindung: Franz Spiegel Buch, Ulm
Printed in Germany

Es war im August 1975, als ich in der uralten Strafanstalt der Stadt M. eine Geschichte hörte, die ich hier versuchen werde, bis in die Einzelheiten wiederzugeben. An mehreren Abenden hat ihr Held sie mir unter den verwehten Orchesterklängen erzählt, die von der nahe gelegenen Hotelterrasse durch die Schwüle zu uns heraufsickerten. Ich erinnere mich: Wir standen auf dem Gang an einer Fensternische, deren unterer Teil sich ungefähr in Ellbogenhöhe befand, genau gegenüber der Tür jener Zelle, in der ich diesen Sommer zubrachte. Manchmal nahmen wir uns Stühle mit, obwohl das verboten war. Aber der Erzähler liebte Details. Deshalb ließ sich unser Vorhaben nicht auf die Schnelle und im Stehen verrichten, die ganze Zeit achtete er darauf, daß ich die Dinge auch wirklich fortlaufend notierte. Wenn sein Blick während des Erzählens von einem unbestimmten Punkt zwischen den Gittern abschweifte, ein Blick, der in der dichten, mit den Klängen des Ensembles durchsetzten Abendschwüle in der Ferne, in der Vergangenheit, in einem Traum zu suchen schien, dann suchte dieser seltsame Blick nicht meine Augen, sondern meinen Kugelschreiber. Warum schreibst du nicht? sagte er traurig, wenn der Stift ruhte. Das sind wichtige Dinge. Wenn er sah, daß die Spitze des Stiftes über das Papier glitt, war er geradezu glücklich. Schreib, sagte er, schreib alles auf, das ist Geschichte. Der Erzähler, Augenzeuge und zugleich Teilnehmer des berühmten Aufstandes in der Strafanstalt Süd, hatte mich zu seinem Josephus Flavius erwählt. Er kannte dessen »Jüdischen Krieg« und war überzeugt davon, daß diese Ereignisse, das heißt der jüdische Aufstand und die Belagerung Masadas,

»objektiv betrachtet und im Rückblick« überhaupt nicht stattgefunden hätten, wäre da nicht Josephus Flavius gewesen, der sie genau beschrieb, nicht nur die Ereignisse, oft sogar die Träume der Beteiligten auf beiden Seiten. Und so verhielte es sich auch mit den Ereignissen, deren Zeuge er gewesen war, so verhielte es sich mit seinem ganzen Leben, wäre da niemand, der sie der Geschichte ins Gedächtnis schriebe.

Mein Erzähler war in jeder Hinsicht ein außerordentlicher Mann. Unter allen historischen Führern des Aufstandes in der Livada, die nach dessen Beendigung in die zahlreichen Strafanstalten des damaligen großen Staates verlegt wurden, weil die Sache möglichst rasch in Vergessenheit sinken sollte, um niemand als Vorbild dienen zu können und um jede Spur auszulöschen, unter diesen berühmten einzelnen genoß er sicherlich das höchste Ansehen. Seine Spuren ließen sich nicht verwischen, ein Kometenschweif epischer Taten zog sich hinter ihm her, wohin er auch ging. Noch zu Lebzeiten war er zur Legende geworden. Als ich in das uralte Gefängnis der Stadt M. kam und im Kellerverlies, das dort »Durchgangszimmer« hieß, auf meine Verlegung in die oberen Stockwerke wartete, stürzte ein junger Häftling mit langer Haftstrafe ans Fenster und rief wie im Fieber: Er ist hier, Keber! Ich konnte nichts anderes sehen als Beine, von den Füßen bis zu den Knien, viele Beine in grauen Hosenröhren und schweren Stiefeln, die wie ein einziger Tausendfüßler am Fenster vorüber ihre Nachmittagsrunden drehten. Ich war ein gewitzter Bursche und fragte, wieso er wisse, daß es Keber sei, ich sähe nämlich nur Stiefel und Hosenröhren. Der wartende Kollege sagte trocken, eine Spur verächtlich: Er schlurft. Ich weiß nicht, welche Verachtung mich getroffen hätte, würde ich die Frage ausgesprochen haben, die ich auf der Zungenspitze hatte, nämlich: Wer ist Keber? Das wäre so gewesen, als hätte ein Student der Geschichte gefragt, wer Spartakus gewesen sei, oder Robespierre. Keber war ein Name, der in diesem Sommer im Gefängnis von M. mit Ehrfurcht ausgesprochen wurde. Nachts gingen über ihn und sein Leben Flüstergeschichten von Mund zu Mund, bei denen es gewöhnlichen Dieben, Fälschern und Vergewaltigern den Atem verschlug: Keber hatte in Vietnam, das grüne Barett auf dem Kopf, zwischen Toten geschlafen, er hatte mit dem Schiff Ozeane überquert, vor ihm hatten in der Dominikanischen Republik Generäle in Unterhosen gezittert, in Rußland hatten Frauen seinetwegen Selbstmord begangen; als ihn die Polizisten wegen Postraubs und Verrats festnehmen wollten, mußten ein ganzes Bataillon mobilisiert, ein Laibacher Stadtviertel abgeriegelt und alle Ausgänge der Stadt kontrolliert werden. Und doch hätten alle diese und viele andere berühmte Taten nicht in solcher Glorie geglänzt, wäre Keber nicht auch der gewesen, der den großen Aufstand in der Livada ausgelöst und durchgehalten hat bis zum Ende. Nach der Version, die mir als einzige zur Verfügung stand, und das ist die Version aus dem Gefängnis der Stadt M., war Keber der erste und auch der letzte Held der bislang ungeschriebenen Geschichte dieses berühmten Aufstandes. Vielleicht sehen andere Anführer, deren Taten in dieser Historie ebenso verzeichnet sind, die Rolle des einzelnen in der parallelen Geschichte der Menschheit »objektiv betrachtet und im Rückblick« anders, aber ich frage: Wen von ihnen würde man schon durch das Fenster einer Kellerzelle erkennen, sähe man ihn nur von den Füßen bis zu den Knien? Sein berühmter schlurfender Gang, über dem sich der etwas gedrungene Körper in entsprechendem Rhythmus bewegte, sein erhobener Kopf mit den Geheimratsecken, mit dem in die Ferne, das heißt bis zur ersten Wand, und doch irgendwie in die Ferne, das heißt durch die Wand hindurch, gerichteten Adlerblick, dorthin, wo es Meere, Wüsten und Wälder, Großstadtstraßen und die Wellenbrecher ferner Häfen gab.

Doch auch große Persönlichkeiten haben ihre kleinen Schwächen. Auch Keber hatte sie. Genaugenommen waren es zwei, und auch mit denen würde ich mich hier nicht beschäftigen, wären sie nicht von schicksalhafter Bedeutung für den gewaltigen Beginn und die stürmische Entwicklung des Aufstandes in der Livada. Auf die eine wurde ich sehr bald aufmerksam. Er erträgt keine ungehörigen, obszönen, beleidigenden Gesten: den gestreckten Mittelfinger, den im Ellbogen abgewinkelten Arm, den schamlosen Griff an die eigenen Hoden, nicht einmal einen Zahnstocher im Mund. Er verlangte, daß sich die Menschen in seiner Gegenwart geziemend benehmen, und sei es für die Umgebung noch so ungewöhnlich. Wer diesen *bonton* nicht wahrte, wurde ermahnt, bei erneutem Delikt erging es ihm dann nicht mehr gut. Seine zweite Schwäche war gefährlicher, denn hier erfolgte keinerlei Warnung, sondern die sofortige Strafe, ein Ausbruch unvermittelter Wut, der mit einer Verletzung oder mit der Zertrümmerung der Wohnungseinrichtung endete. Noch weniger als obszöne Gesten, bei denen er sich immerhin Zeit zum Überlegen nahm, ertrug er das Kratzen von Eßbesteck auf dem Teller. Ich habe selbst gesehen, wie eines Tages sein Blick starr wurde, wie seltsame Schatten über sein Gesicht zu wandern und alle Muskeln bis hin zu den Geheimratsecken an den Schläfen zu schwellen begannen, wie seine Kiefer mahlten und im Nu am Tisch Stille herrschte. Die Umsitzenden rissen dem Unglücklichen, der noch immer mit dem Löffel auf dem Blechboden herumkratzte, das Besteck aus der Hand und warteten, was passieren würde, ob es für ihn glimpflich abgehen oder ob es schlecht ausgehen würde. Damals ging es glimpflich vorüber. Ich habe so ein metallisches Rauschen, erklärte er mir am Abend, denn zu dieser Zeit war ich schon sein Chronist und genoß sein Vertrauen. Ich habe so ein rauschendes Klingen im Kopf. Man darf nicht im Teller herumkratzen, sagte er, dann kriege ich dieses Klingen. Bei manch einem klingelt es im Kopf, sagte ich. Es klingelt nicht, sagte er zornig, ich bin kein Glockenturm. Sondern es klingt, zzz, ein hoher Klang, metallisch rauschend. Das ist gefährlich, sagte er, dabei kann einem ein Äderchen im Kopf platzen. Wenn ich daran denke, sagte er, klingt es bei mir noch stärker.

In den Verhältnissen, unter denen er auf dem Schiff, in den Kasernen und Strafanstalten gelebt hatte, war beidem natürlich schwer zu entgehen. Deshalb war dieses rauschende Klingen in seinem Kopf ziemlich häufig, und öfter geriet er in erhebliche Schwierigkeiten. In noch größere Bedrängnis aber gerieten diejenigen, die von den beiden Schwächen des großen Mannes nichts wußten.

So wenig er obszöne Gesten und das Kratzen mit dem Eßbesteck im Teller ertrug, so sehr liebte er das Gleiten des Kugelschreibers über das Papier, jenes Gleiten, das seine Taten und Gedanken festhielt. Manchmal schien mir, daß er die Abendstunde kaum erwarten konnte, wenn wir uns an die Arbeit machten, wobei wir uns auch hinsetzten. Ab und zu war er schon vor mir am Fenster auf dem Gang. Er kam aus der geschlossenen Abteilung, wie ihm das gelang, habe ich nie herausgekriegt. Schließlich mußte er durch eine dicke Eisentür. Aber jeden Abend war er da, und jeden Abend fand das Erzählen seine Fortsetzung. Die Zeit zwischen dem Abendessen und der zehnten Stunde, wenn die Schlafenszeit begann, war Freizeit, was immer zugleich Leerzeit bedeutete. Die Zellentüren standen zum Gang hin offen, manche füllten ihre Leere mit dem Durchforsten der Erinnerungen, andere mit Gesprächen, dritte mit heimlichem Trinken. Zwischen die mächtigen österreichisch-ungarischen Gemäuer, die uns tagsüber so angenehm vor der Sommerhitze schützten, kroch an den Abenden unmerklich die betäubende Augustschwüle, und mit ihr kamen die Klänge des Ensembles, das auf der Hotelterrasse auf der anderen Seite der breiten Straße spielte. So war diese Freizeit infolge der Klänge noch mehr die Zeit für Hohlräume in Brust und Kopf. Abendleere – von den einen als Erinnerungsproblem, von den anderen als Angst gesehen und von gelehrteren Leuten als Melancholie bezeichnet – ist ein merkwürdiger Zustand, der mit etwas festgestampft werden muß. Der Held dieser Geschichte und ihr Chronist füllten sie Abend für Abend mit den realen und traumhaften Ereignissen aus der Geschichte des Großen Aufstandes. Und so mischten sich zwischen die Mauern unter den Klängen der Elektroorgeln und -gitarren auch das Echo der großen Schlachten und der Widerschein der Brände, die die aufständische Livada erhellt hatten, die mutigen und die weniger mutigen Taten. Kurz vor zehn spielte die Hotelkapelle *Besa me mucho*, was bedeutet: Küß mich wild, und es stellte sich heraus, daß auch dieses Lied eine Augenblicksschwäche des legendären Mannes war. Er wurde dadurch irgendwie gereizt, aber hier drinnen darf man sich niemals Gefühlen hingeben, niemals. Trotzdem kam dann noch diese oder jene Bemerkung zu Leonca oder zu den zwei Frauen aus Odessa. Manchmal begann er mit einem Fluch – dieser Fluch hatte nichts Obszönes, dieser Fluch war nur eine emotionale oder rhetorische Krücke – und fuhr in kurzen Sätzen fort, über eine längst vergangene Liebe zu sprechen, die ich erst später in das Gewebe seiner heroischen Erzählung einknüpfen konnte.

Anscheinend hatte bei seinen vielen Reisen und Feldzügen der Besuch von Masada, der uralten jüdischen Festung am Toten Meer, eine besonders starke Wirkung. Diese Reise zählte nicht zu seinen legendären Taten, sie war nur ein kurzer Besuch mit Leonca gewesen, doch hatte sie einen so mächtigen Eindruck in ihm hinterlassen, daß er in Gedanken und beim Erzählen unablässig zu ihr zurückkehrte. Diese Reise, von Jaffa über Jerusalem und das Tote Meer nach Masada, hatte irgendwie Besitz von ihm ergriffen. In der letzten Stunde, bevor wir uns trennten, erinnerte er jedesmal mit einem Satz an diese Reise. Er scheint dort eine besondere Erleuchtung gehabt zu haben. Er konnte oder wollte nicht sagen, welcher Art, ich schließe das aus dem, daß Menahem, Eleazar und all die anderen von tiefem Glauben und von ihrem großen und schrecklichen Gott getriebenen Rebellen um so mehr von ihm Besitz ergriffen, je mehr sein wirkliches Leben von den metallischen Geräuschen tellerkratzender Löffel und von obszön gestreckten Mittelfingern beherrscht wurde.

Wenn das Orchester auf der Hotelterrasse sein *Besa me mucho* zu Ende gespielt und die breit schnarrende Glocke verkündet hatte, daß jetzt Schlafenszeit sei, wenn die Riegel eingerastet und die Schlüssel der Wärter abgerasselt waren, wenn die letzten sexuellen Belästigungen, das Räuspern, die Pißstrahlen in der Muschel, das Hinundherdrehen und die ersten Schnarchtöne ausgestanden waren, dachte ich jede Nacht an diesen Mann, an sein Leben, an den Aufstand, den er siegreich zu Ende geführt hatte. Die Flügel der Phantasie, die jede Nacht um alle versperrten Räume dieser Welt flattern, sind frei und mächtig. Deshalb braucht man sich nicht zu wundern, wenn der Held unserer Geschichte oftmals längst vergangene Geschehnisse in Judäa mit jenen verknüpfte oder sogar verwechselte, die er selbst erlebt hatte, Träume, die in den Gefängnissen von denselben Flügeln getragen werden, mit der realen Situation vertauschte, Himmelspfade mit dem Gewimmel der Unterwelt.

Ich notiere und verbinde sie eben so, wie ich sie mitbekommen habe.

Seit damals sind zwanzig Jahre vergangen, seit dem Aufstand in der Livada noch etwas mehr. Der Jüdische Krieg und die Belagerung von Masada liegen fast 2000 Jahre zurück. Wer also soll die Hand ins Feuer legen für die exakte Bedeutung und den Klang jedes einzelnen Wortes, das hier notiert wurde? Ich habe versucht, ein möglichst wahrheitsgetreuer Berichterstatter zu sein, mindest so, wie unser

Held, der Erzähler, es versucht hat. Nur bei seinen häufigen Vergleichen zwischen dem Aufstand der Livada und dem Jüdischen Krieg mit der Belagerung von Masada habe ich mir einige kurze historische Erklärungen mit Hilfe des Josephus Flavius gestattet, damit sich der Leser zumindest annähernd vorstellen kann, was unser Held, außer dem häufigen Rauschen, im Kopf und im Sinn hatte.

Damals habe ich noch nicht gewußt, daß dieses rauschende Klingen von den Meeresweiten stammte, wo unsichtbare Signale in die Telegrafistenkajüten wandern. Je verschlossener ein Raum ist, desto mehr ferne Klänge und wandernde Träume gibt es in ihm.

Häufig waren es Träume, die in seinem Kopf waren, und mit Träumen hatte seinem Erzählen nach alles angefangen. Aber wie es für den alten König Herodes, dem im Traum ein Adler die Augen aushackte, eine schreckliche Prophezeiung war – die Zerstörung des Tempels, der Aufstand in Judäa, das Ende des Königtums –, so waren auch seine Träume die Vorboten einer Naturgewalt, die über die Livada hereinbrach. Denn auch in diesen letztlich hinweggeschwemmten Träumen hatte jemand, eine Frau, klingende Konserven geöffnet und hatte in seinem Kopf eine Echse gehaust, und was konnte das anderes sein als eine böse Prophezeiung.

In seinem Kopf war eine unerträgliche Sehnsucht: das Rattern eines Zuges aus der Kindheit, die Meeresfläche, über die ein Schiff gleitet, ein warmes Zimmer einer Frau in der Vorstadt. Die Sehnsucht war so unerträglich, daß sie sich ins Nichts verwandelte, daß sie Kopf und Welt zersprengen wollte.

1

Bevor alles brannte, sagte Keber, bevor alles in Rauch, Feuer, Lärm, Zerstörung und Sirenengeheul unterging, bevor der tosende Strom des Bösen durch die Livada ging, bevor diese schlimme Geschichte ihren Anfang nahm, war es still, ganz still, wie bei der Entstehung der Welt. Ich träumte, ich wäre in Odessa, ich träumte, ich läge in Odessa, und zuerst war um mich nichts, dann war da das Bett, dann wußte ich, daß um mich diese kleine Wohnung war, und noch immer war es ganz still. Dann begann ein ganz leichtes Scharren in der Wand oder im Fußboden oder irgendwo, als wäre da ein Käfer oder ein Kakerlak am Stemmen. Gleichzeitig mit diesem Scharren kam das Plätschern des Meeres, das das Scharren übertönte, und ich wußte, daß es mir gut ging, obwohl jemand irgendwo unablässig am Stemmen war. Im Traum öffnete ich die Augen, ich erinnere mich genau, da hing eine Decke, mit der die Wohnung geteilt war, ich öffnete die Augen, und auf dem Bettrand, ganz nahe und trotzdem entfernt, saß Mascha. Sie lächelte, sie sagte nichts, und trotzdem hörte ich, daß sie sagte, du hast lange geschlafen, den ganzen Vormittag. Das war im Traum, wenn alles anders und zugleich völlig wirklich ist. Jetzt kamen Töne, noch immer vertraut, obwohl dieses Käferscharren und -stemmen nie ganz aufhörte. Mascha, sagte ich, ihr habt einen Kakerlak, eine Eidechse, eine Echse in der Wand, ich höre sie. Mascha schüttelte lächelnd den Kopf. Das ist keine Echse, sagte sie, ohne es wirklich zu sagen, das ist Mama.

Jetzt war ich im Traum schon fast wach. Von der Straße wehte ein warmer Schwarzmeernachmittag, er brachte diese beruhigende Geräuschkulisse, Rufe von Kindern, Hundegebell, im Hintergrund war der Hafenlärm zu erahnen, der Heulton eines anlegenden Schiffes, das Gemurmel der wartenden Menge auf dem Kai. Mascha lächelte mir zu, ich spürte die duftende Wärme ihres Körpers. Ich bin in Odessa, dachte ich, das Schiff fährt erst in vierzehn Tagen, Mascha ist warm vom Schlaf, in der Wand stemmt eine Echse, aber leise, ganz leise. Mascha, sagte ich, mir geht es gut, sagte ich, ohne es wirklich zu sagen, Mascha, ich werde hierbleiben.

Dann wanderte dieses Scharren und Stemmen in der Wand und im Fußboden weiter in den Raum, ich stützte mich auf die Ellbogen, was ist das? Nichts, nichts, sagte sie. Das ist Mama, sie öffnet die Konserven. Das waren die Konserven, die ich vom Schiff mitgebracht hatte, denn in Odessa gab es keine Lebensmittel, es herrschte Not, es war eine kleine Wohnung, ein Zimmer, geteilt durch eine Wolldecke, in ihm wohnten Mascha und Katharina, ihre Mutter, die wie die Echse in der Wand ekelhafte metallische Geräusche hervorbrachte. Und auf einmal war es nicht mehr schön, auf einmal wußte ich nicht mehr, ob es überhaupt noch ein Traum war. Katharina, rief ich, denn jetzt war das Stemmen schon fast in meinem Kopf, du stemmst mir ein Loch in den Kopf mit deinen Konserven. Katharina war tatsächlich eine große Frau, die Seeleute nannten sie Katharina die Große, sie hatte mächtige Brüste und noch mächtigere Hände, die das Massieren und alles andere beherrschten – und mit diesen mächtigen Händen drechselte sie metallene Konservendeckel. Katharina brummte von der anderen Seite etwas Mürrisches und drechselte noch lauter, noch schärfer, noch metallischer in meinen Kopf hinein. Das ertrage ich nicht, sagte ich. Ich zeigte Mascha, was ich nicht ertrage: diesen schrecklichen metallischen Klang, dieses Fräsen der beiden Metalle, Ameisen laufen mir die Wirbelsäule hinunter und hinauf in den Kopf, wo dann dieses rauschende Klingen anfängt. Seit der Kindheit kann ich das nicht ertragen. Ich zeigte Mascha, was ich nicht ertrage, dieses Scheuern. Mama, hör auf, rief Mascha auf russisch. Mama hörte nicht auf, und auch wenn sie aufgehört hätte, wäre es zu spät gewesen, die Ameisen waren schon im Kopf, dieses rauschende Klingen war bereits im Kopf. Sie war schon drinnen, die große Echse, die unter dem Schädelboden fräste, mit scharfen Zähnen zerbiß sie das Innere, zerhackte die Metallteile, die Schiffssirene fing an zu heulen, die Kinder von der Straße kreischten schrill, ich sprang auf, Mascha schrie etwas, Mama hörte auf, aber es war schon zu spät. Der metallische Klang, die metallene Echse, die Schiffssirene, alles hatte sich ausgewachsen zu diesem Rauschen im Kopf, das mir den Schädel sprengt. Ich sprang auf.

Die Anstaltsglocke mit ihrem metallischen Konservenfräsen hackte in die Nacht, schnitt schrill die Nacht vom Morgen, im Kopf war es stumpf vom Gewicht der Echse und scharf von ihren Zähnen. Plötzlich gab es weder Mascha noch das Plätschern des Meeres, noch das Schiff, das darauf wartete, daß ich mit ihm in vierzehn Tagen, oder wann ich will, auslaufe, nichts gab es mehr, außer diesem Klang im Raum, in der Zelle, in den Gängen der großen Strafanstalt und im Kopf, vor allem im Kopf.

2

Ich schloß die Augen und zog mir die Decke über den Kopf und suchte nach Odessa, nach Mascha, nach dem freien Schiff, das ungeduldig auf das Auslaufen wartete. Aber in der Ecke der Zelle zog jemand am Griff, das Wasser rauschte und spülte die Träume und mit ihnen die letzten Reste von Odessa in die Knastkloake.

Jetzt gab es tatsächlich keine Welt mehr, es gab kein Lächeln und keine duftende Wärme von Maschas jungem Frauenkörper, keinen offenen Hafen, alles war weggeschwemmt, es gab die verfluchte Gefängniszelle, und es gab das Wegschwemmen von verfluchter Menschenscheiße hinter dem schweren, fettigen Leinenvorhang. Im Morgendämmern kam jemand aus dieser stinkenden algigen Lache. Er knöpfte sich die Hose zu. Wir sind hier, Keber, und nicht in Odessa. Nichts ist geblieben, außer der Echse im Kopf und ihr Nagen.

Die Glocke verstummte mit schnarrendem Röcheln, allerdings nicht im Kopf, nicht im Kopf. Dort blieb dieses Rauschen den ganzen Tag über mehr oder weniger stark. Den ganzen Tag wanderte es mit mir, bei jedem Schritt spürte ich sein Schwanken, die Echse, die sich unter dem Schädel leicht bewegte, den Adler, der die Augen aushackte, das Fräsen der Konserven, das Meißeln der Metallglocke, die in die Hirnmembrane ritzte.

Ich erinnere mich genau, daß ich beim Mittagessen Johann mit der Gabel an seine Goldzähne klopfen hörte.

»Kannst du damit aufhören?« sagte ich.

»Womit soll ich aufhören?« sagte er, »mit dem Fressen?«

»Mich zu verarschen«, sagte ich, warf den Löffel auf den Tisch und ging zum kleinen Fenster der Kantine, wo ich wartete, bis die Tür zum Eßraum geöffnet wurde, um dann mit der Herde hinauszutrotten.

»Was ist los mit dir, Mann?« kaute Johann, der mir mit einem Zahnstocher zwischen den Goldzähnen nachkam. Ich sagte, ich hätte ein leises rauschendes Klingen im Kopf.

»Scheint mir auch so«, sagte er und steckte sich einen weiteren Zahnstocher in den Mund, »bist du nicht ein bißchen nervös?«

Natürlich war ich ein bißchen nervös, ich sage ja nichts. Aber weit entfernt von dem, was später behauptet wurde, ich sei deshalb nervös gewesen, weil kein Brief von Leonca da war, weil das Essen ein Dreck war, weil sie mich nicht in eine andere Zelle verlegt hatten, weil sie die Basketballübertragung nicht sofort genehmigt hatten und alles andere, was das Papier eines Protokollanten und das Geschwätz von Beamten und Knastpsychopathen so hergeben. Nichts von alledem.

Natürlich gibt es Tage, an denen die Luft elektrisch geladen ist, wenn keiner dem anderen auf die Füße treten darf, natürlich gibt es Tage, an denen sich eine böse Stunde ankündigt. Heute wissen alle, daß dieser Tag so einer war. Hinter den Holzstapeln lief eine Sauferei, Teršič hatte Besuchsverbot ausgegeben, das mit dem Basketball zogen sie bis in den Abend hin. Ich weiß nicht, was in den Archiven des Justizministeriums und der Polizei steht, es kümmert mich auch nicht. Ich habe den Fernseher ins Fenster geknallt, ich war derjenige, der den Apparat gepackt und ins Fenster geschmissen hat, daß es nur so gekracht und er sich zwischen Fensterrahmen und Gitter verkeilt hat. Ich weiß, wie es angefangen hat, und warum. Und auch alles, was danach geschah, nachdem es begonnen hatte, der Sturzbach der aufgestauten Gewalt, der den Damm weggerissen hat, alles das hat in meinem Kopf und in den Träumen jener Nacht und jenes Morgens begonnen.

3

Was mich so wütend gemacht hat? Der Alte hat mich später, als alles zu Ende war, als Masada gefallen war, gefragt, was mich so wütend gemacht habe. Eine Unanständigkeit, sagte ich, eine unanständige, obszöne, schweinische Geste. Ich sagte nicht, daß ich schon dieses Klingen im Kopf hatte, seit dem Morgen, seit den Konserven, seit der Glocke und dem Wegschwemmen des Schlafs. Daß es sich dann, zu Beginn der Basketballübertragung, beruhigt habe, und daß es bei dieser Unanständigkeit des kleinen Wärters Albert einen mächtigen Ruck in meinem Kopf gegeben habe, daß die Echse ihre Zähne mit so starkem metallischem Klang in meine Hirnhaut geschlagen habe, daß ich wirklich wütend wurde. Der Alte konnte sich eines Lachens nicht erwehren. Entschuldigen Sie, sagte er, ein bißchen komisch ist es aber doch. Der gute alte Mann hatte sein ganzes Leben unter Häftlingen zugebracht, er war Direktor vieler Strafanstalten gewesen, er verstand sich auf Unanständigkeiten. Das ist nicht komisch, sagte ich, der Mensch hat die ganze Zeit provoziert, er hat sich vor den Bildschirm gestellt, und dann hat er mit diesem Schlagstock herumgeschweinigelt. Ein Wärter hat nun manchmal einen Schlagstock, sagte der Alte. Er hat ihn sich in das Loch zwischen den Fingern gesteckt, er hat mit diesem Schlagstock vor aller Augen gewichst. Ach so? sagte der Alte. Das ist aber wirklich unanständig. Ziemlich schweinisch, sagte ich. Im amtlichen Protokoll heißt es, sagte der Alte, der Krawall habe deshalb angefangen, weil er die Übertragung unterbrochen hat. Das war später, sagte ich. Dieser Mann, sagte ich, dieser Albert, war ein großes Schwein. Und wegen der unanständigen Geste dieses Mannes mußte alles kurz und klein geschlagen werden? Der Jüdische Krieg, sagte ich, hat auch wegen einer unanständigen Geste angefangen. Kommen Sie, Keber, sagte der Alte, die Geschichte ist etwas anderes. Nichts anderes, sagte ich, ein römischer Soldat hat mit einer solchen Geste die Juden beleidigt. Und einem ist der Film gerissen, er hat einen Stein genommen, dann haben sie die Stadt demoliert. So hat es angefangen. Mich hat eben Wärter Albert mit seinem Schlagstock wütend gemacht, mit seinem dikken Hintern, den er vor den Bildschirm geschoben hat, vor allem aber habe ich an diesem Tag von morgens an den ganzen Tag über dieses Klingen im Kopf gehabt.

4

Wie ist es eigentlich zu dem Aufstand im Jahre 66 gekommen, der sich zu Zerstörungen, Brandlegungen, Belagerungen, zu einem langwierigen Krieg auswuchs? Was hat ihn ausgelöst? Josephus Flavius meint, die Ursache dafür sei eine alte Prophezeiung gewesen. Eine doppelsinnige Prophezeiung, die man in den heiligen Schriften gefunden habe, habe den Juden verkündet, daß jemand aus ihrem Land Herrscher der Welt werde. Andere Historiker meinen, daß in dieser Zeit in Palästina aus religiösen und sozialen Gründen eine Atmosphäre der Verunsicherung, Gespanntheit und Unordnung entstanden sei, die sich unablässig gesteigert habe. Die unmittelbare Ursache aber sei ein Vorfall gewesen, der sich während der Feier der Osternacht ereignet habe. Ein römischer Soldat, der am Zugang zum Tempel Wache hielt, habe in Jerusalem mit einer obszönen Geste die Pilger beleidigt. Eine obszöne Geste ist der Anfang alles Bösen. Zwei Jahrtausende lang hat sich diese Geste in der lateinischen Kultur erhalten. Daumen und Zeigefinger der linken unanständigen Hand bilden einen Kreis, den Zeigefinger der rechten unanständigen Hand steckt der Unanständige in diesen Kreis, das heißt, in das Loch. Der römische Soldat soll den Griff seiner Lanze durch das Loch gesteckt haben. Das habe er so lange getan, bis die Pilger vor Wut gekocht haben. Eine große Menschenmenge sei nach Cäsarea gezogen, um gegen diese Beleidigung zu protestieren. Der römische Prokurator wollte den Volkszorn besänftigen, indem er den Schuldigen hinrichten ließ. Aber er habe damit zu lange gezögert. An verschiedenen Enden gab es schon Zusammenstöße. In Jerusalem herrschte bald darauf das Chaos. Der Aufstand schwoll an, es kam zu Massakern, die Aufständischen machten die Kohorte des Cestius Gallus nieder, besetzten Masada und metzelten die Besatzung nieder. Von diesem Moment an waren die Juden einmütig für Krieg. Titus marschierte nach Jerusalem, wo der Bürgerkrieg tobte und der Hunger wütete. Die Römer zerstörten den Tempel, die erste der alten Prophezeiungen war erfüllt. Die Juden metzelten landauf, landab ganze römische Garnisonen nieder. Es kam die Zeit der Erfüllung der zweiten Prophezeiung, die Zeit des Gesalbten und Berufenen, die Zeit des Menahem.

5

Es hörte erst auf, das Klingen im Kopf, als ich endlich diesen Fernseher in das Fenster gepfeffert hatte. Ich knallte den Apparat mit all seinen Basketballern und der brüllenden Menge dazu zwischen die Gitter, und das Klingen hörte auf; und so hat es angefangen. Damals hat es angefangen, das kann jeder bestätigen, der dabei war. Nichts war organisiert, mit diesem Gerät hat es begonnen. Vor meiner Nase hatte es dieser Zwerg mit dem Schlagstock ausgeschaltet. Er hieß Albert, war klein und irgendwie ausgezehrt. Dennoch hing ihm unter dem Kinn ein schönes Stück Fleisch herunter, er hatte einen fetten Hals, er war ein kleines Schwein mit ausgezehrter fleckiger und bläßlicher Haut, die er vom Leben im Gefängnis gekriegt hatte. Der Kleine leuchtete einem gern in ein bestimmtes Loch hinein, wenn einer vom Urlaub zurückkam, auch wenn er nur einen Tag draußen gewesen war. Er zog sich gern einen Gummihandschuh über und steckte dem Mann den Finger ins Loch. Gern kam er in die Einzelzelle, um einen zu verprügeln. Auch schob er einem unmittelbar vor der Morgeninspektion eine Flasche oder ein Messer im Spind unter, so daß der Betroffene anschließend Einzelzelle bekam. Der kleine Albert war bekannt als großes Schwein. Das war der Anfang.

Den ganzen Tag haben wir darüber verhandelt, ob wir

uns die Übertragung des Basketballfinales anschauen dürften. Unsere Jungs spielten gegen die Amerikaner, wir wollten das sehen, auch Häftlinge sind dann und wann Patrioten. Patrioten hin, Patrioten her, sagte Erzieher Teršič, beim letzten Spiel hat es Unruhen gegeben. Zwei, die Anhänger unterschiedlicher Clubs waren, haben sich geprügelt, einer mußte genäht werden. Das war Fußball, sagten wir, Basketball ist etwas anderes. Am Abend kam der Alte angefahren und genehmigte die Übertragung. Wenn wir garantieren, daß es friedlich zugeht. Wir gaben die Garantie. Es brauchen keine Wärter dabeizusein, keine Aufseher. Die Wärter werden dabeisein, sagte er, ohne geht es nicht. Gut, sagte ich, aber nur einer, damit die Leute nicht gereizt werden. Fünf, sagte er, gut drei, sagte ich, gut drei, sagte der Alte. Wir hatten uns geeinigt. Drei Wärter werden im Saal sitzen, sagte der Alte. Wenn sie friedlich sind, sagte Johann. Der Alte lachte, er war ein gutmütiger Kerl. Keber, sagte er, du bist mir verantwortlich, du warst Soldat, auf dich hören sie. Gut, sagte ich, ich bin verantwortlich. Ich gebe zu, daß ich mich auch ein bißchen geehrt gefühlt habe. Der Alte wußte das. Er sagte zu niemand, was Psychologe Teršič oder Schwein Albert sagten: Parasit, Psychopath.

Ich gab die Garantie, wir sehen uns das Basketballspiel an und ciao, wir gehen schlafen. Es wird keinen Scheiß geben, sagte ich, das garantiere ich Ihnen. Das ging alles sehr schnell, unmittelbar vor Spielbeginn hatten wir uns endgültig geeinigt. Und so, wie wir abgemacht hatten, wäre es auch gewesen, hätte nicht der Zwerg neben dem Fernseher gestanden und den Schlagstock in der Hand gehalten, und hätte er mit ihm nicht großspurig und obszön an seine Hose geklopft und ihn unter den Eiern gewiegt und ihn dann ganz widerlich und obszön gewichst wie einen Schwanz. Er hat uns zur Weißglut gebracht, das Schwein Albert, die Nerven waren am Zerreißen, und dann ging's ziemlich schnell. Jemand sagte zu ihm, ich glaube, es war Ban, Ban erträgt keinen Schlagstock neben dem Fernseher, wenn er ein Basketballfinale sieht, er sagte zu ihm, hören Sie, Herr Aufseher, verziehen Sie sich doch bitte zum Fenster, wir wollen hier Basketball sehen. Doch der stellt sich noch breitbeiniger hin, das kleine Ferkel, anstatt abzuschieben. Die beiden anderen standen schön am Fenster, angelehnt, die Hände in den Taschen, wie es sich gehört: So weißt du wenigstens, daß sie nichts von dir wollen. Das kleine Herrchen aber schob die Beine noch weiter auseinander, obwohl ihn Ban höflich gebeten hatte, sich gefälligst zu verziehen. Er hatte sogar Aufseher zu ihm gesagt, Herr Aufseher, und das bedeutet immer, daß man etwas gütlich bewirken will; wenn man nämlich einem gewöhnlichen Wärter, einem Schwein, eine höhere Charge zuteilt, wenn man zu ihm Herr Aufseher sagt, und auch wenn der Herr Aufseher weiß, was sich ein Ban dabei denkt, nämlich: du Schwein, verzieh dich. Hinten fingen sie an zu murren, und sofort gab es Geschrei, und ich sah, daß es nicht gut ausgehen würde. Auf dem Parkett wärmten sie sich auf, in blauen und gelben Dressen, und einer hängte sich an den Korb, so daß sie den erst wieder in Ordnung bringen mußten. Das ist das Schönste, die feine Erregung vor dem Spiel, alles ist noch offen, du weißt nicht, was wird. Die Arena war ziemlich aufgeheizt, dort in der Halle, wo das Finale stattfand, aber hier war es ziemlich aufgeheizt und trotzdem noch friedlich, nur die Stühle rückten in einem fort hin und her. Das konnte ich nicht verhindern, ich erreichte, daß sie nicht brüllten, das hatten wir abgemacht, du kannst aber einen Menschen nicht daran hindern, daß er mit dem Stuhl rückt. Ich weiß nicht, wie viele wir da drinnen waren, vielleicht hundert, Wärter aber nur drei, so wie abgemacht, zwei waren positiv, der dritte war ein Wichser, er stand dort neben dem Fernseher und wichste uns in den Kopf mit seinen zusammengepreßten Schweinsaugen und mit seinem Schlagstock, den er unentwegt schälte wie einen Schwanz. Wenn jemand den Aufstand in der beschissenen Strafanstalt ausgelöst hat, dann war es dieser kleine Wichser, und nicht ich, wie später geschrieben wurde. Vielleicht habe ich ihn ausgelöst, aber er hat ihn verursacht. Ich beugte mich vornüber und sagte leise zu ihm, er mußte mich hören, obwohl er neben dem Apparat stand, Herr Aufseher, sagte ich, Herr Albert, seien Sie nicht obszön mit diesem Schlagstock.

Ich sah, wie ihm das Blut in den Kopf schoß. Das Spiel hatte begonnen, dort in der Halle herrschte ein Tornado, unsere zogen auf sechs null davon, das hatte natürlich noch nichts zu bedeuten, ließ allerdings die Temperatur ansteigen, dann stand es zehn vier, und die lausigen Neger, diese Banausen, wurden etwas nervös. Auch hier stieg die Temperatur in den letzten Reihen etwas an, so daß ich einmal aufstand und mich zum Saal umdrehte und die Arme hob, und Gott, wenn es ihn irgendwo gibt, ist mein Zeuge, daß ich sie wieder zur Räson brachte. Es schien, als würde es dem Kleinen einfach nicht passen, daß ich es war, der für Ordnung sorgte, und nicht er, ich weiß nicht, was er hatte, daß er zwei Mal absichtlich, wie ungewollt, aber natürlich absichtlich, direkt vor den Apparat trat und mit seinem dicken Hintern den Bildschirm verdeckte, das Spiel unterbrach, den Hals reckte und in die letzte Reihe spähte, als ob er sich nicht zum Fenster verziehen und dort auf die Zehen steigen und seinen fetten schweinischen Hühnerhals recken konnte. Beide Male erhob sich natürlich Lärm im Saal: Es schien mir schon, daß man etwas unternehmen müsse, jemand rausschmeißen oder so. Damals habe ich es schon gewußt, nicht mit irgendwelchen räudigen Häftlingen, nein, das mußte man mit dem kleinen Albert machen, mit diesem Schwein, das wieder breitbeinig dastand und wieder sein hartes Leder schälte. Hinten waren Aufforderungsrufe an den dicken Wärter Dolenc zu hören, der seine Hände in die Taschen gezwängt hatte und auf etwas kaute, er solle den Kleinen dort abziehen, Dolenc kümmerte sich nicht darum, sie mischen sich nicht gern in die Angelegenheiten anderer, soll jeder machen, wie er es versteht. Aber es wäre gut gewesen, wenn damals der Dicke seinen Hintern bewegt und dem Kleinen gesagt hätte, er solle aufhören zu provozieren mit seinem Herumgeschaukle, seinem Halsrecken und seinem nervösen Stockwichsen, er solle uns einfach etwas weniger verarschen. Denn das war damals der letzte Zeitpunkt, an dem das geschehen konnte.

Auch Albert mußte wissen, was ich wußte, daß es nicht gut war. Sein fleckiges Gesicht zog sich zusammen, vor Nervosität sog er die Luft durch alle Löcher seines Körpers. Aber nein, er zog nicht ab, im Gegenteil, er fing an, an den Knöpfen des Apparats herumzufummeln. In dem Moment drehte ein Neger in der Mitte des Spielfeldes drei Mal den Ball um sich herum, der klebte direkt an seinen schaufelförmigen Händen, er streckte sich ein paar Schritte in die Länge wie eine lange Zweimeterkatze, ließ alle unsere Spieler wie verwirrte Hühner hinter sich, kurz sah keiner, wo der Ball war, er war irgendwo zwischen seinen Beinen, aber auf einmal war er unter dem Korb und legt ihn weich in den Ring. Und die Halle wurde still, die Neger lagen bereits in Führung. Unsere spielten einen schnellen Konter, und jetzt fing Albert wieder an, an den Knöpfen herumzuspielen, ich hörte, wie er sagte: Das Bild wackelt. Einen Scheiß wackelt es, sagte Pepi Pedro, der neben mir saß, im ganzen Saal rückten die Stühle, und in den letzten Reihen begann etwas zu steigen, eine Art Flut. Plötzlich war es ganz heiß und dumpf. Ferkel Albert drehte sich um, die beiden am Fenster schauten erschrocken, Wärter Dolenc bewegte endlich doch seinen dicken Hintern, nicht zum Kleinen hin, um ihn endlich zu beschwichtigen, sondern zur Tür, um sich zu verdrücken, wenn etwas losgehen sollte. Ruhe, sagte Schwein Albert, wenn nicht, muß ich ausschalten. Ich dich ausschalten, sagte Šipac, der auch in der ersten Reihe saß. Ich sah ihn an, und er war ganz rot im Gesicht. Šipac, halt den

Mund, sagte ich, was haben wir vereinbart? Wir haben abgemacht, daß wir in der ersten Reihe sitzen: Ich und Pepi Pedro und Šipac und Ban und noch ein paar, und daß Ruhe herrscht, das haben wir mit dem Alten abgemacht, damit wir uns das Finale ansehen können. Sieh ihn doch an, sagte Ban, sieh dir doch an, was er tut. Und Albert hatte sich tatsächlich wieder aufgepflanzt, ihn in die Hände genommen und zu schälen begonnen. Was ist in dich gefahren, Mensch, sagte ich, willst du wirklich, daß wir dich auf den Gang setzen? Benimm dich anständig, sagte ich.

»Ich will Ordnung«, sagte er. »Du hast gesagt, du wirst mich schlagen, das ist eine physische Drohung.«

»Was für eine Drohung?«

»Eine physische.«

Ein bißchen kam mir das Lachen, trotzdem blieb ich in den Grenzen des Geziemenden. Das habe ich nicht gesagt, sagte ich, ich habe gesagt, er solle sich geziemend benehmen.

»Ihr habt gehört, was Keber gesagt hat«, rief er und sah mit erhobenem Unterkiefer durch den Saal: »Das gibt Einzelzelle.« Ich habe gesagt, daß ich ihn auf den Gang setzen werde, das habe ich wirklich gesagt, ich habe nicht gesagt, daß ich ihn schlagen werde. Aber das, was wir nicht gewollt hatten, nämlich Scheiße, das hatten wir schon, buchstäblich: einen Haufen Scheiße, einen ziemlichen, schon jetzt wäre es schwer gewesen, ihn zu übersehen. Es war am Rande dessen, wofür es Einzelzelle gab, am Rande des Aufstandes. Sollte ich etwa die Leute zurück auf ihre Stühle drükken oder was? Die einen standen auf, um das Spiel zu sehen, die anderen lärmten mit den Stühlen und stießen sie um, einige tobten einfach so, weil sie nichts anderes können. In dem Moment stand Ban auf und trat zu dem Kleinen. Jok, sagte Ban, jok, das tust du nicht. Jok bedeutet auf russisch so etwas wie Nein, genaugenommen etwas viel Schlimmeres, eine Kriegserklärung. Der Kleine sah ihn scharf durch seine zusammengepreßten Schweinsaugen an. Aus dem Augenwinkel sah ich, wie sich Dolenc durch die Tür verdrückte, der dritte Wärter hatte sich vorsichtshalber in einer Fensternische verkeilt. Er hatte Angst, der kannte solche Situationen.

Stille entstand. Man hörte nur die Stimme des Sportkommentators aus der Schachtel und den Lärm in ihr, das Resultat war wieder ausgeglichen. Trotzdem war Ban ganz deutlich zu hören, als er sagte: Was zum Teufel mußt du diesen Schwanz da wichsen? Albert hatte Mut, das muß man zugeben. Obwohl er später genau das bekam, wonach er verlangt hatte, und noch ein bißchen mehr, muß man zugeben, daß er Mumm besaß. Wie sprichst du mit mir? sagte er. Pepi stand auf und zog Ban zurück, sie rangelten, ich hörte, wie er ihm das Hemd zerriß, als er ihn zurückzerrte. Du Pädo, du rheumatischer, sagte Ban. Ban war jung und stark wie ein Stier, Pepi Pedro war ein alter Häftling, das Rheuma hatte er sich hier drinnen geholt, seine Knochen knirschten. Er wollte keine neuen Schwierigkeiten, er wollte überhaupt keine Schwierigkeiten, seine Gelenke taten ihm weh, er wollte Ruhe haben, er zog Ban auf den Sitz zurück, wobei er ihm das Hemd zerriß.

Albert fing das Signal falsch auf, er glaubte, die Stille bedeutete, wir hätten es mit der Angst gekriegt, wir hätten uns alle angeschissen vor seiner Einzelzelle, in der er jeden einzeln und allein kriegen würde. Er hatte sich schwer getäuscht. Vielleicht glaubte er auch noch, wir aus der ersten Reihe würden den ganzen Saal der ziemlich wildgewordenen Stiere schon noch zähmen.

6

Und dann beging er den entscheidenden Fehler. Er stellte sich breitbeinig vor den Apparat, hob den Arm, als wollte er verhandeln, so daß tatsächlich für einen Moment etwas Ruhe eintrat, etwas Stille, in der einige Bären brummten, einige Hunde knurrten, die Stiere mit den Hinterbeinen auf dem Boden scharrten, dann ließ er den Arm fallen und schaltete hinter seinem Hintern den Fernseher aus.

»Schluß!« schrie er. »Auseinandergehen!«

Jetzt konnte auch ich für nichts mehr garantieren. Nicht einmal für mich selbst. Denn in meinem Kopf begann es wie verrückt zu klingen. Ich stand auf. Keber, sagte ich, Keber, du hast die Garantie übernommen. Ja, ich habe die Garantie übernommen, für Ordnung während des Spiels. Aber jetzt gab es kein Spiel mehr. Albert hatte hundert Leuten den Fernseher vor der Schnauze ausgeschaltet. Obwohl ich bereits wußte, daß mir der Film reißen würde und daß ich nicht einmal mehr für mich garantieren konnte, geschweige denn für die Herde Stiere hinter mir, die mit den Hinterbeinen gegen die Stühle bockten und auf den Boden stampften und schon fast brüllten. Ein Film reißt immer kurz vorher, ich wußte, daß er mir kurz vorher gerissen war, immer kurz vorher, sei es im Traum oder vor dem Mannschaftswagen, in den sie dich schieben wollen, oder auf dem Schiff oder in der Karibik, bei der Frau in Ljubljana, die mich nicht verstand, immer beginnt kurz vorher dieses Klingen, und das ist das Zeichen. Es reißt einem kurz vorher ein bißchen, bevor es endgültig reißt, wenn es schon am Überlaufen ist und man nicht mehr zurückkann. Ich stand auf und machte diese drei Schritte. Er sagte noch, Keber, auf dich wartet die Einzelzelle, aber ich packte ihn an diesem Lederschwanz und zog kurz. Ich hörte, wie es in seiner Schulter knirschte, er fiel zu Boden. Ich schaltete den Fernseher ein und sah für einen ganz kurzen Moment, daß jemand wieder einen Korb warf. Aber hinten war eine dunkle Menge, die Körper drängten nach vorne, es würde gleich lostoben. Ich hörte das Zerbrechen von Stühlen und das Röhren der Stiere und ein Knurren und Rülpsen und alles, so daß ich wußte, daß die ganze Sache unwiederbringlich verschissen war und ich dafür irgendwie verantwortlich war, ich, der ich mich mit dem Alten geeinigt hatte. Vor allem aber war der Film gerissen. Ich packte den Apparat und pfefferte ihn in das Fenster, zusammen mit dem ganzen beschissenen Endspiel. Und so hat es angefangen. Später, als schon alles brannte und sie mit den Hubschraubern über uns herumflogen und uns hinter dem Zaun die ganze Nacht mit ihren krächzenden Lautsprechern ins Hirn fickten, später ließ sich nichts mehr zurückspulen. Vielleicht hat sich damals jemand gewünscht, daß sich alles zurückdrehen ließe, daß der Kleine keine zerquetschte Fresse hatte, daß der Apparat nicht kaputt und die Stühle ganz wären. Aber damals, damals war es mir schon völlig egal. Wenn der Film reißt, ist er gerissen, da flickt ihn keiner mehr und dreht ihn dorthin zurück, wo er einmal war.

7

Wir wußten alle, daß dies der Knackpunkt war, das Zeichen für den allgemeinen Aufstand. Diese Fernsehkiste hing in der Fensternische zwischen den zersplitterten Scheiben, und mir schien, daß sie nicht sofort hin war. Noch hielt alles zusammen, dann begann es zu prasseln, Funken schossen aus den schmelzenden Drähten in den Raum, alles flog auseinander und fiel zusammen. Für einen Moment kam es mir so vor, als wäre ich auf einem Trip oder so, als sähe ich etwas Merkwürdiges: Aus der zusammengefallenen Kiste fielen kleine Basketballer, Neger mit schaufelförmigen Händen und das Publikum, Fahnen und Reklame und Bälle, alles strömte wie ein leuchtender Wasserfall herunter und aus der Sporthalle, die sich zwischen Eisen, Glasscherben und gesplittertem Fensterholz verkeilt hatte. Ich starrte wie verzaubert auf diese Erscheinung, ich dachte schon, bei mir hätte es ausgesetzt. Nur einen kurzen Moment hörte ich noch das Klingen, ich spürte die Echse, die mit metallenen Zähnen im Kopf stemmte, es klang in meinem Kopf, so zzzzzzzzzzzz, nicht anders, hohl, ein hohe Frequenz mitten in einem großen, leeren Raum. Der kleine Neger führte unten zwischen den Glasscherben den Ball, der komische Schiedsrichter hüpfte um ihn herum und pfiff, jetzt pfiff er, der Raum füllte sich, die Menschenmenge, das Publikum, die schwarze Masse pfiff und johlte, die Zwerge waren verschwunden. Ich dreht mich um, die Menge, der Mob, die Meute pfiff und johlte und brüllte für Šipac, der den kleinen Wärter, der versuchte aufzustehen, immer wieder auf den Boden warf und ihm mit den Schuhen die Personalbeschreibung veränderte. Die eigene Mama würde ihn nicht mehr wiedererkennen. Er quietschte und röchelte dort auf dem Boden aus dem blutigen Brei heraus, der einmal sein Gesicht gewesen war. Wieder war Pepi derjenige, der ihn davor rettete, daß ihn Šipac kurzerhand kaltmachte. Šipac hat immer ein Messer bei sich; er darf kein Stück Metall, keinen Löffel oder Draht sehen, daß er daraus nicht ein Schlachtwerkzeug macht, das ist eine Art Folklore in seiner Heimat, unsere Leute haben das im großen und ganzen nicht so gern. Pepi wand ihm das Messer aus der Hand und schnitt sich dabei häßlich in die Hände. Blut wirkt auf manche geradezu blutig. Den anderen Wärter, der seinen Arsch in die Fensterhöhlung preßte, wollten sie dort drinnen auch gleich zerlegen.

Es begann ein munteres Demolieren. Stühle und Bänke flogen in Stücken auf den Haufen, Scheiben klirrten, die Tür flog aus dem Türstock, zwei rissen die Unterrichtstafel herunter, so daß sie auf sie herunterstürzte, einer zerschlug das Waschbecken, einen alten Kerl traf der Strom schlimmer als ein epileptischer Anfall, als er die Drähte aus der Wand riß. Draußen begann die Sirene zu heulen, rauf und runter, wie gut kannte ich sie, die gehetzte Wölfin, am Schluß röchelte das krepierende Tier, dann erhob es sich wieder und heulte ohne Unterlaß. Ich sah hinaus. Überall brannten Lichter, einige Leute liefen über den Hof und deuteten zu den Fenstern des Fernsehsaals. Mir war, als hätte ich den Alten gesehen, der aus dem Auto sprang und irgendwie schwankte. Er tat mir leid. Wir hatten etwas anderes abgemacht. Ich wußte, daß ich ihm nie würde erklären können, daß es mit dem zertrümmerten Fernseher zwar tatsächlich angefangen hat, daß aber das Ganze von einem anderen ausgelöst wurde, das werden sie nie zugeben können. Gut, wir hatten es anders abgemacht. Auch er hätte etwas mehr nachdenken sollen. Warum hat er uns den kleinen Wichser hineingesetzt, er mußte doch wissen, daß der Bursche nervös ist und keine hohen Spannungen verträgt. Ich auch nicht. Und ich vertrage keine Obszönitäten. Und kein Scheuern mit dem Eßbesteck auf dem Teller, das vertrage ich auch nicht. Und Albert das Schwein noch am allerwenigsten. Durch das zerschlagene Fenster sah ich den Alten, wie er sich auf die Beine stellte und den Leuten, die an ihm vorbei rannten, ohne zu wissen, wo sie ihren Kopf und wo sie ihren Arsch hatten, Befehle gab. Hätten sie früher nachgedacht. Jetzt war es, wenigstens mir, und ich sah, eigentlich allen hier drin, aber schon wirklich allen, bis zum Amen egal. Mehr noch, jetzt mußte man mit dieser Wut weitermachen. Wenn die Wut so fein in Fahrt kommt, macht sie nicht eher halt, als sie sich ausgetobt hat oder zusammenbricht. Wenn er, Šipac, ihn schon einmal am Boden hatte, ihn, der einen Tag für Tag verarscht, daß man noch mehr auf den Hund kommt, als man schon ist, weil man eben hier drinnen ist, dann schlug er halt zu. Auf dem Gang tauchte vor der Tür eine Gruppe Wärter auf, angeführt von Dolenc. Mehr der Pflicht und des Befehls wegen tauchten sie dort auf, denn ihnen war wohl klar, daß sich hier nichts mehr aufhalten ließ. Wie hätte denn der dickärschige altersschwache Dolenc diese Stiere aufhalten sollen? Sie zerlegten sie in Stücke, sie zertrümmerten sie in wenigen Sekunden. Jeden einzeln und alle zusammen. Wir gingen auf den Gang, wo außer den stöhnenden Typen, die an den Wänden saßen, niemand mehr war. Wir öffneten einige Zellen und drangen in den unteren Stock vor. Ban und Pepi Pedro gingen mit einer Gruppe hinunter, um die Eingangstür zu verbarrikadieren. Šipac hielt einem Wärter ein Messer an den Hals, ein neues Messer, wo zum Teufel hatte er das wieder her? Ich packte ihn am Hemd und zog ihn weg. Šipac, sagte ich, hör mir gut zu: Ich nehme dich auseinander wie eine Möse auf dem Asphalt, wenn du noch einmal mit deiner Skipetarenwaffe herumfummelst. Normalerweise spreche ich nicht diese Sprache, aber das ist seine Sprache, die er versteht. Ich weiß nicht, ob er mich verstanden hat. Ban kam und sagte, hau ihm eine rein, das versteht er. Bedeutet dasselbe. Obwohl der Film noch immer gerissen war, konnten wir uns einen abgestochenen Panduren wirklich nicht aufhalsen, das war von allem Anfang an klar. Natürlich war in einem solchen totalen Chaos nichts ausgeschlossen. Flappe kam, ein dürrer, ausgeflippter Typ aus den Weinhügeln, ein bißchen zurückgeblieben von dem sauren Wein, den er seit seiner Jugend konsumierte. Er fuchtelte mit den Armen, ich erinnere mich, daß er Naturgewalt sagte, denn ich dachte noch, woher hat dieser Kretin ein solches Wort. Naturgewalt auch in Block C. Naturgewalt ist gut, hört sich an wie Überschwemmung. Wir liefen zurück in das demolierte Fernsehzimmer und zum Fenster. Da gab es etwas zu sehen.

Die Naturgewalt war keine Überschwemmung, sie war ein Erdbeben in der ganzen Livada. Aus den Fenstern von

Block C winkten sie uns und riefen etwas, doch wir konnten nicht verstehen, was sie wollten, denn die Sirene brüllte und heulte in einem fort. Wir verstanden uns zumindest in einem: Auch dort hatte es angefangen. Einige hatten die Hemden ausgezogen und winkten mit ihnen durch die Gitter: Block C grüßt Block B. Jemand schiffte im großen Bogen aus dem dritten Stock in den Hof. Auch das war ein Siegesgruß. Dann sahen wir, wie sie mit einem Werkzeug die Gitter aus den Wänden rissen, verdammt starke Stiere mußten diese Schlosser dort drüben sein. Und dann segelte auch schon alles durch die Fenster in den Hofkreis, was sich bewegen und herunterreißen ließ. Betten, Tische, Stühle, Unterhosen, Schuhe, Lampen, Klomuscheln. Die Wärter kamen auf den Hof gelaufen und flüchteten vor den Gegenständen, die durch die Fenster segelten; ganz seltsam fuchtelten diese Schatten mit den Händen über dem Kopf, als wollten sie große Ungeziefer vertreiben. Ich schmiß eine Flasche durchs Fenster, aus der Ferne hörte ich meine Stimme, mein Brüllen, das aus irgendwelchen fernen Tagen kam, aus dem Dschungel, aus Zeiten, als ich ein Schimpanse war, ich riß den beschissenen Blumentopf samt Betonaufsatz ab und knallte ihn runter. Und jetzt begann es auch auf unserer Seite aus allen Öffnungen zu regnen, aus jedem schwarzen Loch der Strafanstaltsfassade fiel und knallte es aufs Hofpflaster und denen da unten auf die blutige Rübe. Nicht nur Klomuscheln, auch schwere Türen fielen auf die Köpfe der Wärtermeute da unten, mir kam es vor, als wären darunter auch schon ein paar Polizisten gewesen. Ich sah ihre Mützen überall verstreut, kleine abgerissene Köpfe. Hier rissen und zerrten sie diese verdammten Eisenbeschläge von den verdammten Eisentüren, keuchend und schwitzend, mit Schaum vorm Mund, das Eisen war verdammt stark befestigt. Aber die menschliche Wut, das tobende Wasser, der gewaltsame Wildbach ist stärker als alle Eisen oder Wände. Unten stürzte der Hagel der Geschosse noch auf die Kürbisse, die jetzt flüchteten, alles flüchtete vom Hof zur Schranke am Eingang. Einige Häftlinge waren schon draußen, ließen die Nachzügler unter den Flüchtenden in Uniform über ihre eigenen Füße stolpern und traten nach ihnen. Ich sah einen, der seine Mütze aufzuheben versuchte, er strauchelte, drei waren um ihn, im Nu war sein Hemd rot.

Alle Teufel, alle bleichen Verbrecher kamen aus ihren Löchern gekrochen, von allen Seiten kamen sie, um die Macht zu übernehmen.

8

In Trakt C hatte offensichtlich jemand das Kommando übernommen, denn ein paar Typen drängten sich durch die Tür und begannen das herumliegende Holz auf einen Haufen zu sammeln. Eine andere Gruppe lief zu den Baracken, wo die Tischlerwerkstätten waren. Dort erwartete sie eine schön angetretene Einheit der Blauen, sie waren wirklich wie der Blitz da, mit zwei Mannschaftswagen waren sie auf den Hof geheult und vor den Arbeitsbaracken angetreten, ihre Hunde zerrten an den Leinen. Die dunkle Gruppe der Häftlinge, die ohne Verstand gegen sie anstürmte, wurde mit einem Schlaghagel eins zwei drei auseinandergenommen. Fürs erste hatten sie nur drei verdammte Köter. Ich rief Ban und Šipac, sie sollten sich etwa zehn von den ärgeren Typen aussuchen. Schnell bewaffneten sie sich mit Stuhl- und Tischbeinen, hier und da hatte einer auch ein Stück Eisen in den Händen. Die Verstärkung wurde von Block C mit wilder Begeisterung begrüßt. Auch von der anderen Seite strömte die Schlägerarmee aus Freiwilligen zusammen, und dann schaltete jemand den Transformator ab, auf einmal lag alles im Finstern. Der Transformator befand sich im Verwaltungstrakt, auch den galt es zu besetzen. Die Polizisten und diese Köter, das war die erste Aufgabe. Ich rannte auf den Hof und hörte nur noch Schläge, das Winseln eines Hundes, Flüche, Stöhnen, Schritte, die an mir vorbeistampften. Ein flüchtender Bulle knallte gegen mich und prallte ab wie ein Ball. Auf dem Boden lag er wie eine zermanschte Birne, er kroch eher zum Ausgang, auf den Knien, jemand zog ihm noch eine über den Rücken wie einem Eber, bevor er verschwand. Die Werkstätten waren erobert.

Drinnen steckten sie irgend etwas in Brand, aus den Fenstern glühte es. Einiges ging zu Bruch, im großen und ganzen aber versorgten sich die Typen aus beiden Stoßbrigaden mit gefährlichen Waffen. Dann fingen sie an, Kannen mit Holzlack und vermutlich auch mit Benzin auf den Hof zu schleppen und die Haufen von Mobiliar, Papier und allem möglichen Holz und Plastik zu übergießen. In Block C hatten sie ein Kommando, sie gingen organisiert vor. Ich überlegte, ob Johann, der alte Kamerad und Pokerspieler, dabei war, ob er seine Witze machte und mit seinen Goldzähnen knurrte? Aus den Kannen gossen sie Holzlack und Benzin, und im Nu brannte es. Das Feuer loderte hoch, die Flammen reichten fast bis zum ersten Stock. Jetzt war es wieder hell. Durch den Rauch liefen Gestalten, von allen Seiten hallte Geschrei, die Sirene heulte ohne Unterbrechung, irgendwer wurde verprügelt, beim Eingang wieselten ein paar uniformierte Salamander herum. Mitten in der Nacht war es auf einmal taghell und rot und verrückt, ziemlich verrückt. Eine große Gruppe, später hieß es, an die fünfzig, sechzig Leute, haute damals ab ins Freie. Von den aufgeschichteten Holzstapeln nahmen sie Bretter und warfen sie auf den Drahtzaun. Keiner hatte die Zeit, nach einer Zange zu suchen.

Sie warfen die Bretter auf den Zaun und stampften hinüber, eine Herde Büffel, einer über den anderen, die einen brachen ein, die anderen durchlöcherten sich Haut und Fleisch bis auf die Knochen an dem Stacheldraht. Wenn

Henning Mankell
Die fünfte Frau

Roman. 544 Seiten. Gebunden

Eine grausame Verbrechensserie erschüttert Südschweden: Kommissar Wallanders Ermittlungen führen bald zu einer verstörenden Entdeckung ... »Vom geheimnisvollen Prolog bis zum melancholischen Schluß bleibt dieser brillante literarische Krimi stets für eine geschickt eingefädelte Überraschung gut.« *Der Spiegel*

Israel Joshua Singer
Josche Kalb

Roman. 352 Seiten. Gebunden

Hochstapler oder Heiliger? Wer ist Josche Kalb? Erst der Prozeß am Hof des galizischen Wunderrabbis bringt die Wahrheit über diesen »toten Wanderer im Chaos der Welt« ans Licht.

David Malouf
Südlicher Himmel

Erzählungen. 208 Seiten. Gebunden

Meisterhafte Geschichten über den großen alten Kontinent Australien: David Malouf beschreibt den Gegensatz zwischen Neuer und Alter Welt, alten und jungen Menschen, Liebe und Haß, Leben und Tod mit viel Verständnis für die Verwirrungen des menschlichen Herzens.

Jean-Paul Kauffmann
Die dunkle Kammer von Longwood

Roman. 280 Seiten. Gebunden

Ein Schriftsteller, der selbst drei Jahre in Geiselhaft war, spürt dem Rätsel um einen berühmten Gefangenen nach: Napoleon auf St. Helena. Ein atmosphärisch dichter Reisebericht und ein bewegendes Buch über die Frage: »Was bleibt von der Vergangenheit?«.

Foto: Maria José Gornez Reondo

sich ein Büffel verhakte, wenn er einknickte, stürmte die Herde der anderen Büffel gnadenlos über ihn hinweg. Hundegebell war zu hören, Schreie, schließlich ein paar Schüsse. Der Teufel mußte los sein da draußen in der Dunkelheit, auf den Wiesen und den weichen, noch grünen Maisfeldern, unter den tollwütigen Polizisten, die nicht vergessen werden, wie sie hier drinnen verprügelt worden waren, und ihren noch tollwütigeren Kötern. Es sah so aus, daß es den Flüchtenden, außer den am Zaun liegengebliebenen, zumindest fürs erste gelungen war. Sie zerstreuten sich in der Dunkelheit über die Äcker und in den nahen Wäldern. Auch ich spielte für einen Augenblick mit dem Gedanken, von hier abzuhauen, komme, was da wolle. Ich wußte, ich konnte mich bei Leonca in Ljubljana verstecken, auch wenn ich ihr angetan habe, was ich ihr eben angetan habe. Sie würde mich noch immer verstecken. Die Welt gründet auf Vertrauen, würde sie aus ihrem Buch der Weisheit zitieren. Und mich verstecken. Für eine Nacht oder zwei, dann würde ich über die Grenze verduften. Das waren so blitzartige Gedanken, nur für einen Augenblick. Eigentlich lockte mich mehr diese Dunkelheit außerhalb des Hofkreises der Strafanstalt als irgend etwas anderes, diese unbekannte Macht des großen freien Raumes da draußen. Mich würden sie nicht kriegen, mich nicht. Diese Idioten, die Büffel, die über den Zaun gebrochen waren, sie werden sie einfangen, draußen werden sie nur noch Hasen sein, sie werden sie zur Strecke bringen, wie man Hasen jagt, wenigstens die große Mehrheit dieser Amateure, Hinterwäldler aller Art. Ich wußte, daß ich hierbleiben mußte. Hier war etwas am Wirken, eine teuflische Solidarität. O, ich kannte sie gut, aus der Karibik und aus dem beschissenen Vietnam. Ein paar irrten umher wie Mondsüchtige, sie wußten nicht, ob sie versuchen sollten rauszukommen oder ob sie kehrtmachen sollten, einige blieben einfach in ihren Zellen hocken, einige irrten über den Hof oder packten noch und noch von diesem verdammten Strafanstalts- und Werkstättenbrennstoff aufs Feuer, jetzt schleppten einige schon Bretter von hinter den Baracken an, wenn es nur brannte, wenn es nur leuchtete, wenn die Flammenzungen nur die dicken Mauern leckten.

Einzelne Flüchtende kehrten vom Zaun zurück. Offenbar hatten sie uns bereits umstellt. Noch eine Gruppe versuchte die Flucht, genaugenommen war das mehr ein Ausfall als eine Flucht. Ihr Anführer war Johann von Block C. Johann und ich waren zusammengewesen, bevor ich mich in der Livada wiederfand. Er war Stammgast im selben Lokal. Manchmal spielten wir Karten. Wir nannten das eine Fahrt auf dem Mississippi, manchmal dauerte sie drei Nächte. Ich kannte ihn, er war ein zuverlässiger Pokerspieler, damals wußte ich noch nicht, daß gerade er es war, der die Sache auf der anderen Hofseite leitete.

Es gefiel mir nicht, daß sie abhauen wollten. Wenn du die Sache angeheizt hast, Johann, dann hast du hier zu sein, egal bis zu welchem beschissenen Ende. Bei den Werkstätten bestiegen sie einen schweren Laster. Die einen stiegen auf die Schrottkiste, die anderen hingen an der Kabine, alle bewaffnet mit Stöcken oder einem Stück Eisen. Das so beladene Motortier röhrte kurz auf und jagte über den Hof, daß alles von ihm davonflog, brennende Späne und Menschen, die nach allen Seiten flüchteten. Die Typen in der Kabine und auf der Schrottkiste schlugen nach allen Seiten, am heftigsten beim Eingang, wo sie von den Wärtern und Polizisten erwartet wurden. Es fielen einige Schüsse, ich glaube, zu dem Zeitpunkt schossen sie noch in die Luft. Die Schranke flog in Stücke, und schon brauste der Laster die Straße hinunter. Hier im Hof beruhigte es sich, alle horchten, ob es noch irgendwo knallen würde. Aber es war nichts mehr. Der Motorlärm verlor sich in der Ferne. Dort mußte etwas passiert sein, sie stießen auf Verstärkung, die in gepanzerten Fahrzeugen die Straße zur Livada entlangkroch.

Dann war der Motor der alten Kiste wieder ganz in der Nähe zu hören, immer lauter.

»Ich laß ihn mir abschneiden«, sagte Ban, der die ganze Zeit neben mir war, »wenn die kleinen Ausreißer nicht zurückkommen.«

Sie kehrten tatsächlich zurück. Noch einmal durchbrachen sie die Umzingelung beim Eingang und fuhren auf den Hof. Als sie vom Lastwagen sprangen, erschallte von allen Seiten Gelächter und lärmendes Frotzeln. Sie hatten sich durchschlagen müssen – zurück in die Haft. Willkommen daheim. Johann sprang vor mir aus der Kabine. Er war bleich und verschwitzt. Trotzdem grinste er. Wenn er grinste, und er grinste immer, glänzten im Inneren seines Mundes die Goldzähne. Auf den Goldzähnen und seinem Lachen spielte jetzt der Widerschein der Flammen, die die Livada auffraßen.

»Trautes Heim, Glück allein«, sagte er. Er sagte, draußen wimmele es von Polizisten, und auch die Armee sei schon da, Reservisten aus den umliegenden Dörfern. Wir sind umzingelt. Natürlich sind wir umzingelt. Ja, was haben wir denn gedacht? Daß wir die ganze Nacht rein und raus spazieren werden? Die Haufen brannten herunter, die Sirene verstummte. Es gab kein Geschrei mehr. Auch von draußen kamen keine Aufrufe mehr, nichts. Fast still wurde es. Eine Art Interregnum. Sie draußen, und wir hier.

»Scheiße«, sagte Johann, »und was jetzt?«

9

Ich sah auf die Uhr. Es war wenige Minuten nach Mitternacht. Angefangen hatte es gegen halb neun. Das heißt, das Ganze hatte sich in dreieinhalb Stunden abgespielt. Was hatte sich überhaupt abgespielt? Bis jetzt war es darum gegangen, alles kurz und klein zu schlagen. Und was nun? Die

Moral war ziemlich am Boden. Von beiden Blocks kam zwar alles mögliche Geplärre, von irgendwo hatte sich Freund Alk eingefunden, ein paar Hinterwäldler stimmten ihre Hinterwäldlerelegien an. Die Mehrheit hatte sich in Grüppchen in die Gänge und zertrümmerten Säle zurückgezogen. Vom Hof schleppten sich angesengte und zerrissene Typen herein, einige flickten sich ihre blutenden Wunden. Man hätte in die Ambulanz einbrechen müssen, wenigstens das. Aber in dem Moment hatte keiner daran gedacht. Wenn er daran gedacht hätte, hätte er sich erinnert, daß sich die Ambulanz im Verwaltungstrakt befindet, der an Block A anschließt. Das Verwaltungsgebäude war aber noch immer in ihren Händen, zusammen mit dem Transformator und der Telefonzentrale. Obwohl die verprügelten Aufpasser und Treiber da drinnen die Hosen voll hatten und leise waren wie die Mäuschen, waren sie dennoch hier, ganz in der Nähe. Aus dem Verwaltungstrakt konnten sie mit Leichtigkeit in Block A kommen, der leer war, wenn sie nicht überhaupt schon drinnen waren. Man hätte Block A sofort besetzen müssen. Aber zu dem Zeitpunkt dachte noch niemand über irgend etwas nach. Zum Glück auch sie nicht, oder zumindest sehr langsam. Wenn sie damals zwanzig Wärter in den Hof geschickt hätten, hätten sie uns aufs Brot gestrichen wie Butter. Ein bißchen Angst hatten sie ja doch, sie hatten ziemlich was aufs Maul gekriegt. Auch wir, aber nicht so wie sie. Wir standen dort neben dem niederbrennenden Haufen zerschlagenen Mobiliars: was jetzt?

»Ich weiß nicht«, sagte Johann.

»Ich auch nicht«, sagte ich.

»Schade ist nur, daß wir das Ergebnis nicht wissen.«

»Irgendwo gibt es bestimmt ein Radio. Wäre interessant zu hören«, sagte er, »was sie über die Livada berichten.«

»Nichts berichten sie«, sagte ich. »Zuerst drehen sie uns durch den Wolf, dann berichten sie. So ist es in jedem Krieg, sie berichten immer danach.«

»Ich hoffe, sie werden wenigstens schreiben«, sagte Johann. »Schon lange war ich nicht mehr in der Zeitung. Nur aufs Fahndungsblatt komme ich hin und wieder.«

Das einzige Radio war im Verwaltungstrakt, wo auch die Durchsagestation war. Der Verwaltungstrakt wurde jetzt von einer Gruppe Wärter und Polizisten gehalten. Sie waren umzingelt von einer durchgegangenen Herde, die jetzt etwas zur Ruhe kam. Und sie waren still wie die Kätzchen, wir sahen, wie sie ans Fenster kamen, besorgte Schatten. Allerdings hatten sie Telefon, sie konnten ihre verweinten Frauen beruhigen. Wir sind umzingelt, sie irgendwie auch, auf dem Hof brennt es, in den Gebäuden herrscht das Chaos, es ist eine Frage der Zeit, wann hier drinnen wer wen umbringt. Wenn er es nicht schon getan hat. Irgendwie schnell und leicht war der Sieg, mit dem wir auf einmal nichts anzufangen wußten.

Scheiße, Johann, und was jetzt?

10

Ich tauchte ein in den dichten Stoff dieses Wassers, der noch nie jemand erfrischt hat. Es war der tote wässerige Stoff des Toten Meeres. Man kam nicht in die Tiefe, immer wieder hob es einen an die Oberfläche. Also lag ich auf dem Rücken, auf der gespannten Fläche des dunklen Wassers. Ich mache den toten Mann, sagte ich, toter Mann auf Totem Meer. Leonca lachte, sie fotografierte mich, noch jetzt liegt das Bild zwischen ihren Papieren. Ein schöner toter Mann, sagte sie und lachte. Ich höre ihr Lachen, ich spüre den von Salz dichten Stoff auf der Haut. Je länger ich hier drin bin, desto häufiger träume ich von Gegenden, wo ich einmal war. Je länger ich hier drinnen und je tiefer ich schlafe, desto ferner werden die Orte und Landschaften. Triest, Odessa, Antwerpen, Jaffa, Totes Meer. Manchmal schießt mir ein Bild im wachen Zustand ein, vor die offenen Augen, Wasser, das Wasser des Toten Meeres, während ich auf den niederbrennenden Möbelhaufen auf dem Hof unter dem Absingen bosnischer und slowenischer Hinterwäldlertrauerlieder aus dem Bau mit den leeren Fenstern hinuntersah, aus denen die zerbrochenen Gitter heraushingen. Das Schiff legte in Jaffa an, Leonca und ich fuhren nach Jerusalem, wir gingen durch die engen Gassen, ich kaufte ihr ein Seidentuch. Von Jerusalem eine gute Stunde bis zum Toten Meer. Ich schwamm, sie fotografierte mich. Im klimatisierten Bus, voll schwatzender französischer Touristen, fuhren wir dann durch die augustglühende Steinwüste, durch die Wüstendürre zum Fuß des Berges. Im Bus hielten wir uns an den Händen, heimlich griff ich ihr unter den Rock. Leonca lachte, es war heiß, im Bus war es kühl, ihre Haut war dünn und glatt wie ihr Seidenrock, es war eine schöne Zeit. Und dann mit der Gondel wie auf einer Schipiste an eine der ungewöhnlichsten Stätten, Masada. Ein Haufen Steine, Ruinen, das Flimmern der heißen Augustluft, weit hinten, kaum sichtbar, die dunkle Fläche des Toten Meeres. Wir haben es schön, sagte Leonca, nur dieser Ort, sagte sie, ist überhaupt nicht schön. Hier, sagte sie, spürt man, daß etwas Schlimmes passiert ist. Leonca ist ein Mensch, der fühlt, der denkt und sich einen klugen Gedanken auch einmal aufschreibt. Jetzt hat sie viel Zeit, sich etwas aufzuschreiben. Sie kann kaum gehen, meistens sitzt sie und sieht aus dem Fenster. Um den Hals trägt sie dieses Seidentuch. Vielleicht denkt sie an den hellen Himmel über Palästina, an die Gassen Jerusalems, vielleicht hört sie die Rufe der arabischen Händler, sieht die Masada, überflutet vom roten Glanz des Sonnenuntergangs, so, wie wir zwei sie an dem Abend gesehen haben, glühend in Feuerzungen, die sie von allen Seiten verschlangen.

11

Leonca fühlte mit Bestimmtheit, was sie nicht, ich aber schon damals wußte, daß nämlich unweit dieser Stelle die jüdischen Aufständischen am fünfzehnten Tag des Monats Loos, was in etwa dem fünfzehnten August entspricht, die römische Festung Antonia angriffen, sie nach zweitägiger Belagerung einnahmen, die Legionäre umbrachten und die Festung in Brand steckten. Und ein gewisser Menahem, Sohn des Judas, führte dann seine Anhänger zur Masada, wo er das Zeughaus des Herodes aufbrach und die Räuber, wie sie bei den Römern hießen, mit Waffen versorgte. Und nachdem Menahem gemeinsam mit seinen Anhängern viele Römer erschlagen, zahlreiche Dörfer angezündet und sich in der Masada bewaffnet hatte, stand er im Monat Loos auf dem Berggipfel unter dem Festungsturm, schaute in die kahle, weißglühende Landschaft und fragte sich, was jetzt, wo ein Zurück unmöglich war. Und als sich der Tag gen Abend neigte und der Abend in die Nacht und die Sterne an den weißglühenden Himmel traten, hob Menahem seine Augen empor und fragte den Himmel, was er jetzt tun solle, wo er doch schon getan hatte, was er getan hatte, das heißt, viele Römer erschlagen, ihre Befestigungen in Brand gesteckt, in die Masada eingebrochen und die Zeugkammer geplündert. Dort oben über der Masada war sein Gott, der genau wußte: In der Zeit der Gefahr ruft der Mensch nicht ins Leere, er ruft mich, und ich antworte ihm. Leicht für Menahem, er hatte jemand, den er fragen konnte: Scheiße, und was jetzt? Und schwer für mich, der ich mit Johann ins Feuer sah und an das Tote Meer dachte, an die Masada hoch über ihm, an den Himmel über der Masada. Ich hatte niemand, um von ihm eine Antwort zu bekommen, wie Menahem von Jahve, der sich aus dem Himmel zu ihm herabneigte und sagte: Nach Jeršalaim.

12

Das Feuer schwelte nur noch, die Wachhäuschen am Eingang waren leer, die Holzschranke lag zerbrochen auf dem Boden, von fern war das Vibrieren eines laufenden Automotors zu hören. Über der Livada war Nacht, die Gebäude waren in Dunkelheit gehüllt, aus den schwarzen Augen in den Fassaden ragten geborstene Gitter. Nur im Verwaltungstrakt brannte Licht, die verbarrikadierten Wärter und Polizisten warten voller Angst auf den rettenden Morgen.

Zu dieser Stunde, als sich die Nacht in den folgenden Tag hinüberneigte, bei dieser plötzlichen Windstille nach dem Sturm, der über die Livada hinweggewütet war, hörte ich das Sirren der Telefondrähte, die an alle Ecken des Landes die Nachricht vom Aufstand in der Strafanstalt Süd meldeten. Irgendwo wurden Lastwagen gestartet, Uniformierte in Kampfausrüstung stiegen auf. Durch die leeren Gassen der Hauptstadt raste ein Polizeiwagen mit aufgeblendeten Scheinwerfern, irgendwen warfen sie aus dem Bett.

Beim Eingang und beim Stacheldraht war keiner zu sehen, aber in der Dunkelheit ahnte man die Bewegungen der dunklen Gestalten. Wir waren umzingelt, es werden Verstärkungen kommen, Titus wird gegen Jerusalem marschieren.

Auf der anderen Seite des breiten, mit Jungmais bestandenen Ackers stand am Fenster ein Mann, ich ahnte ihn. Die Sonnenwende kam heran, die Zeit war schön, die Natur war mild, es hätte eine friedliche Nacht sein können, die Untergebenen in seiner Kolonie hätten in ihrem Anstaltsschlaf ruhig atmen können, so wie alle Nächte, wie noch in der letzten mondbeschienenen Nacht. Vom Fenster seines Hauses konnte man die dunklen Gebäude der Strafanstalt sehen. Oft hatte er nachts herübergeschaut, manchmal war er sogar aufgestanden und hatte sich zu Fuß übers Feld aufgemacht. Beim Eingang überraschte er die Wärter beim Kartenspielen, er spazierte durch die Gänge mit flackernden Lampen. Der Boden glänzte, die Pflicht des Diensthabenden, sagte er, die Pflicht des Diensthabenden ist es, daß es sich hinter ihm spiegelt. Er liebte die Pflichten, die Sauberkeit, er liebte den Frieden, der über dem weiten Feld herrschte und in den hellen Gängen, er liebte die Ordnung, an der er unablässig wirkte, die Livada war sein Lebenswerk. Am Sonntagnachmittag hatte es nach Frieden und Braten geduftet, am Sonntagnachmittag hatten weiße Bälle auf grünen Tischen geschnalzt. Aggression ist Energie, sagte er, Energie muß beim Sport abgelassen werden. Wenn das Wetter schlecht ist, sagte er, werden sie reizbar, sollen sie sich Boxen ansehen, sollen sie selbst ein bißchen balgen. Und als am Sonntagnachmittag Ban einem anderen einen Ball in den Mund steckte und verlangte, er solle ihn hinunterschlucken, er solle ihn hinunterschlucken, weil er beim Zählen betrüge, wußte er, daß auch das eine Energie ist, die abgelassen wird, wenngleich auf die falsche Weise. Und als ihm an diesem Abend Psychologe Teršič berichtete, ein Aufstand sei ausgebrochen, wußte er, was geschehen war, sie war abgelassen, die Energie, auf die falsche Weise und in vollem Umfang.

Sie sagten *Der Alte* zu ihm, ganz einfach *Der Alte*, wie man eben zu allen gutmütigen Verwaltern von Kolonien, Gubernien, Kleinstaaten sagt, wie auch die Strafanstalt Süd eine war. Der Alte spielte den guten Vater, der alle diese Gauner unter seinen Schutz genommen hatte. Er wußte selbst nicht, wann nach den vielen Jahren seines Lebens mit der Strafanstalt er in Wirklichkeit das zu spielen aufgehört hatte, seit wann er diesen Menschen gegenüber Zuneigung empfand. Er hatte begriffen, daß du ein Mensch, Dieb und Halunke bist, alles zugleich, etwas, was sich nicht voneinander trennen läßt. Er hatte alles begriffen, auch das, daß hier drinnen ungeheure Energien aufgestaut sind. Jetzt lag die

Livada in Feuer und Aufstand, durch das Land eilten Boten, Telefondrähte sirrten, Scheinwerfer tasteten durch die Nacht, den Prokurator aber überkam die Angst: was jetzt?

Er stand am Fenster und sah zur Livada hinüber, er sah den roten Schein über ihr, er hörte den Widerhall der Explosionen. Ich ahnte ihn, ich sah ihn. So stand vor zweitausend Jahren in warmer Nacht der römische Prokurator am Fenster und sah hinaus auf die brennende Landschaft des aufständischen Judäa.

13

»Ich weiß, was jetzt«, sagte Pepi, der von irgendwoher mit seinem Rheuma angeknirscht kam. In der Tasche hatte er eine Flasche gegen diese Plage.

»Wir werden einen Weisen fragen«, sagte er. »Einen Philosophen.«

»Wenn es nur einen gibt«, sagte Johann.

»Gibt es, er heißt Mrak und ist Bibliothekar.«

Johann schmiß einen zerbrochenen Stuhl ins Feuer, daß es aufprasselte und glühende Funken aus den Flammen stoben.

»Klarer Fall«, rief er, »Alois Mrak.«

Das gefiel mir nicht, Mrak war gut für friedliche Zeiten, von der Bücherei aus führte er die Diplomatie zwischen Verwaltung und Häftlingen, er schrieb Urlaubseingaben, Anträge um Strafminderung. So hatte er sich Ansehen erworben. Denn zunächst hatte den Neuankömmling hier keiner besonders respektiert, draußen konnte er gern ein großes Tier gewesen sein, hier war er nur ein Virement, ein kleiner Beleg, kurz: Virman, Virmännchen. Trotzdem war ich einverstanden, daß wir ihn fragten, was jetzt. Obwohl mir eine Ahnung sagte, daß das nicht gut war. Jetzt ist Krieg, jetzt ist nicht die Zeit für Anträge. Du hast nichts zu beantragen, wenn du alles kaputtgeschlagen hast und alles brennt. Johann drehte sich zur Fassade von Block C um und rief:

»Hört mal, ihr Bande! Hat jemand Alois Mrak gesehen?«

Sein Ruf multiplizierte sich im Inneren durch Hallen und Gänge: Mrak, wo ist Alois Mrak? Im Augenblick der Verwirrung, inmitten der völligen Unordnung, die nach dem unverhofften und gewaltigen Sieg herrschte, wirkte sein Name erlösend und wundertätig. Die Aufständischen waren weit über den Rand hinausgetreten und hockten jetzt unsicher, schon ein wenig erschrocken inmitten der Zerstörungen. So erschrocken ist der Täter immer, wenn er die Folgen seiner Tat sieht. Und in diesem Zustand, in diesem ganz besonderen Zustand, den wir alle sehr gut kennen, erfüllte Mraks Name die ganze Livada mit Hoffnung. Er war derjenige, der die Dinge überlegen, lösen, vermutlich sogar führen konnte. Seine wasserblauen Augen leuchteten auf einmal über der Feuerszene wie göttliches Licht. Mrak, Mrak, hallten die Rufe. Trotzdem schrie einer vom Fenster zurück: Meinst du Virman? Als er gekommen war, war bald der Name Virman, Loisek Virman, an ihm haften geblieben, und zwar deshalb, weil er draußen Finanzer, Experte für Kassen, Saldokonten, Belege und solche Sachen gewesen war. Dort draußen hatte er einige Papiere verheizt und mit ihnen zusammen sein Büro mit Mahagonimöbeln. Hier hatten wir jetzt die halbe Livada verheizt und riefen über den Brandschutt hinweg seinen Namen. Aber Antwort kam keine, weder aus beiden Blocks und der Kantine noch vom Hof und auch nicht von den Werkstätten.

Wir machten uns auf durch die verwüstete Livada, um den in Bücher und tiefe Überlegungen versenkten Weisen zu finden. In der Bücherei konnte er sein. Bald nachdem er aus den Werkstätten in die Bücherei versetzt worden war, war er wieder Mrak und Alois geworden, Virman und Loisek gerieten rasch in Vergessenheit. Er schrieb Gesuche, in einigen Fällen gelang ihm sogar eine Begnadigung. Es gab Stimmen, die sagten, er sei draußen ein großes Tier gewesen, er habe Verbindungen, er könne alles, auch Begnadigung oder Strafminderung. Nach dem ersten bewilligten Gesuch krochen sie schon vor ihm, schleimig. Ganz zu Anfang hatte ihm jemand eine reingehauen, weil er nachts vor seinen großen Augen und seinem hohen Schädel erschrokken war, jetzt kam derselbe in die Bücherei, um zu betteln. Einer, der so großen Spaß an den über die Glatze gekämmten Haaren des Loisek Virman gehabt und ihm unter allgemeinem Gejohle im Speisesaal einen Kamm gebracht hatte, nahm jetzt die Mütze ab, wenn er vor ihn trat. Das sind vielleicht Arschkriecher: Noch gestern haben sie ihm Suppe hinter den Kragen geschüttet und ihm die Haare über die Glatze gekämmt, heute rufen sie seinen Namen wie den eines Erlösers. Mrak, wo ist Mrak? Aber von Alois Mrak gab es noch immer keine Spur. Es hätte nicht seiner Würde entsprochen, nachts über einen Maisacker zu flüchten. Wir wußten, irgendwo mußte Mrak stecken.

14

Die Bücherei war in dem Zustand, in dem sich eben alles hier befand. Die Regale waren umgeworfen, die Bücher lagen auf dem Boden, der Tisch war eine beinlose Platte, unter den Füßen knirschten die Scherben einer Leselampe. Von Mrak weit und breit keine Spur. Ein Aasgeier durchstöberte mit hastigen Bewegungen die Schubladen und stopfte sich die Taschen mit Bleistiften und mit allem voll, was er fand. Johann packte ihn am Schlafittchen und stieß ihn durch die Tür.

»Was willst du mit den Bleistiften, Kretin?« sagte er, »du kannst ja nicht einmal deinen Namen schreiben.«

Nicht nur die Bücherei war verwüstet, das ganze Gelände der Strafanstalt sah aus wie eine Landschaft nach dem großen Bauernaufstand; die letzten Feuer brannten herunter, ein paar Idioten rannten kopflos in der Gegend umher. Eine eingenommene, besetzte, erbarmungslos gebrandschatzte Stadt, in der jetzt getrunken wurde, wo die Leute stockbetrunken in den Gassen herumlagen. In den Gängen lagen sie mit zerrissener, gelöster Kleidung, mit heruntergelassenen Hosen, an der Tür eines Zimmers kauerte ein Fettwanst in der eigenen Kotze und im eigenen Urin, der weiße aufgeblähte Bauch sah in der Dunkelheit aus wie ein Schwan auf spiegelglattem See. Der hatte sich aus Freude und Angst vollaufen lassen. Jetzt war er jenseits von beidem. Überall begleiteten uns Bilder von Chaos und Zerstörung.

Durch ein solches Land zogen wir unserem Messias, unserem Tyrannen nach, wie suchten nach ihm wie nach Christus in der Wüste oder nach Mohammed in seinem Zelt.

Ingenieur Mitke, der sich uns bei den Werkstätten angeschlossen hatte, sagte, daß er sicher in seiner Zelle am Denken sei. Also machten wir uns auf zu seiner Klause. Jetzt waren auch noch Šipac und Ban mit von der Partie. Mrak, wir mußten Mrak finden. Auf unserem Weg durch die besetzte und zertrümmerte Livada kamen wir auch durch den Speisesaal und die Kantine. Natürlich waren sie demoliert, aber das hatte nicht gereicht: Aus der Küche hatten die Iltisse alles weggeschleppt, was sich bewegen oder abmontieren ließ, Teller, Löffel, große Eimer voll Marmelade, die eine sämige Spur hinter ihnen her zog, jemand hatte die Tür der ehemaligen Kredenz abtransportiert. Was an Essen vom Abend übriggeblieben war, war über den Boden verschüttet, sie waren in den Bohnen und dem Salat und dem ganzen zermanschten Fraß geradezu gewatet. So konnte die Sache nicht weitergehen. Jemand mußte hier die Ordnung wieder herstellen. Das Chaos rief nach Mrak. Und so kamen wir auf unserer Tour durch das verwilderte Land, in dem der disziplinlose und betrunkene Pöbel herrschte, schließlich zu Mraks Zelle. Sie war verschlossen. Johann sah durch das Guckloch:

»Man sieht nichts, finster wie im Mastdarm. Aber er ist drinnen«, sagte er leise, »ich höre Musik.«

Durch die dicke Tür kamen die gedämpften Klänge einer feierlichen Musik, einer Ouvertüre oder Symphonie. Johann klopfte, niemand antwortete, nur das Orchester hallte noch höher, noch feierlicher.

»Was ist das«, sagte er, »er hat sich doch nicht etwa von innen eingesperrt? Wo gibt's denn so was? In diesem Haus werden die Türen von außen versperrt.«

»Er wird nicht aufmachen«, sagte Pepi, »er hat sich angeschissen.«

»Er hat sich nicht angeschissen«, philosophierte Mitke, »er will sich nicht einmischen. Ein kluger Mann ist das.«

»Das ist dasselbe«, sagte Johann und trat gegen die Tür. »Herr Alois Mrak«, rief er, »machen Sie sofort auf.«

15

Als es begann, als die erste große Schlacht schon geschlagen war, befand sich der zukünftige Anführer, Diktator, Tyrann in innerer Emigration. Sozusagen in Selbsthaft. Zunächst einmal mußten wir ihn aus diesem Loch herausbringen, um ihn auf den Thron setzen zu können. Das war die historische Wahrheit, alles andere war seine und seiner Vögte historische Verfälschung, waren falsche Belege.

Er öffnete noch immer nicht.

»He«, rief ich, »he, ich rufe Sie bei Ihrem Namen: Herr Alois Mrak! Jetzt ist nicht die Zeit für Musik. Wenn Sie nicht sofort aufmachen, werden wir diese verdammte Tür in Stücke schlagen.«

Die Musik wurde leiser. Johann unterstrich die Sache noch einmal:

»Hol mal einer ein Stück Eisen. Wir müssen uns zu unserem Anführer durchschlagen.«

Flappe rannte wirklich los, dieser Blödmann war immer am Rennen, es war ungewöhnlich, daß er mit uns mitgelatscht war, daß er nicht hinausgerannt war und jetzt mit den Polizisten auf irgendeinem Maisacker Fangen spielte. Der Blödmann hatte blöd gegrinst: Was soll er weglaufen, hier ist die größere Hetz. Flappe war begeistert, weil er helfen konnte.

»Eine Spitzhacke«, hüpfte er fröhlich, »ich hole eine Spitzhacke.«

»Und vergiß die Schaufel nicht«, sagte Johann, und alle grinsten fröhlich. Er selbst am meisten mit seinem Gold im breiten Maul. Es war wirklich eine Hetz, wie wir zu unserem Anführer kamen. Wenn wir gewußt hätten, was folgen würde, hätten wir weniger gegrinst.

Die Tür ging langsam auf, heraus schaute ein eiförmiger Kopf. Alois Mrak war ein Mann mit niedrigem Rumpf und einem Pharaonenkopf. Er hatte ein hohe Stirn, die sich in den Scheitel des Schädels verlängerte, darunter starrten uns wässerige blaue Augen an, über der Stirn lag die Glatze sorgsam bedeckt mit Haaren, die auf die Fleckhaut des Scheitels gekämmt und dort festgeklebt waren. Diese Haare sahen aus wie eine angebrannte und durchlöcherte Palatschinke, die über die eiförmige Hülle des Pharaonenkopfes gelegt war. Das war Alois Mrak, dessen Namen in dieser Nacht die ganze Livada rief.

»Was wollen Sie in Stücke schlagen«, murmelte der mürrische Mann, der schlafen wollte, »ich habe doch schon aufgemacht.«

Er war nicht nur schlechter Laune, er hatte auch Angst. Ich sah, daß seine Hände zitterten. Er hatte sich wirklich versteckt.

Ein bißchen peinlich war es mir für ihn. Und auch für uns. Wir waren gekommen, die Führung des Aufstandes einem Manne anzubieten, den man an den Eiern aus seinem Loch ziehen mußte. Der imstande war, seinen Schildkrötenkopf unter den Panzer zurückzuziehen und die Tür wieder zuzuschlagen.

»Was wollen Sie denn?« brummelte er, »zu dieser Stunde möchte man doch etwas Ruhe.«

Mißtrauisch sah er von einem zum anderen.

»Wir sind gekommen, um uns zu beraten. Sie werden mit uns zusammenarbeiten.«

»Ich werde mit niemand zusammenarbeiten«, sagte er und versuchte, die Tür zu schließen. Johann stellte den Fuß zwischen Tür und Türstock.

»Sie haben keine andere Wahl«, sagte ich.

»Ach so?« nörgelte er noch weiter, »zuerst schlagen Sie alles in Stücke und stecken alles in Brand, und dann kommen Sie, sich zu beraten.«

So haben wir den Führer des Aufstandes in der Livada mit dem Fuß in der Tür auf den Thron gehievt. Wir waren ja selbst schuld. Auch ich, der ich auf meine Ahnung hätte hören müssen, die mir sagte, daß das nicht gut geht. Aber es war keine Zeit, es war keine Zeit, die Nacht ging dem Morgen zu, etwas mußte unternommen werden.

»Nehmen Sie die Pfoten weg«, belferte er.

Endlich öffnete er die Tür.

16

Wir drängten uns in seine Zelle. Ehrfürchtig besahen wir die vielen Bücher, das Grammophon, die Pfeife und die Tabakdose, ja, das war ein Raum des Nachdenkens und Schaffens, der Raum, in dem die wundertätigen Gesuche um Begnadigung und vorzeitige Entlassungen entstanden. Ban nahm die Mütze ab und preßte sie in den Händen wie ein Leibeigener.

Alois Mrak brummelte noch etwas vor sich hin, dann stopfte er sich die Pfeife und sprach die historischen Worte:

»Das kann man ja nicht mehr mit ansehen, da kommt einem ja das Kotzen.«

Ich wußte nicht, was er nicht mit ansehen konnte, denn er hatte nichts gesehen, er hatte sich in der Emigration befunden, als es anfing, er hatte Musik gehört, eine Symphonie oder eine Ouvertüre.

»Daß Sie so ohne jeden Plan anfangen«, sagte er und trat ans Fenster, sein Blick blieb an den Gittern hängen, die hier noch ganz waren. »Daß Sie zerschlagen und plündern.« Sein Blick hing am Feuerschein hinter den Werkstätten.

»Alles brennt«, sagte er. Er rieb sich die Augen, ging in dem kleinen Raum auf und ab und stellte die historische Frage:

»Was wollen Sie eigentlich?«

Wir schauten uns an: Was wollen wir eigentlich? Er sagte, man müsse Forderung aufstellen. Er strich sich über die Haarpalatschinke auf seinem Schädel. Er war ruhig, er wußte schon, was zu tun war. Ein Ausschuß mußte gegründet werden. Verhandlungen mußten geführt werden. Ich mußte zugeben, obwohl es mir noch immer nicht gefiel, daß das die richtigen Worte im richtigen Moment waren.

Flappe kam mit der Spitzhacke angerannt.

»Wer ist dieser Mann?« fragte Alois Mrak streng.

»Franjo Podkubovschek, genannt Flappe«, haspelte Flappe herunter, der sofort erkannt hatte, wer hier die Dinge in der Hand hatte.

»Was wollen Sie mit dem Werkzeug, Herr Franjo?«

»Lassen Sie das Werkzeug draußen«, sagte Johann, »wir haben hier eine Sitzung.«

Flappe warf die Spitzhacke auf den Gang. Mrak drückte den Riegel an der Tür zu. Kurz schniefend, lachte er:

»Den hier habe ich mir in der Werkstatt anfertigen lassen. Als es anfing, habe ich ihn nur befestigt. Ich wußte, daß es krachen würde, aus der Bücherei war das gut zu sehen. Setzen Sie sich«, sagte er, und wir setzten uns, wo immer es möglich war: auf den Boden, zwischen die Bücher, auf Zeitungsstöße. Er schob Papiere vom Tisch und rührte uns Löskaffee an, der Duft von Kaffee und Zigaretten mischte sich mit dem Geruch vom Klo in der Ecke, das mit einem schweren und fettigen Vorhang zugehängt war.

So begann die historische erste Sitzung. Die historische Sitzung von etwas, was wir damals noch nicht kannten. Aber auf einmal waren wir irgendwie beruhigt, wir hatten eine Sitzung, Mrak wußte und sah schon voraus. Hier war einer, der dachte, wir waren in Rauchwolken gehüllt, aus dem Klo stank es, draußen brannte es, wir waren zur Abwechslung einmal von innen hinter Schloß und Riegel, im Umkreis der Strafanstalt heulten immer neue Einsatzwagen, aber es gab nicht mehr dieses: Scheiße, und was jetzt. Jetzt gab es etwas. Mraks Pharaonenkopf gab einem das Gefühl, er wisse, was zu tun war, und auch, wie es zu tun war. Er hatte an vielen Sitzungen teilgenommen, er hatte viele schwere Finanz- und Wirtschaftsprobleme lösen geholfen. Eine Führerpersönlichkeit. Die Stunde war kritisch, wir brauchten ihn.

Auf einmal fühlten wir uns sicher, obwohl ich jetzt noch nicht weiß, warum. Ich weiß nicht, auf was wir bauten, damals hatten wir noch keinerlei Verteidigung. Damals hätten sie uns ganz einfach schlucken können, mit Haut und Knochen. Ich verstehe nicht, warum sie uns damals nicht zerquetscht haben. Sie hätten es mit Leichtigkeit tun können. Der Pöbel plünderte in den Kantinen, das Volk soff und kotzte, die einen schliefen, die anderen klimperten auf der Gitarre und plärrten ihre Trauergesänge, Wachen gab es keine. Damals hätten sie uns zerquetschen können, wir waren in einem Reifen ohne Felge. Aber auch sie waren in einen Reifen gequetscht, in den Stahlreifen ihrer Angst, in der Kehle preßte es sie, sie waren verprügelt worden, sie mußten die Hosen total voll haben, denn so etwas war ihnen noch nie passiert. Später konnten sie uns nichts mehr tun, da war es zu spät. Die Sache nahm Formen an, und wir organisierten sie. In Mraks verriegelter Zelle begann die Gründung der befreiten Republik, eines Häftlingsstaates, der in die Legende vieler Gefängnisse eingehen sollte, wohin ihre Teilnehmer auch immer wieder zurückkehrten. Und so saßen wir in dieser Stunde immer mehr wie die Sieger da und lauschten dem erschrockenen Gesang, der mit dem Ächzen der gefangenen Wärter hinter den vernagelten Türen und dem Prasseln der letzten Feuer und zusammen mit den Explosionen aus den Werkstätten durch die Nacht hallte.

»Wir müssen einen Ausschuß einrichten«, sagte Mrak mit entschlossener, wenn auch etwas fistelnder Stimme, »wir müssen Forderungen erheben.«

»Dann voran«, sagte Johann, »auf zur Verwaltung.«

Nach Jeršalaim, dachte ich. Das Zeughaus der Masada ist geplündert, jetzt auf zur Oberstadt von Jerusalem.

»Langsam«, sagte Alois Mrak, »zuerst die gerechten Forderungen.«

17

Ban stellte die erste: Frauenbesuch jeden Tag. Und daß im Besuchszimmer nach jedem die Bettücher gewechselt werden.

»Wir fangen also gleich mit dem Vögeln an?« sagte Johann.

Mitke sagte, das sei wirklich nicht wichtig, wichtig seien die Arbeitsbedingungen an den Holzmaschinen. Die Maschinen sind veraltet, sie sind nicht sicher, einmal wird es einem den Arm abreißen.

»Scheiß auf den Arm«, sagte Ban, »wenn dich nie eine besucht.«

»Alle Forderungen sind wichtig«, sagte Mrak. Er rieb sich die Augen, setzte sich die Brille auf und schrieb mit buchhalterischer Genauigkeit: Sicherheit bei der Arbeit, Frauenbesuche, saubere Bettücher. Danke, sagte Ban unterwürfig und pflanzte sich wieder die Mütze auf den Kopf.

Was noch? Flappe sagte, die Verpflegung. Mrak sagte, die Verpflegung ist in Ordnung, am Sonntag duftet es nach Kümmelbraten. Am Sonntag ja, aber drei Tage gab es Bohnen, einen Saufraß. Flappe hieß bei uns Flappe, weil er statt Mund oder Maul Flappe sagte, die Kühe haben eine Flappe, halt die Flappe, mach die Flappe auf, und er aß auch, als hätte er eine Flappe, obwohl er dürr und zäh und dämlich war.

»Die Wärter vor die Disziplinarische«, sagte Ban. »Vorher müßte man sie aber ein bißchen ausfragen, nämlich von wegen Gewissen.« Er wandte sich zu Mrak und nahm wieder seine Mütze ab. »Mit Ihrer Erlaubnis« sagte er, »würde ich sie gern ein bißchen verhören.«

»Wozu möchten Sie sie denn verhören?« Mrak wurde von leichter Müdigkeit befallen. Die Nacht ging dem Ende zu, die Sache müßte irgendwie vorangetrieben werden, alles gehört in eine Ordnung gebracht, und hier hat jemand den unaufhaltsamen Wunsch, die Wärter zu verhören.

»Alles müßten sie sagen«, sagte Ban, »einfach alles, ob im Guten oder im Bösen.«

»Unsinn«, sagte Johann, »die Wärter brauchen wir überhaupt nicht, Selbstverwaltung.« Selbstverwaltung, notierte Mrak. Šipac schlug vor, in der Kantine auch eine Konditorei zu eröffnen. Mrak schüttelte den Kopf: Keine Witze bitte, die Sache ist ernst. Der Vorschlag wurde nicht angenommen. Er wurde ersetzt durch das Recht auf offene Türen, das heißt, auf Ausgänge nach Absprache mit dem Ausschuß der Anstaltszöglinge. Alle begannen durcheinander zu reden.

»Das ist alles ein Scheißdreck«, sagte Johann, und die Ausschußmitglieder verstummten. »Sie werden uns alles versprechen«, fuhr er fort, »und dann werden sie uns fertigmachen, bis wir schwarz werden. Wir müssen Amnestie fordern.«

Wir sahen uns an. Das hörte sich gut an. Scheiß auf Schnitzel und Holzmaschinen, scheiß auf saubere Betttücher und Wärter, alles, wir müssen alles fordern. Mrak wiegte seinen Kopf und sagte, er werde aufschreiben, was wir beschließen.

»Beschließen, beschließen«, imitierte Johann ein wenig Mraks Fistelstimme, »wir wissen, was wir wollen. Alles«, sagte er, »alles.« Mrak nahm seine Brille ab, brachte beleidigt seine Haare in Ordnung und rieb seine Brille, er überlegte.

»Eigentlich«, sagte er nach einer Zeit, »vielleicht haben Sie sogar recht. Man muß die höchste und gerechteste Forderung erheben, auch wenn sie unmöglich erscheint. Dann läßt sich ein wenig nachgeben.«

»Nachgeben?« fragte Johann noch immer fistelnd durch das Gold in seinem Mund. »Wir haben ja noch nicht einmal angefangen.«

»Amnestie«, rief Pepi. »Die soll der Präsident der Republik unterschreiben, totale Amnestie.«

»Ach, gleich der Präsident«, sagte Mrak überdrüssig, »wer sind Sie denn«, sagte er ärgerlich und ein wenig nervös, »daß Sie gleich mit dem Präsidenten reden wollen?«

»Jože Valant«, sagte Pepi, »alias Pepi Pedro, so steht's in der Kartei. Mehrjährig für Raub im Pfarrhaus.«

»Antiquitäten«, sagte Johann, »Herr Valant ist Sammler.«

»Ach so? Antiquitäten«, sagte Mrak noch nervöser und ein wenig müde.

Es zeigte sich, daß wir uns nicht mehr viel zu sagen hatten. Da trat Mrak plötzlich zu mir.

»Keber«, sagte er, »haben Sie keine Forderungen?«

Er überraschte mich. Was sollte ich fordern? Daß sie mich zurück aufs Schiff lassen? Signale hören, die übers Meer und durchs Wasser reisen. Ein wenig mußte ich überlegen, und alle starrten mich an, in bläuliche Rauchwolken gehüllt. Und bevor ich mir etwas überlegt hatte, platzte ich schon heraus.

»Daß sie die Basketballer in den Apparat zurückbringen«, sagte ich. Und im selben Augenblick wußte ich, daß das logisch, richtig und gerecht war.

Alle mußten grinsen.

»Wie?« sagte Mrak, »wir haben nicht verstanden.«

»Ich will sagen«, sagte ich, »daß der vorherige Zustand wiederhergestellt werden soll. Daß das Finale noch einmal gespielt wird. Deswegen hat es doch angefangen, nicht wahr?«

Jetzt war Mrak wirklich müde. Trotzdem kritzelte er das aufs Papier.

»Das heißt«, fuhr ich fort, »daß ein Fernseher aufgestellt wird, daß kein Wärter daneben zu stehen hat, daß das Finale von Anfang bis Ende durchgespielt wird. Daß sich Schwein Albert anständig benimmt, daß heißt, daß er sich entschuldigt, daß er ohne Schlagstock da ist, daß er den Fernseher einschaltet und daß er sich schön leise die Übertragung des Basketballspiels von Anfang bis Ende ansieht. Das nennt man: Ausgangszustand.«

Als sie aufhörten zu grinsen, entstand Stille.

»Keber, das Spiel ist doch schon fertiggespielt«, sagte Pepi, »das kannst du nicht fordern.«

»Wie lautet denn das Ergebnis?« fragte ich, »na, wer hat gewonnen?«

»Weiß ich nicht«, sagte Pepi Pedro, »mich interessiert Sport nicht.«

Auf einmal war es mir klar. Wenn es nicht noch einmal eine Übertragung gibt, spiele ich bei diesem Ausschuß für gerechte Forderungen nicht mit. Das ist die gerechteste Forderung, wegen der ich den Fernseher ins Fenster geknallt habe.

Ich habe nie irgendwelche Forderungen gestellt. Alles in meinem Leben ist mir einfach so passiert. Passiert sind mir der versperrte Waggon auf dem Weg durch Deutschland, die Kajüte auf dem Stück Schrott, zu dem sie Schiff sagten, die Kasernenschlafsäle, Leoncas Zimmer, die Häftlingszellen, zu denen sie auch Zimmer sagten. Alles das ist mir genau deswegen passiert, weil ich niemals Forderungen hatte. Jetzt hatte ich eine Forderung, es war so einfach gewesen. Wie es ganz einfach gewesen war, den Fernseher in das Fenster zu knallen.

»Willst du eine Aufzeichnung des Spiels?« fragte Ban.

»Keine Aufzeichnung«, sagte ich, »ich will eine Übertragung.«

»Ich verstehe schon«, sagte Johann, »du möchtest, daß die Amerikaner das Finale gegen uns noch einmal spielen?«

»Ich weiß nicht, wie sie das fertigbringen werden, aber das ist meine einzige Forderung. Wenn ihr die nicht akzeptiert, mache ich nicht mehr mit.«

»Du hast angefangen«, sagte Johann, »ohne dich machen wir nicht weiter.«

»Wie ihr wollt«, sagte ich.

Einige Zeit herrschte Schweigen.

»Gut«, sagte Mrak mit völlig lustloser Fistelstimme, »notieren wir auch diese Forderung.«

»An erster Stelle«, sagte ich.

»Sie ist aber ein bißchen seltsam«, sagte er.

»Möglich«, sagte ich.

Er stopfte sich die Pfeife, mit der Hand fuhr er sich über die spärlichen Haare, die an seinem Schädel klebten. Er notierte.

18

Von den Gängen waren aufgeregte Rufe zu hören, die in einem schrecklichen Lärmen erstickten. Wir sprangen alle ans Fenster. Niedrig über den Dächern schwebte im hellen Junimorgen dröhnend ein Hubschrauber. Die großen Flügel rauschten über unseren Köpfen. Jetzt galt es zu handeln, die Sache wurde wieder ernst. Los, los, es gibt Krieg, es ist Krieg. Tempo, sagte ich, Tempo ist nötig, wir dürfen kein Tempo verlieren. Rufe, Vorschläge, Entscheidungen, rasch waren wir uns einig: Präsident des Gerechtigkeitsausschusses soll Alois Mrak sein, ich werde Kommandant der Verteidigung und besonders der meines Blocks B, Johann mein Assistent und Kommandant der Verteidigung von Block C, auf der ersten Sitzung ernannte Ausschußmitglieder sind: Ban, Pepi Pedro, Flappe, Šipac, Mitrović Mitke. Neue angesehene Mitglieder hinzugewinnen. Sofort Wachen aufstellen. Sofort alles mobilisieren. Sich sofort mit Werkzeug aus den Werkstätten und den Waffen der gefangenen Wärter bewaffnen. Die gefangenen Wärter als Geiseln nehmen. Barrikaden errichten. Am Morgen Verhandlungen beginnen. Wenn die nicht sofort zum Erfolg führen, unverzüglich die Verwaltung angreifen. Das Plündern einstellen.

Für letzteres war es schon zu spät. Als wir in den Vorratsraum der Kantine kamen, um vor Beginn der Aktion noch schnell die erste Sitzung zu begießen und zu feiern, gab es dort nur noch verschüttetes Mehl und zerkrümelte Makkaroni. Und einen Lagerverwalter mit blauen Augen, der auf leeren Säcken schnarchte.

»Scheiß drauf«, sagte Johann, »so ist es eben, wenn Krieg ist.«

»Nein«, sagte Mrak, der jetzt allmählich wach wurde, »so ist es, wenn Revolution ist. Wir haben einen Aufstand. Die Rebellion der Rechtlosen.«

Johann lachte golden: Was Sie nicht sagen! Trotzdem hörte es sich gut an, noch besser, als Mitke von irgendwo mit einer Flasche Obstler angewackelt kam. Gebrannt und veredelt in den Holzwerkstätten. Ein wenig duftete er nach Holzlacklöser, aber er war gut, und gut hatte sich auch angehört: Rebellion der Rechtlosen. Jetzt war alles schon ein wenig besser, auch wenn der lästige Hubschrauber noch immer über unseren Köpfen hing. Die Nachricht von der Gründung des Revolutionskomitees durchlief blitzartig beide Blocks und die besetzten Arbeitsbaracken. Niemand schlief mehr, und alle, die in den Gängen hockten und nicht betrunken waren oder sich in den Kantinenräumen allzusehr den Wanst vollgeschlagen hatten, regten sich mit neuer Kraft. Die Moral stieg im Nu. Erhoben und verkündet wurden sechs gerechte Forderungen, die nach Mraks Überarbeitung so feierlich klangen wie seine mächtigen Symphonien und Ouvertüren hinter der verschlossenen Tür. Die Ausrufer flogen durch die Gänge und schrien die Anfangsworte des Aufrufs:

An alle! An alle! An alle!

Unser Dulden und Erdulden hat den Kelch zum Überfließen gebracht.

Dann verlasen sie die sechs gerechten Forderungen. Vierhundertfünfzig rebellische Livadaner, so viele innerhalb des Drahtverhaus geblieben waren, begrüßten die Gründung des Ausschusses und seine Forderungen mit neuerlichem Zertrümmern des Inventars, mit Klappern und Lärmen an den zerbrochenen Gittern und mit neuen Explosionen von Holzlackkanistern auf dem Hof.

19

Dieser wilde Lärm beunruhigte die Belagerer sichtlich. Der Hubschrauber, gegen den Steine flogen, stieg etwas höher, um den Eingang herum war das Dröhnen von Automotoren zu hören, und am Draht waren gebückte Gestalten zu sehen, die liefen und sich ins Gras warfen. Ein Höllenlärm, Geschrei und Kurzundkleinschlagen, die neue Aufstandswelle währte kurz, die Kräfte waren ziemlich verbraucht. Auch der Hubschrauber drehte über den Maisacker zum nahen Wald ab. Bald wankten nur noch ein paar gut beladene Rebellen über den Hof. Im Ausschuß waren wir zufrieden mit der Reaktion. Von irgendwo brachte man uns requiriertes Essen und Getränke, die besser waren als der Obstler mit dem Geschmack nach Lösungsmittel. Feierlich tranken wir uns zu und gingen an die Arbeit.

Trotz der Müdigkeit führten wir in den nächsten zwei Morgenstunden die Mobilisierung durch. Wir weckten die betrunkene Bande und drückten ihnen Werkzeug und Waffen in die Hände. Wir trieben sie durch die Gänge und über den Hof an die Wachposten. Der Spaß war zum Teufel, jetzt, in dieser entscheidenden Morgenstunde, muß jeder nach Pfahl oder Schaufel greifen, Barrikaden bauen, Wache schieben, arbeiten, den Befehlen seines Kommandos gehorchen. Wir stellten Wachen auf und verbarrikadierten die Zugänge zum Verwaltungstrakt, in dem eine Handvoll Wärter mit vollen Hosen steckte, die keinen Muckser machten. Von Zeit zu Zeit schob jemand einen Gewehrlauf durch das Fenster, um sich Mut zu machen. Die gefangengenommenen Wärter, ich weiß nicht, wie viele es waren: fünf, sechs, unter ihnen hatte sich im nächtlichen Kampfgetümmel auch der Polizeikommandant befunden, was uns besonders freute, verfrachteten wir in eine Gemeinschaftszelle und nagelten die Tür einfach zu. Die Riegel waren nämlich abgerissen. Ein bißchen würde es stinken, denn sie hatten nur ein einziges Loch, die Muschel war auf den Hof geflogen, was soll's, auch uns hatte es da drinnen nicht gerade geduftet. Eigentlich setzten wir nur zwei Beschlüsse nicht um: Das Plündern konnten wir nicht verhindern, denn es war schon geschehen. Gegen das Trinken ließ sich nichts unternehmen, in einer Strafanstalt hat es das immer gegeben, und es wird das immer geben, sei die Obrigkeit so oder so geartet. Nach dem Chaos, das von halb neun abends dauerte, hatten wir gegen Ende der ersten Nacht das besetzte Territorium mit klugen Maßnahmen in Ordnung gebracht. Gerade aus dieser Ordnung erwuchs eine seltsame Spannung. Solange Chaos herrschte, lief alles von allein. Jetzt spürte man, daß sich zwei organisierte Mächte gegenüberstanden, unsere und ihre Ordnung. Ich glaube, daß sie etwas mehr Angst hatten, dasjenige, was sich hier drinnen unter unserer Befehlsgewalt befand, war eben auch gefährlicher als alles, was draußen war.

20

Als ich zu Block B zurückkehrte, schloß sich mir Ban an.

»Jetzt werden wir ihn ein bißchen verhören.«

»Wen?«

»Schwein Albert«, sagte er. »Er hat den Schlagstock zu gern bohren lassen. Wenn ich reinkam, mußte ich die Hosen runterlassen. Er hat seine Freude am Inspizieren von Arschlöchern.«

»Laß ihn«, sagte ich. Ich hatte keine Freude an Racheakten. Ich wollte ein wenig schlafen, die ganze verrückte Nacht lag hinter uns.

»Jetzt sind wir doch die Obrigkeit, oder etwa nicht?« sagte er, und seine rotgeränderten Augen glänzten in den neuen Morgen.

»Das sind wir, ja«, sagte ich und dachte bei mir, was für eine Obrigkeit denn, ich bin der Kommandant einer besoffenen Bande, die Blecheimer aus der Kantine schleppt. Ich, vor dem in der Dominikana beschissene geschniegelte Oberste in Unterhosen gezittert haben.

»Laß das Schwein«, sagte ich, »Šipac hat ihn doch schon total auseinandergenommen.«

»Wir haben nicht deshalb gekämpft, damit das Schwein friedlich schläft«, sagte er.

Die Tür einer Zelle war ausgerissen, sie hing vom Türstock, und aus dem Inneren kam langsames Stöhnen. Ban bliebt stehen. Plötzlich hatte er es sich überlegt. Er wird jemand anderen verhören.

»Hörst du ihn?« sagte er. »Er stöhnt. Der Arsch, der Zinker, er träumt von kleinen Mädchen.« Die Macht, die er auf einmal besaß, ließ ihm keine Ruhe. Er ging hinein. Ich blieb an der Tür stehen.

»Laß ihn schlafen«, sagte ich, »er ist ein alter Mann.«

»Wir sollen kämpfen«, sagte er, »und der alte Zinker darf schlafen. Nein, mein Lieber, daraus wird nichts. Sind wir die Obrigkeit oder nicht?« sagte er und beugte sich über den stöhnenden Alten. Vor Mrak war er der speichelleckende Kriecher, hier war er auf einmal Herr der Lage.

»Komm hoch, du Bandit«, brüllte er, und im Nu saß der Alte auf dem Bett und ließ die kleinen Augäpfel rotieren, die nicht wußten, ob sie schliefen oder wachten.

»Was jammerst du«, sagte Ban, »was fehlt dir?«

Der Alte war Direktor einer Grundschule auf dem Lande gewesen, er hatte ein Jahr ausgefaßt, weil er den Mädchen im Schulkabinett unter den Rock gegriffen hatte, eine hatte er angeblich sogar vergewaltigt. Ban setzt sich zu ihm aufs Bett.

»Was ist, alter Ficker, hast du von kleinen Mädchen geträumt?«

Den sexuell Abartigen ging es in der Haft nie besonders

gut, sie waren immer ganz unten, manchmal fiel einer über die Treppe, aus Zufall oder Unglück, manchmal erwachte er mit brennendem Papier zwischen den Fingern. Ban hatte sie alle im Visier, diesen Lehrer aus der Dorfschule von Klein Samstag oder sonstwo, diesen ganz besonders. Er ist ein Schwein, sagte er immer laut, wenn der Alte im Hofkreis an ihm vorbeikam, manchmal stellte er ihm ein Bein, und der Pauker ging sich jedesmal beschweren. Die Häftlinge sammelten sich gern, wenn Ban dem Direktor auf den Pelz rückte. Wie viele waren es denn, Mädchen meine ich? fragte Ban gewöhnlich. Keine, gab der Alte zur Antwort, keine einzige. Er sagte, das sei eine Denunziation, weil sie ihn nicht mochten. Daß der Pauker vor Gericht geleugnet hatte, das konnte Ban noch ertragen, aber daß er ihm ins Gesicht log, das war auch für Ban zuviel, der sonst eine ganze Menge vertrug. Er faßte ihn an der Schulter, drehte ihn zu sich herum. Keine? Keine. Du Ficker, sagte Ban, der unschuldige Kinder fickt. Und trat dem alten Mann mit dem schweren Stiefel in den Steiß. Der Mann meldete ihn, Ban bekam eine Woche Einzelhaft. Überhaupt trat er gern, fast so gern, wie der Schulmeister verzinkte. Der Schulmeister war ein Spitzel, Ban war ein Schleimer. An diesem Morgen fanden sie sich gemeinsam auf dem Bett wieder. Es gab keine Obrigkeit mehr, um bei ihr zu petzen. Ban war auf einmal auch so etwas wie drohender Kläger und schrecklicher Richter in einer Person. Vielleicht hatte er geträumt, was sich jetzt abspielte, vielleicht hatte er deshalb im Schlaf gestöhnt. Keine Obrigkeit oder noch schlimmer: Ban an der Macht, das konnte wirklich nur ein böser Traum sein.

»Was ist, alter Ficker, was jammerst du?«

Der Direktor zitterte. Die Augenmuskeln blitzten zur Tür und zum Fenster, nirgends war ein Ausgang, obwohl die Tür offenstand. Jenseits der Tür war nichts, was ihm zu Hilfe kommen könnte, höchstens konnte ihn noch Zusätzliches treffen.

»Der Herr Aufseher ist nicht da«, sagte Ban ruhig, »niemand ist da. Nur Ban. Und du, du bist ein Spitzel des alten Regimes. Du weißt ja«, sagte er, »du bist ja in die Schule gegangen, du weißt, wen es zuerst trifft. Die Spitzel, die Zinker.«

Fast freundschaftlich boxte er ihn gegen die Schulter.

»Hör auf zu flennen«, sagte er, »arbeite lieber mit.«

Der alte Mann nickte ruckartig: Er wird nicht flennen, er wird mitarbeiten, wobei soll er mitarbeiten?

»Beim Verhören«, flüsterte Ban ihm ins Ohr, ganz aus der Nähe, »na, von was hast du geträumt? Von kleinen Mädchen, stimmt doch, oder?«

Der Direktor schüttelte jetzt genauso heftig den Kopf. Das ergraute, noch immer schön gekämmte Haar flog auf von den heftigen Stößen. Ban zerzauste ihm die Haare ein wenig, so daß sie ihm über die Augen fielen.

»Du lügst«, flüsterte er, »du, du kleiner Lügner.«

Er stand auf und faßte ihn am Ohr. Er fragte ihn, ob er wieder von kleinen Mösen geträumt habe, er zog ihn am Ohr, daß der Direktor aufstöhnte und den Kopf drehte und hochzukommen versuchte.

»Was hast du in deinem Büro zu ihr gesagt, was hast du gesagt.«

»Nichts.«

»War es im Lehrerzimmer? Auf dem Gang, wo war es?«

»Nirgends. Nichts«, stöhnte der grauhaarige Mann, »gar nichts.«

»Wirklich nichts?« rief Ban und zog ihn am Ohr hinter sich her, daß der Mann torkelte, »gar nichts?« An der Tür hatte sich ein Schar Neugieriger angesammelt. Es roch nach Alkohol, ein Typ mit schartigen Zähnen schlug sich auf die Knie vor Lachen. Ich sagte, es ist genug, absolut genug. Sie schoben mich von der Tür weg. Ich hatte keinen rechten Willen, mich für den alten Spitzel stark zu machen, schließlich war er tatsächlich ein Spitzel, daß ihm Gott helfe.

»Ich denke, daß er lügt«, sagte Ban und sah zum Publikum.

»Er lügt, er lügt«, hüpfte der Schartige, »zieh ihm die Uhr auf.«

»Du lügst, hast du gehört?« begann Ban in sein Ohr zu schreien. »Hast du gehört? Sie haben gesagt, ich soll dir die Uhr aufziehen. Warum lügst du, Bürschchen?«

Er verdrehte ihm das Ohr, daß der alte Mann vor Schmerz aufschrie und seine Pupillen tanzten und er für Sekunden nur mit der Lederhaut sah. Unter dem Haarbalg rann das Blut hervor. Ban ließ etwas nach.

»Jesus«, sagte der Verhörte, »er hat mir das Ohr abgerissen.«

»Jetzt rufst du nach Jesus«, sagte Ban, »wo ich sie dir überhaupt noch nicht abgerissen habe, die Ohrmuschel«, sagte er und zog wieder, daß der Knorpel knirschte und der alte Mann nur noch furchtbar jammerte.

»Was hast du zu dem kleinen Mädchen gesagt?« fing Ban an zu schreien. Auch der Schartige hatte sich in die Zelle gedrängt, auch er schrie jetzt in dieses blutende angerissene Ohr: Was hast du zu dem kleinen Mädchen gesagt?

»Hast du gesagt: Zieh das Höschen aus, zeig deine Pussi, hast du das gesagt, altes Schwein? Hast du sie ausgezogen?«

»Ja, ja, ja«, nickte der alte Mann hastig, »ja, alles, was Sie sagen, Herr Ban, alles.«

»Na siehst du, daß es geht«, sagte Ban und lockerte endlich den Griff. »Und jetzt geh dich beschweren«, sagte er und zeigte auf mich, »er ist jetzt hier der Boß, der Aufseher der Herren Aufseher. Willst du dich beschweren?«

Der Alte schüttelte den Kopf. Ban ließ die Ohrmuschel los, und der Direktor fiel aufs Bett und schluchzte. Ban schlug mit angeekeltem Gesichtsausdruck das Blut von seinen Fingern.

»Und jetzt erinnere dich schön an alles«, sagte er, »an rein alles. Wirst du dich erinnern?«

»Ja«, schluchzte der alte Mann.

»So ist's recht«, sagte Ban. »Papier hast du? Ja? Also, dann setz dich an den Tisch und schreib. Einverstanden?«

»Ja«, nickte er rasch vom Bett her, »ja.«

»Wenn ich Zeit habe«, sagte Ban, »komme ich, und dann werden wir es gemeinsam durchlesen, und ich werde dich noch etwas fragen.«

Der Direktor hob zwei zitternde Finger.

»Nun?« fragte Ban.

»Es gibt keinen Tisch«, sagte er, »der Tisch wurde aus dem Fenster geworfen.«

»Schreib auf den Knien.« Er drehte sich zum Publikum: »So führt Ban ein Verhör.«

Der Schartige applaudierte. Das zufrieden Publikum begann sich zu zerstreuen. Der alte Direktor senkte den Kopf und begann schnell etwas zu schreiben, ein paar Blutstropfen glitten übers Papier. Er preßte sich den Rand der mißhandelten Ohrmuschel. Ban sah ihm über die Schulter:

»So, so. Schreib du nur schön, ich komme bald zurück. Jetzt verhört Herr Ban als Vertreter des Ausschusses nämlich noch den Wärter Albert, genannt Schwein Albert.«

Ich wollte zu meiner Zelle. Ban kam hinter mir hergelaufen. Er holte Luft:

»Was ist, Keber, paßt dir etwas nicht?«

»Ich habe nichts gesagt.«

»Einer mußte den alten Zinker in die Schule nehmen.«

»Ich mische mich nicht in deine Verhörmethoden ein.«

»Soll er arbeiten. Ein Gefangener will beschäftigt sein, stimmt doch, oder?«

»Ja«, sagte ich, »so sagen die Pönologen.« Und dachte bei mir, daß er ein Arschkriecher war, daß er es aus Angst tat, daß hier die Angst versuchte, Schmerz und Angst zuzufügen. Manche werden verrückt vor Angst. Wenn sie einen Schritt zu weit gehen, auch vor Blut. Die ganze Livada war seit gestern abend in einem solchen Zustand. In dem langen Gang lagen Möbelstücke, zerrissene Decken, Matratzen, viele Anzeichen einer wilden Angst.

»Jetzt, wo wir obenauf sind«, sagte Ban, »wird jeder Gefangene beschäftigt. Er muß beschäftigt werden, und der alte Ficker am meisten. Damit er nicht lügt und damit ihm keine schmutzigen Gedanken durch den Kopf gehen.«

Er war nicht nur berühmt, der Aufstand in der Livada, er war auch eine häßliche, böse Geschichte. Wie alle Geschichten großer Aufstände.

21

So wie in dieser Nacht waren die Zellen offen und lagen die Matratzen überall auf den Gängen, als ich zum ersten Mal im Leben im Gefängnis schlief. Ich war sieben, wir waren in Viehwaggons aus Frankreich durch das bombardierte Deutschland, durch zerstörte Städte und Dörfer angekommen, wo unser Zuhause sein sollte. Aber dieses Zuhause war nirgends, das erste, was auf die Waggons folgte und woran ich mich erinnere, war das Gefängnis. Bei mir war mein Vater, der fluchte, meine Mutter, die schwieg, und meine Schwester, die in Strömen heulte. Nirgends sonst war es möglich zu übernachten, man sagte zu uns, ihr werdet im Gefängnis schlafen, nur für ein paar Nächte. Dann finden wir eine Bleibe für euch. Mein Vater glaubte noch immer, daß sie eine Bleibe für uns finden werden. Einen Hochofen, sagte mein Vater, wir haben Geld für einen Hochofen in der Heimat zusammengespart. Wenn wir einen Hochofen sehen, wird alles gut. Mama sagte, wir hätten keinen gesehen, wir werden keinen sehen, wir fahren zurück, zurück nach Frankreich. Wir waren ein Woche in Viehwaggons gefahren, und Mama wollte zurück. Alles ist besser, sagte sie, als das Gefängnis. Für mich war dieses Gefängnis des Jahres 45 nicht so schlimm. Es war interessant. Ich spazierte durch die Anstaltsgänge, ich öffnete die Zellen und las an den Wänden Aufschriften in verschiedenen Sprachen, die Unterschriften all der Giovannis, Steves, Janeze, Kurte und Franze. Ich schreibe mit meinem Blut, hatte jemand geschrieben, und diese Farbe war schon ganz braun, Blut überhaupt nicht ähnlich. In Wirklichkeit dachte ich, er hätte es mit seiner Scheiße geschrieben, eine so braune Farbe war das. Und eigentlich war es unterhaltsam. Ich mußte daran denken, daß sie diese Zellen manchmal absperren, ich schob den Riegel hin und her.

Wir waren in einer Festung, der Waggon war eine fahrende Festung gewesen, das Gefängnis war eine Festung und eine Burg aus Kinderspielen. Eine jener Burgen, die ich gebaut, gemalt, von deren nie eingenommenen Türmen ich geträumt hatte. Auch das Gefängnis hatte eine hohe Mauer, sie schützte uns vor der Stadt, die ringsum lag und lärmte, von allen Seiten waren wir geschützt. Das Gefängnis war Burg, Festung, Spiel, sichere Zuflucht.

Spiel damit nicht herum, sagte mein Vater, spiel nicht mit den Riegeln. Ich schlängelte mich zwischen den Menschen aus den Waggons hindurch, die dort in den Anstaltsgängen die Matratzen verteilt und sich hingelegt hatten. Wir waren viele, von überall her, die meisten aus Lothringen. Die heilige Barbara wird uns helfen, sagte Mama. Die heilige Barbara war die Schutzheilige der Bergleute, Vater war Bergmann in Frankreich gewesen. Red keine Dummheiten, sagte Vater. Spanischer Flieder blüht vorm Haus, sagte Mama, Flieder, gehen wir zurück. Red keinen Unsinn, sagte Vater. Er war Bergmann, er hatte die Familie in die Heimat geführt. Er hatte sie im Viehwaggon hergebracht, und die erste Bleibe in der Heimat war das Gefängnis. Mit offenen Türen und blutigen Aufschriften aus der gerade vergangenen Kriegszeit an den Wänden. Meine Schwester weinte, sie weinte immer, noch jetzt weint sie vermutlich irgendwo in Frankreich. Mir ging es nicht schlecht in diesem

Gefängnis, nachts hüpfte ich über die schlafenden Menschen hinweg, hörte jemand, der im Schlaf in einer Sprache redete, die ich nicht verstand. Er rief nach jemand.

Als ich sieben war, schlief ich zum ersten Mal im Gefängnis. Es war eine Burg, es war eine Festung. Die Zellentüren standen offen, wie in dieser Nacht in der befreiten Livada, die auch so etwas war wie eine belagerte Festung aus meinen Kinderträumen.

22

Die morgendliche Welt beruhigte sich. Johann und ich standen am Fenster des verwüsteten Fernsehzimmers und sahen in die Sonne, die über dem Maisacker heraufkroch. Von den Gängen kamen Schnarchen und leise Gespräche. Niemand schlief in den Zellen, Betten oder Matratzen hatten sie auf die Gänge hinausgeschleppt. Irgendwo in der Ferne drehten sich die Flügel des Hubschraubers, die Flügel des bösen Engels über dem Schauplatz des Bösen und der Freiheit. Auf dem Hof knallte es, ein vergessener Kanister Benzin explodierte im Feuer. Danach war die seltsame Morgenstunde noch stiller.

»Keber«, sagte Johann leise. »An was denkst du?«

»Soll ich es dir sagen?«

»Sag es.«

»Ich denke an einen Waggon. Ein bißchen denke ich auch an eine Frau.«

Johann sah in das Feuer.

»Johann«, sagte ich, »erinnerst du dich an Leonca?«

»Wie sollte ich nicht?« Er rieb sich die Augen, die Sonne wurde stärker.

»Wie erinnerst du dich an sie?«

»Was: wie?« Er trat mit dem Fuß gegen die Wand unterm Fenster.

Er sah mich an, er lächelte, seine Goldzähne glänzten.

»Ich erinnere mich an sie, sie war deine Freundin. Sie hatte ein Erinnerungsbuch, nicht wahr?«

»Ein Buch der Weisheit.«

»Ja, etwas in der Art. Sie war in Ordnung. Schade, daß sie dich hat auflaufen lassen.« Noch einmal trat er mit dem Fuß gegen die Wand. »Aber, Keber«, sagte er und grinste. »Jetzt ist keine Zeit für Weiber. Denen haben wir es vielleicht gezeigt.«

»Ja, ganz ordentlich.«

»Sag mal«, sagte er, »ist das so wie bei einer Schlacht?«

»Ja, oder davor. Es kommt mir so vor, als würde die Hauptsache noch auf uns warten.«

»Und am Ende werden wir schön draufzahlen, nicht?«

»Das werden wir«, sagte ich.

»Wir, die wir im Ausschuß sind, am meisten.«

»Ist doch egal«, sagte ich.

»Mir ist es auch scheißegal«, sagte er nach einiger Zeit, »ich habe noch fünf Jahre. Und ich habe immer draufgezahlt.«

Wieder schwieg er, dann begann er zu lachen, daß seine Goldzähne glänzten:

»Glaubst du, daß sie uns richtig in die Mangel nehmen?«

»Jeden einzelnen, in der Einzelzelle.«

»Mrak auch?«

»Bei dem hat es der Mensch im Urin, daß er sich irgendwie herauswinden wird.«

»Ist mir scheißegal«, sagte er, »jedenfalls haben wir ihnen gezeigt, daß wir auch Menschen sind, obwohl wir genaugenommen eine Art Vieh sind. Schon jetzt sage ich dir, es hat sich ausgezahlt.«

Ein wenig hatte er mich überrascht. Ich war nicht gewohnt, daß Johann philosophierte. Hier drinnen philosophiert jeder, jeder hat irgend etwas gelesen, vom Leben und vom Schicksal und von derartigem Kram, Johann hat nie philosophiert, er sprach klare Sätze. Nur das eine wußte ich nicht, wie sehr er sich an Leonca erinnerte.

»Wir werden in die Geschichte eingehen«, sagte er.

»In die Geschichte von was?«

»In die Geschichte vom Schwanz«, sagte er deutlich.

»Und in die Geschichte der größten Aufstände«, sagte ich. »Das Schönste wird sein, wenn wir die wiederholte Übertragung des Finales sehen werden. Kein Wärter wird einen Schlagstock haben, Schwein Albert wird sich anständig benehmen.«

»Der Krieg wird dauern«, sagte er, als wir das Zimmer verließen. »Denk jetzt nicht an die Weiber.«

Ich dachte an keine Weiber mehr. Auch an Leonca nicht, nicht einmal daran, wie gut Johann sie eigentlich kannte, der oft genug an derselben Theke herumgehangen war. Ich mußte daran denken, wie es wohl zu dieser Morgenstunde Albert beim Besuch des Ausschußmitgliedes Ban ergehen würde, und daran, daß es auch mit dieser Übertragung schon völlig egal war. Auch hier ließ sich nichts mehr machen, es galt weiterzumachen, bis zu irgendeinem Ende.

Es war Tag, als wir über stinkende, schnarchende Leiber traten. Johann ging langsam über den leeren Hof zu Block C hinüber. Ich machte halt bei der Wache vor einer Zelle mit zerschlagener Tür, hinter der sich die Wärter und der verirrte Polizeikommandant leise unterhielten. Ban war nicht auf Besuch bei Albert, die Schulstunde mit dem Direktor war für diese Nacht genug gewesen.

»Sie haben Angst«, sagte der Kommandant der Wache. »So ist es richtig, so ist es gerecht.«

Auch ich hatte Angst. Alles hatte sich mit schrecklicher Geschwindigkeit abgespult. Auf einmal waren wir irgendwie frei. Trotzdem wäre ich lieber bei Leonca gewesen. Und wenn sie auch noch so viel herumphilosophieren und mich das Leben lehren würde. Oder wenigstens in der Telegrafenkajüte auf dem Schiff, unter dem Mithören des morgendlichen Signalchaos, das über das freie Meer kam. Ich schlurfte durch die freien Anstaltsgänge direkt zu meinem Bett, dorthin, wo am vergangenen Morgen alles begonnen hatte mit irgendwelchen Träumen, die jemand in die Kloake schwemmte. Ich schlief ein wie nach manch nächtelangem Saufgelage in Odessa oder einer Liebesnacht in Ljubljana mit Leonca. Und der vergangene Morgen hatte im Traum in Odessa begonnen, dort hatten sie eine Echse in der Wand, sie scharrte und stemmte. Das war ein böses Omen gewesen inmitten dieses Friedens. Jetzt waren wir weit weg, und es war eine Ewigkeit vergangen, und alles war ganz anders als zuvor.

Ich legte mich hin und versuchte einzuschlafen. Ich sagte: Odessa.

23

Leonca erregte, Odessa beruhigte mich. Ich sagte nur: Odessa, und schon sah ich die alte Stadt, die näher kam, die goldenen Kuppeln der Kirchen, den Quarantäne-Kai, an dem wir unser Schrott, zu dem wir Schiff sagten, festmachen würden. Schon räumte ich die Kajüte auf. Denn in Odessa gab es ein friedliches Asyl, dort gab es Katharina und Mascha. Die beiden hatten nie jemand belehrt, wie mich Leonca belehren wollte, am wenigsten wollten sie einen das Leben lehren. Die beiden lebten. Arm, aber schön.

In Odessa war es am schönsten. In Odessa gab es zwei Huren, die besten auf der Welt, Mutter und Tochter. Die besten sozialistischen Huren auf der Welt und die freundlichsten und weichsten Frauen, die mir im Leben begegnet sind. Sie machten es für ein paar Konserven, bei ihnen landete ich jede Nacht, wenn ich im Gefängnis Frieden suchte. Ich schloß die Augen und segelte nach Odessa. Sie hatten ein kleines Zimmer, abgeteilt mit einer Decke. Während ich mit der Tochter schlief, kochte die Mutter das Abendessen aus den Konserven, die ich mitgebracht hatte. Wenn ich mit der Mutter schlief, wusch die Tochter das Geschirr nach dem Abendessen, das wir dann aßen, wenn ich mit der Tochter fertig war. Wenn uns die Mutter morgens das Frühstück aus den Konserven machte, die ich ihnen deshalb daließ, damit sie mich ließen, wälzte ich mich mit der Tochter herum, die nicht aufstehen wollte. Nach dem Frühstück legte ich mich mit der Mutter hin, weil die Tochter in die Schule ging. Nach dem Mittagessen, als wir auch die letzte Konserve verputzt hatten, sahen wir aufs Meer hinaus und stopften uns mit Eis voll, denn dort gab es außer den Konserven, die sie von den Schiffen bekamen, nur noch Eis. Wenn ich wegging, war keine Konserve mehr übrig. Zuvor aber waren wir alle zusammen hinter dieser Decke mit den großen Blumen eingeschlafen. Abwechselnd stießen sie mich sanft an, wenn ich zu laut schnarchte.

Schön war es in Odessa, schlecht war nur, weil Mascha manchmal litt. Sie erinnerte sich an alle Männer, die sie gehabt hatte, und bis dahin waren es nicht so viele gewesen. Wenn es einmal mehr sein werden, wird sie sich nicht mehr an sie erinnern, wie sich auch die Mutter nicht mehr an sie erinnert. Mit jeder habe ich einzeln geschlafen, nie mit beiden zusammen, wir waren anständig. Wir haben uns auch fotografiert. Ich hatte meinen Arm um Mascha, wenn uns Katharina fotografierte, sie hatte schwarzes Haar, Mascha, sie war in ein weißes Bettuch gehüllt, ein goldener Anhänger, ein kleines Kreuz hing ihr vom nackten Hals hinunter zwischen die nackten Brüste hinter dem Bettuch.

So daß ich mich an jede einzeln erinnern konnte und jede einzeln kam, wenn ich sie in der dumpfen Gefängnisnacht zu mir rief, unter die schnarchenden Häftlinge. Ich rief sie, beide, auch an diesem Morgen, als viele von uns Angst vor dem kommenden Tag hatten und noch mehr vor der kommenden Nacht.

Ich rief nicht Leonca, sie beide rief ich. Absichtlich. Wegen Leonca, die ihr Foto nicht verwinden konnte, ihr Betttuch, ihr schwarzes Haar. Die die Eifersucht unglücklich machte und das Unglück rachsüchtig. Sie waren bei mir, bis Mascha plötzlich die Züge von Leoncas Gesicht annahm. Am Ende kommt immer Leonca. Am Ende sind wir von Draht umgeben und dreifach von Polizei und Armee umringt.

Ich hörte das Krächzen des Lautsprechers. Für einen Moment wurde ich wach. Hier sind wir, in der Zelle in der Livada, die Zelle fährt, das ist der Bahnhofslautsprecher, Jesenice, der Hochofen.

24

Ich weiß nicht, ob ich diese Stunde, in der ich schlafen sollte, durchträumte oder durchwachte, wachend träumte oder träumend wach lag. Deutlich fühlte ich, wie die Zelle fuhr. Bei mir war mein Vater, wir fahren, sagte er, ist das nicht schön? In der Ecke des Waggons war das Klo, auf der anderen Seite der Kanonenofen, auf ihm Töpfe. Ich fragte, sind wir im Gefängnis, wohin fährt dieses Gefängnis? Nach Hause, sagte er, wir fahren nach Hause. Dort gibt es einen Hochofen. Hochofen, dachte ich, das muß so ein großer Kanonenofen sein, so groß wie ein Haus, wie die Stationstürme mit den Uhren an der Strecke. Wir fuhren, das Gefängnis fuhr. Zu mir neigte sich Alois Mrak mit seinem Pharaonenkopf, die Haare fielen ihm über die Augen. Ich fragte ihn, wie das Ergebnis sei? Mrak, sagte ich, wer führt? Mrak beugte sich mit seinem länglichen Kürbis über mich. Ich führe, sagte er. Der Kürbis hatte dort Löcher, wo die Augen und die Nase waren, wie ein richtiger Kürbis, den die Kinder auf dem Dorf basteln. Innen brannte eine Kerze, durch dieses rote Loch für Nase und Mund sagte er:

Leonca, deine Leonca hat dich verraten. Wegen Mascha. Was für Lügen sind das, Alois Mrak? Sagte ich, reden Sie nicht so. Der Zug rüttelte, die Bremsen quietschten, alles blieb stehen. Ich hörte die krächzende Stimme des Lautsprechers in der Livada. Das ist Jesenice, sagte der Vater, hier gibt es einen Hochofen. Ich lief zum Fenster, mein Vater hob mich ans hohe Fenster des Viehwaggons, durch die Gitter sah ich ein hochgemauertes Bahnhofsgebäude, aber dort stand nicht Jesenice, ich buchstabierte die Aufschrift, es war nicht schwer, an der Fassade stand: Masada. Ich sah auch den Lautsprecher, der irgend etwas krächzte. Und wo ist Menahem? fragte ich. Menahem marschiert nach Jerusalem, sagte Leonca, die auf einmal neben mir war. Sie trug dieses Seidentuch, das ich ihr gekauft und in Jerusalem um den Hals gebunden hatte. Nach Jerusalem, wiederholte ich, durch die versengte Landschaft nach Jerusalem, in der Ferne brannten die morgendlichen Feuer. Auch Titus marschiert nach Jerusalem, sagte ich besorgt, es gibt Krieg.

25

Ich sprang auf, der Lautsprecher krächzte, jemand rüttelte mich an der Schulter. Es war Ingenieur Mitrović. Du bist es, Mitke? sagte ich, wo ist Mrak? In der Kantine tagt der Ausschuß, sagte er, es hat angefangen. Angefangen was, sagte ich, noch immer befand ich mich irgendwo zwischen Schlafen und Wachsein, zwischen Schiff und Zelle, wie eigentlich die ganze Zeit. Was hat angefangen, was? Er deutete zum Fenster, wo das Morgenlicht sich in den Raum und dann in die Gänge ergoß und wo Staubteilchen in ihm schwammen, Traumteilchen, Angstteilchen. Mit dem Morgenlicht kam auch die widerliche Stimme des krächzenden Lautsprechers durch die zerbrochenen Gitter geschwommen. Sie kam nicht aus der Durchsagestation, das war mir sofort klar, irgendwo am Tor mußten sie eine starke Lautsprecheranlage aufgestellt haben.

»Sie werden angreifen«, sagte Mitke, »wenn wir uns nicht sofort ergeben.«

»Wer sagt das?«

»Der Lautsprecher, der Direktor ist am Lautsprecher. Der Alte ist wütend.«

Tatsächlich erkannte ich die Stimme des Alten, nicht dieses Alten, des Ficklehrers, dem Ban vor gut einer Stunde das Ohr abgerissen hatte, sondern Seine Stimme, die Stimme des Direktors. Des Prokurators, des Gouverneurs, dem sich seine idyllische Kolonie widersetzt hatte. Sie werden nicht angreifen, ich wußte, daß sie es nicht tun würden. Die Zeit war noch nicht gekommen. Wir liefen durch den Gang und sprangen über stinkende Leiber, die sich langsam aufrichteten. Beim Eingang in unseren Block lungerten hinter einem Haufen aus Holz und Matratzen nervöse Wachen herum. Einer von ihnen hatte eine Pistole und zielte Richtung Haupttor. Daß du mir ja nicht schießt, schrie ich und drängte mich an der Barrikade vorbei nach draußen. Verstanden? Nur wenn sie dir bis vor die Schnauze kommen, daß du sie riechen kannst. Ich rannte auf den Hof. Nicht über den Hof, nicht, rief jemand hinter mir, der Hof ist unter Beschuß. Gebückt rannte ich über den bestrichenen Raum, wie es heißt, ich wartete, daß es knallte, aber nichts passierte, bis zum Schießen war es noch weit. Nur die krächzende Stimme des Lautsprechers, die schon lange am Reden und Anordnen war, hallte wie auf dem Bahnsteig von Jesenice. Nicht um Züge ging es, sondern um Übergabe, sofortige, bedingungslose. Verantwortung, Folgen, Gesetzlichkeit, solche Wörter schwammen über den Hof, krochen durch die Fenster und in die Gänge, schwebten über der erwachenden und sofort nervös erwartenden Livada am ersten Morgen ihrer Freiheit.

26

In der Kantine waren Alois Mrak, Johann, Šipac und ein glattrasierter Typ versammelt, der aus dem Maisacker zurückgekehrt war. Sein Gesicht hatte er geradezu abgeschabt, es glühte vor stinkendem Rasierwasser.

»Ultimatum«, sagte Mrak. »Wenn wir uns in einer halben Stunde nicht ergeben, haben wir die Verantwortung für die Folgen zu tragen.«

»Und sie für die Wärter«, sagte Johann.

»Die Wärter werden nicht angerührt«, sagte Mrak. »Kein Schlagen, keine Gewalt mehr.«

»Was denn? sagte Johann, »was denn noch? Sollen wir sie etwa streicheln?«

»Wollen Sie, daß wir ins Kriminelle abgleiten?« rief Mrak fistelnd. Er war nervös. Er strich sich die Haare über seiner Glatze glatt. Johann mußte lachen.

»Nein«, sagte er, »ins Kriminelle bestimmt nicht.« Pepi Pedro kam mit seinen rheumatischen Knochen angeknirscht.

»Wir verlangen den Präsidenten der Republik«, sagte er, »nur so.«

»Trottel«, sagte Mrak. »Wir werden verhandeln. Wer geht hinaus?«

»Sie werden hinausgehen«, sagte ich. »Sie sind der Vorsitzende des Ausschusses.«

»Der Vorsitzende geht immer zuerst«, sagte Johann und grinste wieder mit seinen vielen Karat. Den anderen war nicht zum Lachen.

»Wir gehen alle«, sagte ich, »alle, die wir hier sind.«

»Gehen wir«, sagte Mitke. »Jetzt.«

»Ich gehe nirgendwohin«, sagte der Glatte.

»Wer ist denn der da?«

»Mežnar«, sagte er.

Mežnar war draußen Bordellbesitzer gewesen. Er fing Minderjährige ein und verkaufte sie. Mežnar war ein Spitzel, ein Zinker, etwas gefährlicher als der Direktor mit dem eingerissenen Ohr, er verschwand manchmal in die Verwaltungsräume, er sah durch die geschlossenen Augen. Andauernd lief er einem zwischen den Beinen herum, jeder sagte zu ihm Verpiß dich, Mežnar. Das war an ihm hängen geblieben. Er hieß bei allen nur Verpiß-dich-Mežnar. Also sagte Johann:

»Wer hat dich was gefragt, Mežnar? Verpiß dich, Mežnar.«

Mežnar verpißte sich. Wir gingen hinaus. Auf den Gängen herrschte ziemliche Aufregung. Die einen überschrien die anderen. Aber vor uns wichen sie zur Seite. Wir waren die Delegation. Wir marschierten entschlossen. Je mehr das Herz schlug, desto entschlossener wurde der Schritt. Wir gingen auf den Hof. Der Lautsprecher verstummte, an den Fenstern beider Blocks hingen die Menschen in Trauben. Wir gingen Richtung Ausgang. Mit langen Schritten kam uns der dürre Flappe nachgerannt. Los, Flappe, meldeten sich die Trauben an den Fenstern, hundert die Stunde. Die Einfahrt war verstopft mit gepanzerten Fahrzeugen. Hinten wimmelte es von Helmen. Von den Gesichtsschützern blinkte die Sonne. Gute zwanzig Meter vor dem Eingang sagte der Lautsprecher: Stehenbleiben. Wir blieben stehen. Haben Sie Waffen? sagte der Lautsprecher. Wir hoben die Hände, kehrten die Taschen um. Näher, sagte der Lautsprecher. Nichts da mit näher, brüllte Johann. Nicht schreien, sagte Alois, sie werden denken, daß wir nervös sind. Sind wir ja auch, sagte Pepi. Wir sind gekommen, um zu verhandeln, sagte Mrak. Wir haben nichts zu verhandeln, sagte der Lautsprecher. Alle Häftlinge sollen sich im Hof aufstellen. Verpiß dich, sagte Johann. Halt's Maul, sagte Johann. Geben Sie den Direktor, sagte ich. Einige Zeit war es still. Dann stieg der Alte aus dem Einsatzwagen. Er schob das Mikrofon hinter den großen Lautsprecher und kam auf uns zu. Ich bemerkte, daß sich hinten einige Gewehrläufe hoben. Wir sind gute Ziele, sagte Pepi. Ich bin zu dürr, sagte Flappe. Halt die Flappe, sagte Johann und platzte ein Lachen heraus. Sein Lachen war entnervend. Der Alte kam auf gut zehn Meter heran. Burschen, ihr baut Mist, sagte er. Wir bauen Mist? sagte Pepi Pedro.

»Seien Sie vernünftig«, sagte er. »Sie sind umzingelt. Niemand kann mehr heraus. Diejenigen, die geflohen sind, haben wir schon eingefangen.«

»Von wegen eingefangen«, sagte Johann, »ich bin von allein zurückgekommen.«

Der Alte wandte sich an Mitke, den Ingenieur hielt er irgendwie für den Solidesten unter uns, wenn er mich schon für den Zuverlässigsten gehalten hatte. Du verstehst, sagte er, daß das nicht geht. Mitke begann von einem Bein aufs andere zu treten. Ich habe Sie um Urlaub gebeten, sagte er. Du bekommst ihn, sagte der Alte. Vors Maul, sagte Johann. Wenn es nur darum geht, sagte der Alte, über die Urlaube können wir uns einigen. Es geht nicht nur um Urlaube, sagte Mrak. Worum geht es dann? Um das Essen, sagte Flappe, ein Schweinefraß, aber kein Essen. Das Essen können wir verbessern, das darf kein Problem sein. Die Verwaltung hat sich stets bemüht. Jeden Sonntag ist Schweinebraten. Er riecht nach Knoblauch und Kümmel. Es geht nicht ums Essen, sagte Mrak. Herr Mrak, sagte der Direktor, ich habe nicht erwartet, daß Sie sich einmischen werden. Ich auch nicht, sagte Alois. Fürs erste hielt er sich gut. Pepi war der älteste, es gehörte sich, daß er anfing:

»Wir wollen ein offizielles Gespräch. Nicht mehr so vertraulich, so hin und her. Das ist kein Pingpong. Hier wird keiner einen Ball verschlucken. Wir sind eine Delegation«, sagte er, »der Ausschuß. Und Virman, ich will sagen, Herr Alois Mrak, er ist der Vorsitzende.«

Ich verstand nicht, was er mit dem Ball gemeint hatte.

Trotzdem wirkte es irgendwie diplomatisch und kompliziert.

»Niemand wird den Ball schlucken«, ergriff der Direktor mit ruhiger Prokuratorenstimme das Wort, mit einer Stimme, die jeder kritischer Situation gewachsen schien. »Wenn wir fair spielen. Ich hoffe nur, Herr Vorsitzender, daß Sie sich zumindest der Folgen bewußt sind.«

»Und Sie sich hoffentlich der Ursachen«, sagte Mrak mit scharfer Fistelstimme. Seine Schärfe überraschte mich. Im dem Moment war mir klar, warum er mit uns war. Er gehörte zu ihnen. Er haßte sie, weil er zu ihnen gehörte, weil er mehr gewesen war als sie, und jetzt war er weniger und unten und auf der anderen Seite. Ganz einfach und aus dem Grunde seines Herzens haßte er sie. Mir wurde leichter. Bis hierher hatte ich ihn schon im Verdacht, er würde die Sache verpatzen.

»Also los«, sagte der Direktor und rieb sich die Handflächen, »seien wir vernünftig, einigen wir uns. Urlaube, das Essen, wir werden das lösen. Und hören wir auf zu spielen, es ist zu gefährlich. Es hat schon zuviel Schaden gegeben.«

»Schöne Antwort«, sagte Johann mit goldenem Lächeln.

»Herr Direktor«, sagte Mrak fistelnd. »Sie sehen selbst, was geschehen ist.«

»Ich sehe es.«

»In der Strafanstalt ist ein Aufstand infolge angehäufter Unzufriedenheit ausgebrochen. Ein Ausschuß für gerechte Forderungen wurde gegründet.«

»Was für Forderungen?«

»Gerechte«, sagte Mrak. »Sechs an der Zahl. Sie sind aufgeschrieben, wir überreichen Sie Ihnen, und Sie denken darüber nach. Die Antwort erwarten wir in einer halben Stunde.«

»Also, bitte«, sagte der Direktor kühl.

Es stellte sich heraus, daß niemand die sechs gerechten Forderungen bei sich hatte. Wir stöberten in den Taschen, während der Alte mit eisigem Gesicht wartete. Gut hatte er uns erwischt, uns unernste Trottel. Flappe rannte über den Hof zurück unter den Anfeuerungsrufen der Menschentrauben an den zerbrochenen Gittern: Los, Flappe, hundert die Stunde.

Pause. Wir zündeten uns eine Zigarette an. Johann deutete auf die Gewehrläufe und faßte sich an die Eier. Der Direktor sah irgendwohin über uns hinweg.

»Keber«, sagte er, ohne mich anzusehen, »wir hatten etwas ausgemacht. Das ist nicht fair.«

»Albert hat uns die Übertragung kaputtgemacht«, sagte ich, »das war nicht fair.«

»Überall auf der Welt bist du gewesen, Keber, du warst Soldat. Ich habe gedacht, daß dein Wort hält.«

Ich wußte, daß er das sagen würde, der abgefeimte Fuchs. Ich wußte, daß er auf die Weichstelle losgehen würde. Er hatte mich wirklich voll erwischt. Ich wußte nicht, was ich sagen sollte. Irgendwie hatte ich ihn ja wirklich verarscht. Ich hätte die Verarschung durch diesen Typen, der da vor mir seinen Schlagstock schälte, auch schlucken können. Ich hätte sie nicht zum ersten Mal geschluckt.

»Er hat den Fernseher ausgeschaltet«, sagte ich.

»Und deshalb muß alles brennen?« sagte der Alte irgendwie wehmütig, »deshalb mußte alles kurz und klein geschlagen werden? Alles verprügelt werden? Deshalb, Keber?«

»Ja«, sagte ich, »deshalb.« Was konnte ich anderes sagen. »Genau deshalb«, sagte ich, obwohl es mir die Kehle zusammenschnürte. Johann sah mich an: Der Alte tut dir doch nicht etwa leid? Er grinste, in der Sonne funkelten seine Goldzähne im Mund. Er tut mir wirklich leid, dachte ich. Zum Teufel mit dem Leidtun, antwortete ich ihm mit meinem Blick. Je länger ich nachdachte, desto klarer wurde mir: ja, genau so. Einmal muß etwas aufhören. Irgendwo ist eine Linie, die du nicht überschreiten kannst.

»Herr Direktor«, sagte Johann mit seinem Zahnglanz, »weißt du eigentlich, daß wir Geiseln haben?«

Mrak versah die Sache mit Details: sechs von ihnen waren eingesperrt und unter Bewachung. Eine unbestimmte Anzahl von ihnen, sicher über zwanzig, befand sich in der Verwaltung. Sie hatten Waffen.

Der Alte sah über unsere Köpfe hinweg. Alles das wußte er, besser als wir. Er antwortete nicht.

»Du kennst Šipac«, sagte Johann.

»Mit Šipac macht man keine Scherze«, sagte Šipac, »und genauso wenig mit seinem scharfen Messer.«

Der Alte trat von einem Fuß auf den anderen. Er antwortete nicht. Auf solche Sachen antwortete er nicht. Flappe sprang unter Anfeuerungsrufen über den Hof mit einem hocherhobenen Blatt in der Hand. Er gab es Mrak, Mrak überreichte es dem Direktor.

27

Er überflog das Blatt mit den sechs gerechten Forderungen: erneute Übertragung des Basketballspiels, Amnestie, Verbesserung der Verpflegung, Damenbesuche unter hygienischen Verhältnissen, Selbstverwaltung innerhalb der Objekte, neue Maschinen in den Holzwerkstätten.

»Solange«, bewegte er die Lippen, »solange ... was steht hier?«

»Solange unsere gerechten Forderungen nicht zur Gänze erfüllt sind«, nahm Mrak, der den Text auswendig konnte, das Wort, »werden wir den gerechten Kampf fortsetzen und auch die eingesperrten Wärter und den Polizeikommandanten als Geiseln halten.«

Der Alte wiegte gönnerhaft den Kopf.

»Übertragung des Basketballspiels?« sagte er. »Sehe ich richtig?«

Alle sahen auf mich.

»Übertragung des Basketballspiels«, sagte ich. »Ohne

Aufsicht. Wärter Albert schaltet den Fernseher ein, setzt sich in die erste Reihe und ist bis zum Ende der Übertragung vollkommen still.«

»Er schikaniert uns nicht«, sagte Johann.

»Ach nein?« sagte der Alte. Noch einmal überzeugte er sich, daß das tatsächlich dort stand. Er steckte das Blatt in die Tasche. Er sah auf die Uhr.

»In einer halben Stunde«, sagte er. »Das ist die letzte Verhandlung, unwiderruflich.«

»Höre ich richtig?« sagte ich. »Unwiderruflich?«

»Dann tritt die Polizei auf den Plan.«

Ich kratze mich am Kopf, ich wußte nicht, ob ich sagen sollte, was mir in diesem Moment in den Sinn gekommen war. Wahrscheinlich hatte ich etwas Angst, sie könnten alle zu grinsen anfangen, aber auf einmal hatte ich diese Festung mitten in der Wüste vor Augen, hoch oben auf dem Plateau auf dem Berg, jenes Plateau, auf dem Leonca und ich herumgelaufen waren, doch dann platzte ich einfach damit heraus, bevor ich mir überhaupt irgend etwas überlegt hatte:

»In Ordnung, aber wenn unsere Forderungen nicht erfüllt werden, dann gibt es hier ein Masada.«

Wieder sahen mich alle an. Jetzt hielten sich auch mich schon für einen Philosophen.

»Was gibt es?« sagte der Alte.

»Masada, Jüdischer Krieg«, sagte ich.

»Ach so?«

»Ja.«

»Sie könnten sich rasieren«, sagte er.

Als wir über den Hof zurückgingen, begrüßte uns triumphaler Jubel. Der Ausschuß ging zur Sitzung in die Kantine, Johann und ich gingen in unseren Block. Ich sagte, ich will mich rasieren. Der Alte hat recht, jetzt sind wir ein Ausschuß, ein Stab, da werden wir nicht struppig und ungewaschen herumlaufen.

28

Ich rasierte mich, Johann ging in der Zelle auf und ab. Spannend war es, sagte er, meine Blase platzt noch. Er trat hinter den Vorhang.

»Du«, sagte er, während es in der Muschel gluckerte, »was ist Masada?«

Ich gab keine Antwort. Ich würde nie einem einen Vortrag halten, während er seine Blase leert. Er schob den Vorhang zurück, er knöpfte sich die Hose zu.

»Geschichte«, sagte ich, »Kampf um die jüdische Freiheit.«

»So wie Spartakus?«

»Spül zuerst die Pisse runter«, sagte ich.

Er zog am Griff, daß es den ewigen Häftlingsgestank ein wenig wegschwemmte. Freie Häftlinge stanken um nichts weniger als versklavte.

»Eine große Sache«, sagte ich, »der größte Aufstand.«

Er sagte, ich hätte Eindruck auf den Alten gemacht. Auch auf mich selbst habe ich Eindruck gemacht, dachte ich bei mir, wieso nicht auf den Alten. Ich begann ihm zu erklären, was Masada war:

»Masada liegt auf einem Bergplateau, zur Zeit des Jüdischen Krieges konnte kein lebendes Wesen dahin, außer über eine Straße im Westen, die sie noch heute die Schlange nennen. Und dahin flüchteten sich die Aufständischen.«

»Warum?«

»Warum? Da kommt ein gewisser Menahem, kurz nachdem Christus abgetreten ist, kommt ein gewisser Arzt oder was, und die Römer nehmen sie auseinander, verstehst du?«

»Ja«, sagte Johann, »das verstehe ich.«

»Sie lassen ihnen nicht die Luft zum Atmen, dieser Menahem hat von allem die Schnauze voll, macht einen Aufstand, nimmt die Festung Masada, erbeutet Waffen, erschlägt die Besatzung, marschiert nach Jerusalem, zerstört die Mauern, besetzt die Stadt, schlägt alles kurz und klein.«

»Schlägt alles kurz und klein. Hört sich gut an.«

»Der war gefährlich, dieser Menahem, seine Anhänger waren Sikarier, das bedeutet Spießer, sie hatten Spieße, mit denen sie geschickt jemand abstechen konnten.«

»So wie Šipac«, sagte Johann.

»Etwa in der Art«, sagte ich, »nur daß Šipac einfach so absticht, die aber tun es für eine heilige Sache, verstehst du, für Gott.«

»Was für ein Unterschied ist das?« lachte er mit seinen Goldzähnen.

»Frotzele mich nicht, Johann, du weißt, was für Unterschied das ist. Doch dann steigt diesem Menahem, als er siegt, als er die Herrschaft übernimmt, alles zusammen in den Kopf, und er beginnt zu glauben, er sei so eine Art bewaffneter Christus. Er beginnt, seine eigenen Leute umzubringen, einen altersschwachen Pfaffen treten sie glatt zu Tode. Titus marschiert mit seinem römischen Heer gegen Jerusalem, die Juden aber schlachten sich hungrig und wütend gegenseitig ab, anstatt sich auf die Verteidigung vorzubereiten. Dieser Menahem, dieser wilde Christus wird inzwischen völlig tierisch.«

Johanns Augen standen weit offen. Dieser lustige und ungefährliche Mensch liebte die Geschichte. Weil sie lustig und ungefährlich war.

»Menschenskind«, rief er aus, »das ist vielleicht interessant.«

»Natürlich ist es interessant«, sagte ich, »alles ist schon einmal dagewesen.«

Johann stellte sich direkt vor mich. Die Neugier trieb ihn mir direkt vor den Mund.

»Geh zur Seite«, sagte ich, »sonst schneide ich mich noch.« In diesem Moment hatte ich mich wirklich geschnitten. Johann ließ sich durch das Tröpfelchen Blut nicht stören.

Er gab mir das Handtuch: »Und was anschließend, was weiter?«

Ich setzte mich hin, um ihm zu erzählen, was anschließend, was weiter. Anschließend und weiter war, daß jetzt Eleazar auftrat. Der erschlug Menahem. Sie brachten ihn um wie einen tollen Hund. Johann schien es leid zu tun. Wie man es nimmt. Jetzt zieht sich Eleazar nach Masada zurück, in die uneinnehmbare Festung am Toten Meer. Das römische Heer belagert sie, die Angriffe wogen, aber sie schlagen alle ab.

Johann sah mich voller Bewunderung an. Er sagte, ich sei ein kluges Köpfchen. Ich dürfte gar nicht hier drinnen sein. Was ist mit ihm, er darf? Er, wiegte er den Kopf, er sei ein anderer Fall.

»Und diese Masada, was ist jetzt dort?«

»Ich war dort«, sagte ich.

»Du warst dort?«

»Ja, mit dem Schiff bis Jaffa, dann mit dem Bus und mit der Seilbahn auf den Gipfel. Nichts ist dort, ein Haufen Steine, heiß ist es. Leonca und ich waren dort.«

Johann untersuchte sich im Spiegel. Ganz nahe kam er mit dem Gesicht und fuhr mit dem Finger über die Haut, als suchte er einen Pickel.

»Ich habe ihr ein Seidentuch gekauft. Hast du das Seidentuch gesehen?«

»Was für ein Seidentuch?« Er hatte einen Pickel gefunden, er drückte sich die Haut auf dem überwachsenen Gesicht. »Ich müßte mich auch rasieren.«

Er drehte sich um.

»Was siehst du mich so an, Mensch, hast du noch nie eine struppige Schnauze gesehen?«

Ich trat hinter ihn. Über die Schulter sah ich sein Gesicht im Spiegel.

»Sag mir eines, Johann. Hast du sie jemals nach Hause gebracht, wenn ich auf dem Schiff war?«

Er grinste, daß alle seine Goldzähne bis in die Kehle hinunter leuchteten:

»Alter Esel.«

Vielleicht wurde ich ein wenig rot. Tatsächlich bin ich ein alter Esel, ich werde bald vierzig. Nach all den Jahren in der Livada weiß ich noch immer nicht, wer in jener Nacht bei ihr war im Hausflur.

»Scheiß drauf«, sagte ich, »ist ja auch egal.«

Er ging zur Tür. Er drehte sich um.

»Du weißt, daß sie niemand an sich herangelassen hat. So ein heller Kopf bist du, Sprachen kannst du und Geschichte, du kannst telegrafieren, beim Heer warst du. Und so ein alter Esel.«

Er schüttelte den Kopf und ging. Die Geschichte der Masada hatte er nicht bis zum Ende gehört. Noch viel Zeit sollte vergehen, bis er sie ganz gehört hatte.

Ich legte mich hin, seit gestern abend hatte ich nur eine Stunde geschlafen. Ich hörte Johann weggehen, ich wartete, daß er die Tür schließt, es gab keine Tür, die Schritte entfernten sich, im nächsten Moment begann die Zelle unter mir vor schwerer Müdigkeit zu schwanken, eine schwere Kajüte auf einem unsichtbar ruhenden, unsichtbar wogenden, sich wälzenden Meer.

29

Es schaukelt immer, wenn ich müde bin. Im Schlaf schaukelt es unter den Füßen, im Traum schaukelt das Bett. Ein eingesperrter Mensch ist immer auf der Reise. Als ich sieben war, bin ich im versperrten Waggon durch das halbe zerschlagene Europa gereist. Als ich siebzehn war, war ich zum ersten Mal auf einem Schiff. Die Kajüten auf den Frachtschiffen riechen nach Ranzigem, nach Rost und Öl, nach frischer Farbe, es riecht nach Mennige. Die Seekrankheit stinkt wie eine Gefängniszelle, nach erbrochener Galle, nach Kloake. Nirgends gibt es sicheren Boden. Überall sind gefährliche Geräusche. In der Zelle sollte man taub sein. Es heißt, Taube würden nicht seekrank.

Jetzt ruhte ich im Traum, es war Juni, wir machten einen Aufstand, wir waren umzingelt, aber ich fuhr auf einem Schiff. Ich fuhr mit Leonca, wir fuhren über das friedliche Meer auf der schönsten Reise, sie sagte immer: Auf der schönsten Reise meines, ihres, unseres Lebens. Damals war das Leben für kurze Zeit irgendwie sinnvoll geordnet. Damals war ich Telegrafist, das hatte ich bei der Armee gelernt, die einzige vernünftige Sache, sagte sie, die du im Leben angefangen hast. In der Kabine hörten wir nachts die Radiosignale, die über die Meeresfläche reisten. Im Halbschlaf sah ich am nebeligen Rand des Horizonts die Linie des Festlands. Hoch oben war der glühend heiße Berg, dort war Masada.

Leonca und ich standen an der Reling: Von hier aus hat man sie zum ersten Mal bemerkt, sagte ich. Das war im vergangenen Jahrhundert. Bis dahin hat man überhaupt nicht gewußt, daß die Masada tatsächlich existiert, sagte ich. Wie ist das möglich? fragte Leonca, sie war eine neugierige Frau. Bis dahin hat man angenommen, sie existiere nur in Büchern. Die Seeleute bemerkten mitten an einem klaren Tag die Ruinen, allerdings konnte man sie damals noch nicht identifizieren. Leonca war ganz außer sich. Willst du sagen, daß sich gute tausend Jahre dort oben die Reste einer Festung befunden haben und daß niemand gesehen hat, was das ist? Natürlich, sagte ich, alles ist zerfallen, Masada, Judäa, Rom. Die Masada ist völlig unzugänglich, niemand ist je dort hinaufgeklettert. Es hat niemand interessiert. Wir standen an der Reling, ich beschloß, ihr etwas zu kaufen, etwas aus Seide. Ich beschloß, daß wir beide dort hinauffahren würden, auf die Masada. Das war eine gute Zeit, es war August, Leonca und ich waren uns niemals näher gewesen.

Wenn wir miteinander schliefen, schaukelte die Kajüte, schaukelte das Schiff, wie einst in der Kindheit der Waggon auf der langen Reise geschaukelt hatte, wie später die Gefängniszellen schaukelten. Die rochen immer nach Seekrankheit, nach Urin und Schweiß und Galle. Die Schiffe rochen in der Hauptsache nach Farbe, nach Mennige. Die Zellen waren immer wie Seekrankheit.

Die Masada blieb in der Erinnerung und in den Träumen. Masada, sagte Leonca, vielleicht hatte sie sich das auch aufgeschrieben, Masada ist eine Burg in den Wolken.

30

Wir standen hoch oben, ganz Judäa lag zu unseren Füßen. Der Wüstenhorizont schwankte, weit unter uns, auf dem Schlange genannten Serpentinenweg, marschierte das Heer bergab.

Menahem marschierte gegen Jerusalem. Er stieg mit seinem treuen Heer von der Masada ab, jetzt marschierte er durch die Wüste, durch niedergebrannte Siedlungen, umgeben von seinen jüdischen Hopliten, die Landschaft war verwüstet, so weit das Auge reichte. Dann erblickte er in der Ferne die Mauern Jerusalems, jetzt ritt Menahem ein, begrüßt vom jubelnden Volk, überschüttet mit Blumen, er ritt auf einem Araber, er ritt seinem großen Ziel entgegen. Als ich ein Knabe war, war ich oft ein solcher Befehlshaber. Ich siegte in vielen Schlachten, durchritt viele Triumphbögen, kämpfte mit vielen Gladiatoren, nahm zahlreiche Festungen, Städte und Burgen ein oder verteidigte sie gegen die Belagerer.

Sein weißer Helmbusch flatterte im Wind, die Lanzen der aufständischen und feurigen Zeloten waren hocherhoben. Alle wußten, daß die Stunde des Triumphes nahe war. Da hob Menahem die Hand, und das Heer blieb stehen. Er sprang vom Pferd und nahm den Helm mit dem weißen Federbusch ab. Das Heer wartete mit angehaltenem Atem, was er tun werde, welche historischen Worte er sprechen werde, bevor sie die Mauern Jerusalems zerstören würden, bevor die römische Besatzung da drinnen auf die Knie fallen würde. Menahem winkte seinem Adjutanten, er solle näherkommen. Noch näher, er solle seinen Kopf zu seinem Ohr neigen. Der Adjutant neigte ehrfürchtig den Kopf.

Jemand kratzt mit dem Löffel auf dem Teller, sagte Menahem mit leiser und fistelnder Stimme, es klingt. Die Stimme war auf einmal nicht mehr meine, ich war nicht Menahem, jemand anderer sprach mit fistelnder Stimme, wenn er sprach. Menahem war jemand anderer. Der Adjutant sah ihn verwundert an. Ich höre nichts, sagte er. Im Kopf, sagte Menahem. Wo läutet es? sagte der Adjutant mit hoher Stimme. Es läutet nicht, sagte Menahem, ich bin kein Glockenturm. Aber ich habe so ein Klingen im Kopf. Vor jedem Angriff auf Jerusalem ist es so. Wenn Ihr erlaubt, Gesalbter, es läutet Euch in den Ohren, sagte der Adjutant, das kommt vom Höhenunterschied zwischen der Masada und Jerusalem. Menahem wurde von schrecklichem Zorn ergriffen. Ich weiß wohl selbst, wo es mir klingt, schrie er. Der Adjutant fiel auf die Knie. Es klingt in meinem Kopf. Es klingt, es läutet nicht. Das ist keine Glocke. Das ist etwas Metallenes. Eine Glocke ist doch aus Metall, sagte der Adjutant erschrocken in den Staub, in die Erde. Nein, das ist so, als würden zwei Metalle aneinander schleifen, als würden zwei rauhe Metalle aneinander reiben, rostiges Eisen, begreifst du? Wie ein Messer an einem bronzenen Teller, ein Löffel. Das macht der Druck, der Höhenunterschied. O Gott, o schrecklicher und gütiger Gott, rief Menahem. Vor mir sind die Mauern Jerusalems, oben auf der Masada ward mir gesagt, von höchster Stelle kam der Befehl, ich solle nach Jeršalaim marschieren, im Kopf habe ich dieses Läuten, das heißt, Klingen, und hier will mir ein

Adjutant einreden, ich hätte hohen Blutdruck. Das, rief Menahem mit der Stimme von Alois Mrak, mit der Stimme des fistelnden und krächzenden Lautsprechers, das ist ja nicht mehr auszuhalten. Da kann einem das Kotzen kommen, schrie Menahem. Das Kotzen, wenn er nicht eine so große Schlacht vor sich hätte.

31

Statt einer Verhandlung in einer halben Stunde bekamen wir gegen Mittag wieder den Hubschrauber über die Köpfe. Er wirbelte, die Luftschichten bewegten sich, die Luftströme hoben auf dem Hof Papier empor, die verkohlten Reste des Mobiliars, Ruß. Jemand hing heraus mit einem Megaphon in den Händen. Die Stimme wurde hierhin und dorthin verschlagen, den kreisenden Vögeln nach. Die Verwaltung der Strafanstalt forderte uns auf zur Vernunft. Unft, unft wirbelte und prallte es von den Hauswänden zurück. Wir sollen sofort die Geiseln übergeben. Sie werden aufgefordert. Ordert, ordert. Wer sich einsichtig zeigt, den wird keine Strafe treffen. Effen, effen. Verantwortlich. Ich, ich. Nicht auf die Aufwiegler hören. Ören, ören. Ich lief über den Hof. Verlassen Sie nicht die Blocks! sagte der Lautsprecher. Ochs, Ochs! Keine Ansammlungen auf dem Innenhof, of! Als ich bei Block C war, stellte ich mich hinter die Tür und zielte mit der Pistole zu dem Vogel hinauf, direkt auf das Loch des Lautsprechers. Der verschwand sofort nach innen, jetzt drosch der Vogel die Luft schneller, ruckartig stieg er höher und flatterte ab über Feld und Wald. Ich hatte gar nicht die Absicht zu schießen, ich habe nur Spaß gemacht. Von den Fenstern war inmitten der Stille, die nach diesem Lärm entstanden war, von überall her lautes und triumphierendes Feixen zu hören.

Ich ging noch im Hof auf und ab, damit von den Belagerern keiner glauben sollte, ich würde sofort im sicheren Unterschlupf verschwinden. Schön war der Anblick der Livada im Tageslicht. Die Balken des angekohlten Dachgeschosses von Block C, die versengten Fenster in Block B. Merkwürdig, daß nicht alles zusammen verbrannt war. Ich hörte den Lärm des sich entfernenden Hubschraubers und den Krawall in den beiden Blocks, das Schweigen im Verwaltungstrakt. Das ist noch nichts, sagte ich, das sind noch keine Ruinen. Wir sind durch das bombardierte Deutschland gefahren, wir sind in unsere befreite Heimat durch das bombardierte Deutschland gefahren, das waren Ruinen. Alles ragte in die Luft, und alles war schwarz.

Verhandlungen gab es noch immer keine, ich dachte mir, der Alte taktiert. Er wußte, wie das mit der Bande ist: Leicht ist es, einen Aufstand anzuzetteln, aber wie die Ordnung aufrechterhalten oder zumindest ein Gleichgewicht, wie erreichen, daß sich die Bande anschließend nicht gegenseitig umbringt. Auch ich wußte, daß es am schlechtesten ist, wenn sie uns nicht angreifen oder wenn nicht jeden Moment etwas Neues passiert.

Er zählte auf die Herrschaftslosigkeit, aus der die Anarchie erwächst. Einige spielen ein wenig verrückt, bei der Mehrzahl wachsen Angst und Kleinmut. Angst und Kleinmut rufen nach der Autorität, nach dem alten Zustand, nach Spielregeln, die alltägliche Sorge um den eigenen Arsch. Dann braucht man eine Obrigkeit, welcher Art auch immer. Er übereilte nichts, er bot sich nicht an. Er wartete. Allerdings hatte er hier etwas nicht ganz begriffen. In seinem Staat war ein Aufstand ausgebrochen, und die Staatsgewalt würde in ihrem ganzen Umfang von jemand anderem wiedererrichtet. Er konnte nicht wissen, was auch ich nicht wissen konnte, was überhaupt niemand wußte: daß es eine Macht und Staatsgewalt sein würde, wie es sie weder in der Livada noch in irgendeiner belagerten Stadt, Festung oder einem Gefängnis je gegeben hatte.

32

Nach dem Hubschrauber kam das Fernsehen. Und mit ihm eine blonde, bubenhafte Journalistin. Sie kam wie ein Engelsbild vom Bildschirm.

In Gefängnisse kommen Frauen im allgemeinen nur im Traum. Alles mögliche stellen sie dort drinnen an, manchmal liegen sie bei dir, manchmal bei einem anderen. Sie kommen durch die Tür oder durch die Wände, mit dem Haar streichen sie dir übers Gesicht und mit den Händen über den Körper, manchmal bei dir, manchmal bei einem anderen. In Männergefängnissen sind Frauen häufige Traumgäste. Ob du über die Frauen nachdenkst oder nicht, sie kommen in die Träume, und sei es in der Antarktis oder in der Sahara, im Zug oder auf dem Schiff, auf einer einsamen Insel oder im Gefängnis. Dieses knabenhafte Weib kam wirklich und mitten am hellichten Tag, umgeben von einer Herde Techniker, die ihre Apparaturen schleppten und sie in dem kleinen Raum der Pförtnerloge verteilten, die jetzt so eine Art Niemandsland war, so recht geeignet für laute Schmähungen zwischen den beiden Heeren, für Verhandlungen und Fernsehdiskussionen.

Ein ausgeflippter Slowake aus Amerika hat einmal gesagt, jeder kriegt seine fünf Minuten Ruhm. Damals fehlte wenig, und ich hätte sie auch bekommen, gemeinsam mit dem hellblonden Fernsehfräulein und ihrem weißen Lächeln. Obwohl es stimmt, daß ich damals nicht an Ruhm dachte, schaute ich auf ihre Zähne, die noch schöner waren als die Johanns, ihre enganliegenden Jeans, mit denen sie sich in dieser Männerwelt bewegte. An den zerschlagenen Fenstern hingen die hungrigen Gesichter der Livadaner. Die Leute aus ihrer Equipe, die sehr wichtig aussahen bei ihren Verrichtungen, blickten nervös zu den Fenstern hinauf.

Sie war ruhig, sie war Aufmerksamkeit gewöhnt. Wir zündeten uns Zigaretten an. Ich fragte sie, ob sie keine Angst habe. Sie sagte, daß sie dann wohl nicht hier wäre. Ich sagte, Dienst sei eben Dienst. Das sei nicht nur Dienst, sie wisse, daß auch Gefangene Menschen sind. Das freute mich. Besonders deshalb, weil sie sich vorneigte, um die Streichhölzer aufzusammeln, und sich ihr dabei auf dem Rücken die Bluse bauschte. Unter der Bluse war weibliche Haut, glatt, straff. Ich sah zu den bewachsenen Schimpansen an den Fenstern hinauf. Jeden Augenblick konnte jemand der Speichel triefen.

Ich sagte, daß mich das sehr freut. Was freut mich? Daß wir Menschen sind. Sie sah mich argwöhnisch an.

»Sie sind zuständig für Public Relations?« fragte sie.

»Nein, ich bin hier für die militärischen Dinge, Verteidigung.«

Sie duftete nach Frau, auf drei Meter roch ich sie. Bei der bräuchte ich den Herrgott nicht zur Wand zu drehen, wie ich es bei Leonca tun mußte, wenn wir ins Bett gingen. Seine Augen hätten ihre Freude gehabt.

»Ich werde nicht fragen, weshalb Sie hier drinnen sind«, sagte sie.

»Unnötig zu fragen«, sagte ich.

Sie hatte ein schönes Lachen. Vor allem war sie eine Frau, schon lange hatten hier ringsum nur Männer gelacht. Wenn sie nicht weinten und jammerten vor Schmerzen. Wenn sie nicht brüllten und fluchten.

»Wir sehen Sie gern«, sagte ich, »auch hier sind Sie sehr populär.«

Das war sie wirklich, schweigend stierten die Gesichter an den Fenstern sie an, nur sie. Sie war jene, mit der man schlafen ging. Ihretwegen glotzten die Häftlinge jeden Abend auch dann noch auf den Bildschirm, wenn der Wärter ihn schon abgeschaltet hatte. Und sie tanzte ihnen auch anschließend vor den Augen, wenn in den Zellen die Lichter erloschen waren, so lange, bis sie in den Träumen durch ihre eigenen Frauen ersetzt wurde. Sie hatte Grübchen auf den Wangen, immer etwas unter den Augen, als hätte sie die vergangene Nacht durchgetrunken oder sie anders interessant verbracht. Auch ihre Stimme war so, irgendwie rauh. Einmal sagte Johann und grinste mit seinen Goldzähnen: Was, Keber, wenn du die hier reinkriegen würdest, was würdest du mit ihr anfangen? Und jetzt war sie hier, genau sie, mit dem kurzgeschnittenen Haar, den durchnächtigt müden Augen, den Grübchen auf den Wangen, nur was sollte ich tun? Und es wurde eng und dumpf von den hungrigen Blicken und dem schnaufenden Atmen an den Fenstern.

»Ach ja«, sagte sie bescheiden. »Popularität ist nichts. Wichtig ist Herzenskultur.«

»Das stimmt«, bekräftigte ich eilig. »Und humane Beziehungen zwischen den Menschen.«

Sie sah mich tief und verständnisvoll an. Ich sah in ihren Augen, daß sie jetzt in dem Gefangenen auch den Menschen sah.

»Schönheit hilft dabei aber auch«, sagte ich.

»Wobei?«

»Bei den humanen Beziehungen.«

Sie lächelte, Grübchen, sie sagte, jeder Mensch ist auf seine Weise schön.

Ich sagte, auch jeder Hund kann schön sein, wenn er nicht gerade ein Hundeleben hat.

»Ich verstehe«, sagte sie verstehend. Sie überlegte. »Vermutlich werden Sie schlecht verpflegt.«

»Nicht gerade hundemäßig.«

Wir lachten beide. Mir schien, als hätten wir etwas von Verschwörern, fast Verbündeten. Ich verstehe Sie vollkommen, sagte sie, wenn ich hier drinnen wäre, ich kann es mir vorstellen. Natürlich konnte sie es sich nicht vorstellen, was wäre, wenn sie hier drinnen wäre. Wenn sie sich zu den hungrigen Gaffern an den Fenstern umgedreht hätte, hätte sie es sich leichter vorstellen können. Sie drehte sich nicht um. Sie sagte, sie sehe immer gern amerikanische Filme mit dieser Thematik. Steve McQueen? Ja, ihn kannten wir alle. Er war edel, er hatte Herzenskultur. Dort gab es keinen Ban, der einem alten Mann die Uhr aufzog und das Ohr anriß, keinen Šipac, der tatsächlich Hälse durchschnitt, oder Brivec, der wegen Mord an drei Richtern saß. Genaugenommen an zweien, eine war eine Richterin.

Der rothaarige Techniker heftete mir ein rotes Mikrofon an die graue Jacke.

»Ich werde Sie fragen, warum es zu den Unruhen gekommen ist.«

»Zum Aufstand«, sagte ich.

»Und was Ihre Forderungen sind. Es war schon eine Kurzmeldung in der Tagesschau.

»Haben wir nicht gesehen«, sagte ich. »Wir haben den Fernseher zerschlagen.«

Sie sah mich verwundert an: Warum? Sie konnte nicht verstehen, warum jemand einen Fernseher zerschlägt. Auch ich hätte ihr das nicht erklären können.

»Wir können anfangen«, sagte sie.

»Geht das live?« fragte ich.

Draußen passierte etwas, von der Straße war Geschrei zu hören. Die Gesichter verschwanden von den Fenstern.

33

Geht das live? fragte ich und biß mir auf die Zunge und spürte, wie ich rot wurde. Ich wollte mich irgendwie wichtig machen, ich hatte sagen wollen, daß ein Interview für mich etwas Alltägliches ist, aber ich hatte daneben gehauen, ich hatte Scheiße gebaut. Wieso live? sagte sie und sah mich mit ihren schönen Augen an, die kurz zuvor wie Verbündete und schon fast zu freundlich gewesen, jetzt aber leer und fast schon feindlich waren. Jetzt sagten sie, die verächtlichen schönen Augen: Du Depp, wieso live?

»Von wegen live«, sagte der Rothaarige und schlug noch den letzten Nagel in den Sarg meiner Schande.

Jemand lachte, ich blickte kurz hin, und er war sofort still.

»Das wird weder live doch dead«, sagte der Techniker, »es gibt nämlich keinen Strom.«

»Scheiße«, sagte der Kameramann, »wieso gibt es keinen Strom?«

»Den Strom haben sie uns abgeschaltet«, sagte ich.

Sie nahm den Notizblock, das Goldhaar fiel ihr über die Stirn, hastig kritzelte sie etwas hin. Abgeschaltet? Warum?

»Um uns rauszubringen«, sagte ich.

»Scheiße«, sagte der Kameramann, »ich hab dir gesagt, du sollst den Akku mitnehmen.«

»Einen Scheißdreck hast du mir gesagt«, sagte der Techniker, »hast du mir nicht gesagt.«

Das war keine Herzenskultur, die humanen Beziehungen waren auf den Hund gekommen. Ob sie sich immer so beschimpfen? Sie sagte, ja, immer. Sie kritzelte auf ihren Block:

»Das heißt: unerträgliche hygienische Verhältnisse. Wenn es keinen Strom gibt, gibt es kein warmes Wasser, kein Licht, kein Fernsehen.«

»Könnte man sagen, ja.«

»Das heißt, sie haben den Aufstand deshalb gemacht.«

»Nein«, sagte ich, »deshalb, weil wir den Aufstand gemacht haben, haben sie uns den Strom weggenommen.«

Obwohl ihr Blick nicht mehr verstehend, tief und human war, sondern nervös, seicht und ein wenig wütend, war sie immer noch eine Frau, trug sie immer noch enge Jeans, eine dünne Bluse und eine dünne Haut darunter. Ich roch diese Haut, die Parfüms konnten sie nicht verdecken.

»Aha«, sagte sie, »aber die hygienischen Verhältnisse waren schlecht.«

»Nicht einmal«, sagte ich, »schlecht sind sie jetzt.«

»Würde ich sagen«, sagte sie unwillkürlich zu sich. Auch sie hatte mich gerochen: Du hast dich schon lange nicht gewaschen, kleiner Dreckspatz.

»Hol endlich den Akku«, sagte der Kameramann.

Der Techniker rannte aus der Tür.

»Halt«, rief jemand auf dem Gang, »wer da?«

»Fernsehen«, rief der Techniker.

»Fernsehen durch«, sagte der Wachhabende, »die übrigen halt.«

»Da ist kein anderer«, erklärte der Techniker, »ich hole den Akku.«

»Steck dir die Kamera im Arsch an«, sagte ein andere Stimme vom Gang. »Im Laufschritt«, fügte der erste hinzu.

»So ist das beim Militär«, sagte ich zur Entschuldigung.

Sie überhörte es. Wütend schnaubte sie: Jetzt werden wir eben wieder warten. Das ist deshalb, weil sie mir keinen Produzenten geben. Sie setzte sich, zog die Hosenbeine hoch, daß unten die weiße Wade aufblitzte und es mir auch ein wenig vor den Augen flimmerte. Und sie darf für dieses Gehalt über solche Schlammwege fahren und diesen Gestank riechen. Der Kameramann sagte: Scheiß auf die Organisation.

Sie zündeten sich Zigaretten an. Sie verstaute den Block in ihrer Tasche. Sie bemerkte mich.

»Wo waren wir stehengeblieben? Ah, ja, Hygiene.«

34

Es gab nicht die fünf Minuten Ruhm, es gab keine plötzliche Liebesleidenschaft zwischen dem verworfenen Sträfling und der berühmten Journalistin. Es gab gar nichts. Auch den Techniker mit dem Akku nicht. Die Sirene heulte los. Ich wollte erklären, das kommt aus der Verwaltung, dort haben sie noch Strom und Hygiene. Es war nichts zu verstehen, die gehetzte Sirenenhündin übertönte alles. Die Fernsehleute wickelten ihr Kabel auf und warfen ihre Sachen in die Koffer. Noch einmal sah sie mich an, live. Sie öffnete den Mund? Was geht da vor? Wie soll ich das wissen, wenn die Sirene heult, ist etwas im Gange. Bestimmt waren da irgendwelche inhumanen Beziehungen im Gange.

Die Sirene ging mit ihrem Geheul runter, in der Pause gellten drei Schüsse. Die Wache drang in den Raum ein: Keber, auf der Straße ist der Teufel los. Ich sah sie noch einmal an, zum Abschied.

Neben dem gepanzerten Polizeifahrzeug hinter dem zerbrochenen Schlagbaum, am äußersten Rand des Niemandslandes, lag jemand auf dem Boden, blutig und schlammig. Ein Haufen Leute hing dort herum. Häftlinge in grauen Hemden und Polizisten in blauen Uniformen. Ich sah Ban, der gegen ein Polizeiauto trat. Nehmt den fest, schrie jemand in Zivil, ein Mann mit Bürstenhaarschnitt, er hatte Ähnlichkeit mit einem Pitbull: Festnehmen! Ban öffnete die Tür des Autos und zerrte einen grauhaarigen Mann heraus. Er hatte ihn an den Haaren gepackt und zog ihn einfach heraus. Ban liebte die alten Leute, besonders ihre grauen Haare und ihre grauen Ohren. Er zog ihn heraus, stieß ihn zu Boden und sprang selbst auf den Sitz. Er fuhr kurz rückwärts und hätte den Mann auf dem Boden fast überfahren. Je zwei Polizisten hängten sich auf jeder Seite an die Türgriffe. Sie baumelten dort wie zwei Birnen, als Ban mit dem Auto nach vorn und zurück, vorwärts und rückwärts ruckte.

Was ging da vor?

Jemand gab mir eine hastige Antwort. Unsere Wache hat Steine hinübergeworfen, einen haben sie am Kopf getroffen. Den auf dem Boden? Nein, den haben die umgelegt. Der gehört zu uns.

Ein Rettungsfahrzeug kam. Sie hoben den blutenden Mann auf und warfen ihn auf eine Trage. Das Auto fuhr schnell weg, Ban raste mit seinem Fahrzeug noch immer hin und her, um sich der Polizistenbirnen zu entledigen. Jetzt waren schon ganze Trauben blauer Uniformen um ihn herum. Weit hinten sah ich den Alten. Er faßte sich an den Kopf.

Ban drückte jetzt durch bis zum Anschlag, er fuhr weit, weit hinaus, daß die Traube zerfiel. Dann wendete er. Etwas schien zu klemmen, er zog wieder an, wendete, mir kam vor, als wollte er das Auto hineinfahren, hinter den Draht. Das war nicht möglich, er hätte einige Leute umreißen müssen, er überlegte es sich, sprang aus dem Auto und rannte über das Feld. Die zerfallene Uniformtraube sammelte sich und rannte ihm nach. Ban macht eine scharfe Kehrtwendung und kletterte katzenhaft über den Draht zurück. Er fuchtelte mit einer Pistole mit Lederhalfter, die er aus dem Auto geklaut hatte.

Vom Eingang her kamen die Fernsehleute mit ihren Apparaten gerannt. Der Kameramann stürzte, der rothaarige Techniker sammelte ihn auf. Ein paar Polizisten begleiteten sie im Laufschritt zu ihrem Kombi. Ich sah sie, mir kam vor, als suchte sie mich. Am weißen Auto blieb sie stehen und drehte sich noch einmal um. Ich winkte, sie sah mich nicht. Sie setzte sich ins Auto und schlug schon im Fahren die Tür zu, ich hatte sie das letzte Mal gesehen. Live.

Das Niemandsland beruhigte sich wieder. Erst jetzt erfuhr ich, was geschehen war. Eine unserer Wachen hatte mit einem Stein einen Angehörigen des Innenministeriums am Kopf getroffen. Seine Akten waren auf dem Boden gelandet. Das hatte einen jungen und nervösen Polizisten so in Wut versetzt, daß er unverzüglich schoß. Drei Mal. Und einmal traf er, den Direktor eines landwirtschaftlichen Kombinats, der sich nie in etwas eingemischt hatte und der einzig wegen seiner unglücklichen Neugierde hier am Tor war. Vorher natürlich im Gefängnis, wegen Veruntreuung. Jetzt lag er in einer Schlammpfütze, die rot gefärbt war von Blut. Das war alles. Nur unglückliche Umstände. Kommt vor. Lady Fate.

35

In der Kantine lief die Sitzung ab. Eine schwarze Menge von Köpfen, ein Gedränge dampfender Körper an der Tür, daß ich mich kaum hindurchschieben konnte. Die Mitglieder des Ausschusses für gerechte Forderungen vermehrten sich wie die Ratten. Jetzt, da die Verwaltung bereit war zu verhandeln, kam jeder Arsch mit seinen Forderungen. Einige winkten gleich mit ganzen Listen. Sie brüllten alle durcheinander. Bande, gefräßige, alles werden sie kaputtmachen. Mrak saß am Tisch und stützte seinen Pharaonenkopf. Ich schob mich zu ihm durch. Chaos, Keber, überall herrscht Anarchie. Ich kletterte auf den Tisch, ein dicker Typ zog mich runter, und hundert Tonnen stürzten über mir zusammen. Johann und Pepi gruben mich unter dem Haufen wieder aus. Wieder kletterte ich auf den Tisch. Johann hielt mich und kam mir nach. Einem, der wieder nach mir griff, trat er direkt vor die Stirn. Bande, schrie ich. Niemand hört mir zu. Ich zog die Pistole. Beretta neun Millimeter. Die Kantine beruhigte sich langsam. Wollt ihr denn alles kaputtmachen, Bande? Verpiß dich, Keber, sagte jemand. Wer hat das gesagt? schrie Johann. Er soll herkommen. Es wurde still. Er soll herkommen, dann wollen wir sehen. Wir haben einen Ausschuß, sagte ich. Für euren Arsch, sagte dieselbe Stimme, einen Ausschuß für euren Arsch. Johann sprang vom Tisch und drosch wie ein Hubschrauber über die Köpfe hinweg. Einen drückte er gegen die Wand. Einen Glattrasierten mit aufgeschabter Haut. Was möchtest du? sagte Johann, was willst du? Er faßte ihn am Nacken und schleppte ihn durch das Spalier, auf einmal war genug Platz. Er trat ihn durch die Tür hinaus. Der andere kam zurück und sagte: Merkt euch Mežnar. Marsch, sagte Johann. Er verschwand. Ein paar zogen ihm nach. Laut zeterten sie auf dem Gang.

»Wir haben uns geeinigt, was wir wollen«, rief ich. »Wir haben Forderungen erhoben. Ihr seid alle dafür gewesen. Jetzt verhandeln wir.«

Wieder erhob sich Gebrüll. Ausgang, Urlaub, nicht nur für die einen, für alle, wir stecken alle im selben Dreck. Eine richtige Massenscheiße, total unbeherrschbar. Am meisten hatte noch geholfen, daß Johann Mežnar durch die Tür hinausbefördert hatte. Ich hörte, wie der Hubschrauber wieder über dem Hof schaufelte und dieses Megaphon wieder die Luft über uns zerlegte. Wir haben einen Ausschuß, sagte ich. Alois Mrak ist der Präsident. Pfeifen, Johlen, Trampeln. Mitglieder sind Johann, Flappe, Mitke, Šipac, Pepi und Ban. Nach jedem Namen dieselbe johlende Anarchie. Mrak gab mir Zeichen. Ich stieg zu ihm hinunter. Sag ihnen, daß wir zurücktreten, sollen sie ihn selbst leiten. Wieder kletterte ich auf den Tisch. Der Ausschuß tritt zurück, sagte ich, ihr könnt die Sache selbst leiten. Ein paar Rufe und Pfiffe, doch dann wieder Stille. Was ist jetzt, sagte ich. Jemand muß die Sache führen, sagte dasselbe dicke Schwein, das mich vorher vom Tisch gezogen und sich auf mich gewälzt hatte. Du kannst sie ja führen, du Fettschwein, sagte Johann. Die Kantine bebte vor Lachen. Auch das Schwein grinste fröhlich und schaute sich um, als ob es selbst den besten Witz gemacht hätte. Jemand rief, Mežnar soll führen. Wer ist Mežnar? Der, den Johann rausgeworfen hat. Kleines Bordell in der Vorstadt, Zuhälter. Livada-Zinker, Spitzel, geschickt, aalglatt, Mežnar, Verpiß-dich-Mežnar. Der kriecht durchs Fenster wieder zurück. Wollt ihr, daß Mežnar führt? sagte ich. Mežnar ist ein Halunke, schrie jemand. Alle stimmten zu: Mežnar ist ein Halunke, er gehört zum

Häftlingsabschaum, er ist der hervorragendste Vertreter des Anstaltsgesindels, einer Bagage schlimmster Sorte. Ein Kameradendieb, ein Zinker. Zwei Mal war er auf Urlaub, und beide Male ist er zurückgekommen.

Im selben Moment geschah etwas, was niemand erwartet hatte. Mrak erhob sich, und Stille machte sich breit.

Mrak war zu dem Schluß gekommen, daß jetzt sein Augenblick gekommen sei. Langsam kam er hinter dem Tisch hoch. Er war nicht gerade groß, aber sein länglicher Pharaonenkopf wirkte mächtig. Er strich sich die Haare glatt. Philosoph, schrie jemand, scheiß auf die Philosophie. Mrak schwieg. Mit der Pfeife bedeutete er den Männern in den ersten Reihen, sich zu setzen. Es war ungewöhnlich: Sie gehorchten ihm einfach. Auch der Feind der Philosophie verstummte. Mrak wedelte leicht mit den Armen, so wie ein Buddha, setzen Sie sich, setzen Sie sich, und auf einmal saß alles auf dem Boden. Saß da und sah mit offenem Mund auf seine mit der Haarpalatschinke verdeckte Glatze. Ich konnte es nicht glauben. Kurz vorher hatte wenig gefehlt, daß sie uns gelyncht hätten. Dieser Kürbiskopf brauchte nicht auf den Tisch zu klettern. Schon dort unten wirkte er mächtig. Wenn Sie wirklich glauben, daß der Ausschuß bleiben soll … sagte er bescheiden. Soll bleiben, soll bleiben, lärmte es. So sind sie. Kurz vorher hätten sie ihm am liebsten die Haut abgezogen. Bande. Er hob die Handflächen. Dann nehmen wir diese schwere Aufgabe wieder zurück. Er senkte die Arme und verschränkte die Fingerkuppen. Und damit es zu keinem Mißtrauen kommt, schlagen wir vor, daß die Sitzungen öffentlich sind. Sie können alle mitarbeiten. Stürmische Zustimmung. Und jetzt Zustimmung. Bande. Wir sind alle eingesperrt, wir sind alle in einer schweren Lage, alle würden wir gern möglichst bald rauskommen, sagte er. Er hob beide Zeigefinger und sagte:

»Wir sind alle gleich. Niemand darf mehr sein als der andere.«

Begeisterung. Schau dir die Bande an, dachte ich, schau dir den Kürbis an, wie er sie im Griff hat.

»Ihr müßt aber wissen«, sagte er, daß derjenige, der in unser aller Namen sprechen wird, am meisten wagt, er wird, um es einmal so zu sagen, wie man es hier sagt, seinen Arsch am meisten hinhalten müssen.«

Ehrfürchtige Stille. Das ist auch wahr, kein Zweifel. Nur daß uns wieder dieselbe Bande treiben wird, die jetzt ehrfürchtig schweigt.

»Das mindeste, was wir erreichen werden«, fuhr Mrak in die gespannte Stille hinein fort, »ist bessere Verpflegung, Besuche und, das garantiere ich Ihnen, Freigänge, das heißt Urlaub für alle, ausnahmslos für alle. Vielleicht auch Amnestie.«

Beifall, Trampeln. Jeder wird aufschreiben, was er sich wünscht, und die Liste werden wir der Verwaltung vorlegen. Sie werden uns nicht nein sagen können. Wilde Zustimmung. Pepi und ich sahen uns an. Vergiß die totale Amnestie. Und die Übertragung. O nein, Kürbis, sagte ich leise, das wirst du nicht. Als in der Kantine Ruhe eingekehrt war, nahm er sich etwas von der Stille. Konzentriert blätterte er in den Papieren vor sich.

»Deshalb«, sagte Alois Mrak mit schon ganz leiser Stimme, daß alle ganz spitze Ohren kriegten und ihm die Wahrheit von den Lippen tranken, »deshalb bitte ich, daß Sie uns, vor allem aber mir, die Sie mich zu ihrem Anführer gewählt haben, völlig vertrauen.« Wir vertrauen, schrie der Dicke. Wir vertrauen, brüllte und trampelte es, daß die zerbrochenen Fenster vibrierten. Mrak ist in Ordnung. Mrak ist der Führer. Alois Mrak hat Köpfchen. Ein Skandieren setzte ein: Alois, Alois. Er lächelte kurz, dann wurde er ernst.

»Schwere Aufgaben warten auf uns«, sagte er kühl. »Was gerade eben am Haupttor geschehen ist, ist traurig. So werden wir nichts erreichen.« Er schwieg und schaute über die

Köpfe hinweg. »Mit Steinen gegen Köpfe nein.« Er überlegte und setzte Worte hinzu, die allen vernünftig erschienen: »Einen Stein kann nur der an einen Kopf werfen, der selbst einen Stein im Kopf hat.«

Zufriedenes Rauschen durch den Saal.

Er klopfte sich die Pfeife am Hosenbein aus.

»Wir müssen eine Ordnung errichten. Wer noch einmal eine solche Übertretung begeht, den werden wir bestrafen.«

Er nahm sich einige Augenblicke der Stille.

»Wir werden ihn einsperren«, sagte er eisig, und ein leichtes Schmunzeln ging über die Köpfe. »In eine Einzelzelle«, fügte er hinzu.

Vielleicht war dies der Augenblick, als die Diktatur begann und bald darauf die Tyrannei. In diesen wenigen Augenblicken der Stille errichtete er alles. Die Gewalt, die er plötzlich über die zügellose, dunkle, gefährliche Menge bekommen hatte, schob er noch einen Schritt weiter, einen gewagten Schritt weiter hinaus, die Menge hätte ihn auch hinaus und forttragen können, uns alle zusammen mit ihm. Nichts geschah. Er hatte das Spiel gewonnen. Sie würden sich einsperren lassen, natürlich nicht sich, den anderen, nur damit jemand die Peitsche in die Hände nimmt. Sie konnten nicht leben ohne Geißel. In den letzten Reihen feixten sie sich eins, wie Schüler in der Klasse, dann wurde alles still.

»Ich bitte Sie«, sagte Alois Mrak in die entstandene Stille, in die Ordnung und Ruhe hinein, die er gerade errichtet hatte, »ich bitte Sie, daß Sie sofort an Ihre Pflichten gehen, daß Sie sich bedingungslos an meine Anweisungen halten und daß Sie sofort jeden melden, der die Disziplin untergräbt.«

In der letzten Reihe hob jemand die Hand.

»Bitte«, sagte Mrak, »Sie haben das Wort.« Der Koch stand auf.

»Mir hat gerade jemand meine Uhr geklaut«, sagte er.

»Joža war es«, setzte er hinzu, »Joža läßt überall was mitgehen. Ich verlange, daß Sie ihn einsperren.«

Wir wußten nicht, wo Joža war, wer Joža war, vierhundert, fünfhundert Leute waren in der Livada, unter ihnen gab es bestimmt mindestens an die fünfzig Jožas. Die Kantine begann sich zu leeren. Wieder unter allgemeinem Lärm, doch fast in einer gewissen Ordnung, die an die Zeiten erinnerte, als wir hier schlurfend in Reihe gingen, eine geordnete Herde, mit Hirten und Wachhunden an den Seiten.

36

Mrak blieb am Tisch. Er sah Papiere durch. Ich stand an der Tür. Wir waren allein in der leeren, nach menschlichen Körpern und Essensresten stinkenden Kantine. Nach einiger Zeit hob er den Blick. Er rieb sich die Brille, er strich sich über die Haare. Durch diese Gläser waren seine wässerigen und blauen Augen ganz anders, die Pupillen waren irgendwie größer.

»Was ist, Keber?« sagte er leise.

»Es wird bald Abend«, sagte ich, »und wir sind noch immer da, wo wir heute morgen waren.«

Schweigend begann er sich die Pfeife zu stopfen. Dieselbe Pfeife, mit der er die Meute gebändigt hatte.

»Schade, daß das Interview danebengegangen ist«, sagte er.

»Wir müssen die Verwaltung angreifen«, sagte ich in seine Richtung durch den leeren Saal, »das ganze Gelände erobern.«

Er stand auf und ging durch den Raum. Er ging hin und her, schweigend, offensichtlich hatte er nicht die Absicht, mir zu antworten. Er trat leicht gegen einen zerbrochenen Stuhl, zerrieb mit der Sohle einige Speisereste. Dann bückte er sich plötzlich, nahm mit zwei Fingern eine Plastiktasche auf und hielt sie mir unter die Nase.

»Glauben Sie nicht, Keber«, sagte er, »daß man diese Schweinerei saubermachen sollte? Man könnte das Kotzen kriegen.«

Ich drehte mich um und ließ ihn mitsamt dieser Tasche mitten in der Kantine stehen. Ich wollte mit der Tür schlagen, aber die Tür war schon lange nicht mehr im Türstock.

Bald würde es Abend sein, dann wird es Nacht, der Ring um uns zieht sich enger, Unterhändler und ein vernünftiges Angebot sind nicht in Sicht, jeden Augenblick können sie angreifen, und unser Anführer, der mit einem Mal Macht und Vertrauen gewonnen hat, denkt darüber nach, wie man die Schweinerei saubermachen könnte. Man könnte denken, daß sich die Dinge in solchen Situationen in wahnsinniger Geschwindigkeit abspielen. Tun sie auch, wenn du sie aus zeitlicher Entfernung betrachtest. Aber wenn du mitten drin bist, herrschen zwischendurch Pausen, Flauten, die so lang sind wie eine Ewigkeit.

Bei den Wachen in der Pförtnerloge konfiszierte ich eine Flasche und begab mich damit in meine Zelle, um dort den Beginn der entscheidenden Verhandlungen zu erwarten. Aber auch, um die Begegnung mit jener Frau wegzuspülen, die vom Bildschirm herunter live in mein Leben gekommen war.

37

Meine türlose Zelle war mir in diesen stürmischen Tagen eine friedliche Zuflucht. Landeplatz, Odessa, Asyl. In den wilden Tagen, die so voller Ereignisse waren, wie sie ein Häftling unter normalen Verhältnissen in Jahren nicht erlebt, benutzte ich sie, um mich auszuruhen, nachzudenken und mich in Ruhe zu erinnern. Der Raum war leer, ziemlich auseinandergenommen, aber leer, denn alle seine Bewohner hatten sofort nach dem Beginn des Aufstandes beschlossen, ganz gleich wohin zu übersiedeln, nur um nicht dort zu bleiben, wo sie ihre Strafe verbringen, die Tage zählen, die verfluchte Glocke morgens und abends hören mußten, wo sie hören mußten, wie der Riegel abends um zehn zufiel, die sich entfernenden Schritte der Aufseher im Gang, das Versperren der Gangtür, die Stimmen der freien Nachttiere aus dem nahen Wald.

Der Mensch gewöhnt sich im Gefängnis an das präzise Erwecken von Erinnerungen, manche Nacht kann er von einem einzigen Detail leben. Vom Horizont des Meeres, vom Zimmer in Odessa, von der Art, wie Leonca einen Satz in ihr Buch der Weisheit einträgt, wie sie sich über den Tisch beugt, wie durch die Haarsträhne das Licht der nackten Glühbirne strahlt. Jetzt, als ich eine Zelle für mich hatte und dazu noch eine luxuriös offene und zerbrochene Tür, kamen mit den Erinnerungen auch die Pläne. Die Erinnerungen konnten durch die Wände gehen, die Gedanken an die Zukunft brauchten eine offene Tür, und sei es eine zerbrochene. Damals begann ich zum ersten Mal daran zu denken, zu Leonca zu gehen, alles würden wir uns vergeben, ich würde ihren Sprichwörtern und Redewendungen zuhören, mit dem Rollstuhl würde ich sie in den Park fahren. Langsam würde ich älter werden. In irgendeiner Kneipe würde ich Karten spielen und von fernen Meeren und vom Großen Aufstand in der Livada erzählen. Ich würde auch von dieser Journalistin mit den hellen und knabenhaften Haaren erzählen, alle kennen sie, und alle werden mich um unser kurzes, leidenschaftliches Verhältnis beneiden.

38

Mit Mraks historischen Worten: Es war wirklich zum Kotzen. Man könnte wirklich das Kotzen kriegen vor Verzweiflung über diese Bande, ein wenig auch vor Ohnmacht. Während die Versammlung im Gange war, haben sie doch glatt bei mir eingebrochen. Am Türstock hing nicht nur die schwere Tür, die sie am Vorabend zerbrochen hatten, sondern auch die kleine Spindtür. Jemand hatte eingebrochen und den Inhalt durcheinandergeworfen. Strümpfe, Unterhosen, Rasierzeug, Briefe, Bücher, alles lag auf dem Boden. Mitgenommen hatte er das Taschenmesser, ein paar Dollar, einen beinernen Kamm, Zigaretten, Feuerzeug. Ein Iltis, der in derselben Zelle geschlafen hatte, vermutlich aber Ban, das konnte sein Werk sein. Ich konnte mir nicht vorstellen, welches Schwein zu so etwas fähig war, allzu erbärmlich war alles zusammen. Erbärmlich war der Blick auf Leoncas Briefe, die überall herumlagen, sogar rings um die Klomuschel, auf die Fotos, die Ansichtskarten aus Odessa, auf die Bücher vom Jüdischen Krieg. Überall waren die Spuren schmutziger Sohlen. Sie war in den Sirup getreten, die Hyäne, den sie auch zerschlagen hatte, und mit diesen Sirupsohlen war sie auf Josephus Flavius herumgetreten, den ich auf Schiffen und in Hotels, in armseligen Unterkünften und Kasernen mit mir geschleppt hatte und dem nie etwas passiert war. Ich sah auf diese erbärmliche Zerstörung eines erbärmlichen Einbruchs in einen erbärmlichen Spind, und in meinem Kopf begann es zu hallen, einfach so, ohne jedes metallische Reiben, einfach aus erbärmlicher Wut über den erbärmlichen Menschen, der die armselige Tür zu dem armseligen Spind aufgebrochen und alles durcheinandergeworfen hatte. Er hatte auch den Lederriemen mitgenommen, den Rasierschaum, er hatte den Sirup zerbrochen, nicht abgeschickte Briefe verstreut und war auf dem Jüdischen Krieg herumgetrampelt. Er war auf dem seltsamen Buch über einen seltsamen fernen Krieg herumgetrampelt, dessen Sinn ich nicht begriffen hatte und in dem zu lesen ich nicht aufhören konnte. Wenn Leonca am Tisch unter der Küchenlampe ihre Weisheiten aufschrieb, las ich in diesem Buch, manchmal habe ich ihr einen Satz laut vorgelesen. Ich nahm das Buch und schlug es auf: Von diesem Augenblick an waren die Juden einstimmig für Krieg. Und: Titus marschierte gegen Jerusalem, wo der Hunger wütete. Und: Menahem plünderte das Zeughaus, als wäre er der König. Und noch: Es begann die Belagerung des Tempels, wohin sich die jüdischen Kräfte geflüchtet hatten.

Dann begann ich Leoncas Briefe zu lesen. Ich gebe zu, zum ersten Mal fühlte ich mich miserabel. Seit ich diese Frau gesehen hatte, obwohl jetzt schon wie im Traum, wußte ich, daß es da draußen eine andere Welt gab. Eine Welt, die enge Jeans trug, glatte Blusen und dünne Haut. Wo man von Herzenskultur spricht, genauso, wie Leonca sprechen würde. Ich setzte mich und las inmitten dieser Verwüstung, inmitten der in Brand gesetzten und belagerten Strafanstalt, ihre sorgfältige Schrift, die genau war und an allen Enden eingedreht wie ihre gestickten Deckchen, ihre aufgeschriebenen Weisheiten, ihre gesammelten Kruzifixe:

Dies schreibt Dir Deine einstige Leonca, die am Fenster so sitzt, wie sie jetzt ist, und nicht mehr so, wie sie einmal war. Sie sitzt am Fenster und denkt, daß sie Dir alles vergeben müßte. Schon wegen jener Reise, schon wegen des Seidentuchs, das sie immer noch um den Hals trägt. Doch sie kann nicht, sie kann nicht vergeben, denn Du hast sie vergeudet. Es kommt die Stunde, stand auf diesem zertretenen Papier, wo es zu erkennen gilt.

Was, überlegte ich, was gilt es zu erkennen? Das war sie, unfehlbar sie mit ihrer Schrift und ihren unvollendeten weisen Sätzen.

39

Sie war die einzige, jetzt begriff ich das plötzlich. Sie mußten mit ihren Sirupsohlen auf ihren Briefen herumlatschen, damit ich das endlich begriff. Es mußte eine Frau ins Gefängnis kommen, eine Frau mit Mikrofon, Kamera, Herzenskultur und humanen Beziehungen, damit ich begriff, daß es genaugenommen nur eine gab: Leonca. Mascha und Katharina aus Odessa und alle anderen sind nichts, auch sie, die gerade weggefahren war, ist nichts, wenn die Erkenntnis kommt, wenn du mit ihrem Brief dasitzt und weißt, daß du sie tatsächlich vergeudet hast. Auch beschädigt, aber vor allem vergeudet, für immer. Oder aber sie hat mich vergeudet.

Hallo, sagte ich, als ich sie das erste Mal sah, wie heißt du? Leonca, sagte sie. Begierde überkam mich, als ich sie sah, und hat mich nie wieder verlassen, auch wenn sie sich noch so oft aus mir ergossen hat. Die Gläser hielt sie gegen das Licht, den Rock hatte sie über den Knien, eine Kellnerin, die in eine Bibliothek gehörte. Noch am selben Abend erfuhr ich, daß sie ein Buch der Weisheit besaß. Bedeutende Gedanken schreibt sie da hinein. Sie war ernst, sie lachte ernst, sie liebte still. Für lange Zeit war sie für mich die eine Sache, die Sinn hatte. Vielleicht die einzige Sache überhaupt.

Was für ein Sternzeichen bist du, fragte sie. Stier, sagte ich. Das ist nicht gut, sagte sie, stampft alles nieder. Ich faßte sie am Arm. Nein, sagte sie, das darf niemand. Das durfte niemand, das erfuhr ich später, außer mir niemand. Ich wartete auf sie, daß sie das Lokal zusperrte, wir gingen durch den warmen Abend, ich brach ihr einen Zweig Flieder. Das sind Maiblumen, sagte sie. Ich sagte, bei uns heißt das Flieder. Mama hat in Frankreich dazu Flieder gesagt, sie sagte, daß sie zu Hause auch Flieder dazu sagen und daß dort noch mehr wächst. Wir sagen Maiblumen, Maiblumen hab ich gern, das ist die einzige Blume, sagte sie. Das habe ich gewußt, sagte ich, deshalb habe ich sie dir abgebrochen. Sie hatte kühle Lippen, mit ihrer kühlen Zunge fuhr sie mir den Hals entlang. Ich weiß nicht, sagte sie später öfter, ich weiß überhaupt nicht, was an jenem Abend mit mir war. An jenem Abend dachte ich, daß sie mit so manchem geht, wenn sie ihr Vorstadtlokal abgesperrt hat, mit manchem so durch den warmen Abend vorbei an den Auslagen. Später erfuhr ich, daß sie es mit niemand tat. Außer mit mir an jenem Abend und anschließend an vielen Abenden und Nächten. Eine gute Woche vorher war ich vom Schiff gekommen, ich ging hin, sie interessierte mich. Auch ich interessierte sie, am meisten interessierte sie, was ich sagte: Wenn du auf See bist, ist am Horizont eine Linie, die ganze Zeit fährst du ihr entgegen, und die ganze Zeit ist sie gleich weit entfernt. Fast hätte sie das Glas fallen lassen, als sie das hörte. Ich mußte es wiederholen. Ich sah, daß sich ihre Lippen bewegten, als sie es für sich wiederholte, als wollte sie sich alles genau merken. Sie sagte, daß das so klug sei, ein so weiser Gedanke. Als die Gäste gegangen waren, sperrte sie ab, ich erzählte ihr, wie die Signale über diese Linie reisen, direkt in die Telegrafistenkabine, er hört alles, er weiß alles, aber er sieht nichts. Wenn er hinaustritt, ist dort nur das Meer und die Linie am Horizont. Ich könnte sagen, daß uns diese Linie am Horizont vereinte. Und die Masada, die Burg in den Wolken. Und das Seidentuch. Und die Sonntagnachmittage. Und manches andere, ihr quietschendes Bett.

Sie war vom Lande gekommen, sie sagte, sie wird noch studieren, aber nicht jetzt, jetzt kann sie nicht. Sie lebte allein, in ihrer Untermietgarçonniere, wo sie jeden Abend in Hefte mit lebhaften Farben schrieb. Diesen Abend schrieb sie nicht, mit ihrer kühlen Zunge fuhr sie mir den Hals entlang. Ich versuchte sofort, sie auszuziehen. Ich muß mich waschen, sagte sie, ich bin den ganzen Tag auf den Beinen. Sie wusch sich nicht, mit warmen Fingern kribbelte sie mir über die Brust, sie zog mich aus, die Finger glitten, die kurz zuvor noch gespülte Gläser gegen das Licht gehalten hatten, sie glitten über den Bauch, sie knöpfte mir die Hose auf: Ich wußte gar nicht, was an jenem Abend mit mir war, sagte sie später. Sie löste ihr Haar, das vorher zu einem Kellnerinnenknoten gebunden war, legte sich auf mich, preßte mir die Zunge in den Mund, und ein wenig drehte sich ihr alles, sie fühlte mich mit der ganzen Seele, sagte sie später, mit dem ganzen Körper und mit der ganzen Seele.

Sie sagte, sie habe mich so einsam gesehen mitten im Meer, auf der Fahrt gegen den Horizont, der immer gleich weit entfernt ist. In ihren Augen war eine Rührung, als würde sie jemand helfen, als täte sie etwas Gutes, und doch kehrt sich das gegen sie, erfaßt Körper und Seele, daß sie dann nicht weiß, was ist, was mit ihr war. Sie sagte, später, ich hätte sie gerührt, ja, gerührt, weil ich so allein sei, denn ich hätte nur das Schiff und die Fremdenlegion und solche Sachen. Woher sie von der Legion wisse? fragte ich, ich hatte nur von dem Schiff gesprochen. Man hatte es ihr gesagt, sie hatte gefragt, wer der sei, der seit letzter Woche in ihr Lokal komme. Der ist allein, hatten sie ihr gesagt. Wer hat ihr das gesagt? Johann, der mit den Goldzähnen, der um Geld spielt. Der hat immer Geld, der schüttelt die Witze aus dem Ärmel. Der hat ihr das von der Legion gesagt, von der Armee, den Baretts.

Allein, wie allein sie ist. Wenn sie jeden Abend müde in ihre einsame Wohnung zurückkehrt. Und denkt, sie müsse studieren und nicht in einem Vorstadtlokal arbeiten. Und dann nimmt sie ihr Buch der Weisheit in die Hände.

Lieber Herrgott, der du unsere erstarrten Körper und unsere erstarrten Seelen in jener Welt empfangen wirst, wisse: genau ihretwegen, genau ihretwegen und ihrer Rührung, ihres Buches, ihrer Kruzifixe wegen, genau dieser Abende wegen, wenn sie kalte Lippen hatte und wir uns hinlegten, und sie sich auf mich legte, genau wegen all dem war ich jetzt hier, wegen ihres plötzlichen, schrecklichen, eifersüchtigen, gemeinen Verrats, wegen ihrer Rache, ihres Verrats. Ihretwegen saß ich hier und las ihren Brief mit dem Abdruck einer Sirupsohle. Ich sah diese Buchstaben und hörte die Stöße des Lachens im Kopf und in der Brust und im Bauch und überall.

Und in mir wuchsen das Lachen und die Wut auf die Welt, wie sie ist, auf das Leben, die Waggons, die Kajüten, die Zimmer einsamer Kellnerinnen, auf diese Zelle, in der jemand mit dreckigen Sohlen auf meinen Briefen herumsteigt, auf meinen Büchern. Mir schien, daß ich jetzt begriff, warum ich den Apparat ins Fenster geknallt hatte, warum die ganze Livada verwüstet war. Jeder hat seinen Zorn, jeder hat hier seinen Krieg. Er ist nicht so groß wie der jüdische, er hat keine hochtrabende Rechtfertigung. Der jüdische Krieg, dachte ich damals, der jüdische Krieg. Menahem, Masada, Eleazar. Ein Zorn, ein häßliches grimmiges Lachen, eine Erkenntnis, daß es jetzt, wo wir so weit sind, wirklich unmöglich ist aufzuhören.

Wie Menahem, wie Eleazar: Ermutigt durch die Verstärkung besetzten die führenden Männer und mit ihnen das Volk die Oberstadt.

Die Oberstadt ist der Verwaltungstrakt, den gilt es einzunehmen.

40

Gegen zehn Uhr kam Mraks Kurier zurück. Verhandlungen, endlich. Die Welt war wirklich aus dem Geleise, auch der Alte hielt sein Wort nicht mehr, er hatte gesagt: halbe Stunde, vergangen war der ganze Tag. Also kamen wir, zum zweiten und letzten Mal, in der Pförtnerloge zusammen. Auf unserer Seite waren wir nur zu dritt, so waren die Bedingungen, Mrak, Johann und ich. Auf ihrer Seite der Alte, er saß am Tisch, Psychologe Teršič, er stand hinter ihm, und ein kurzgeschorener Typ, der sich die Fingernägel besah. Der war von draußen gekommen. Ich hatte ihn am Nachmittag gesehen, als er versucht hatte, Ban in dem wildgewordenen Auto zu ergreifen. Der Alte sagte, das sei der Inspektor. Der Inspektor war kurzgeschoren, bleich und wütend. Er hatte einen stieren Blick. Er konnte sich nur schwer zurückhalten und auch kaum erwarten, seine Hunde von der Kette zu lassen. Auch selbst war er ein Pitbull, ich schätzte ihn sofort richtig ein. Seine Mundwinkel vibrierten. Am liebsten würde er fluchen, noch lieber knurren. Auch Teršič wollte etwas sagen, aber der Alte hob nur die Hand. Offensichtlich würde nur er sprechen.

»Wann werden Sie die gefangenen Wärter freilassen?« fragte er ohne jede Einleitung.

»Wir behandeln sie human«, sagte Mrak.

»Besser als Teršič uns«, sagte Johann und lächelte Teršič ins Gesicht. Teršič wollte etwas sagen, der Alte hob die Hand, Teršič biß sich auf die Lippe.

»Denen in der Einzelzelle ist es etwas dunkel. Die in der Verwaltung haben den reinen Luxus.«

Der stier blickende und kurzgeschorene Inspektor trat nervös von einem Fuß auf den anderen.

»Strafrechtliche Verantwortung«, preßte er durch die Zähne.

Mrak schlug vor, erst einmal nicht über die Gesetze zu reden, sondern daß zum Anfang die Wärter, die sich in den Verwaltungsräumen verbarrikadiert haben, die Waffen abgeben.

Das würde einen neuen Konflikt verhindern.

Im Gegenzug werden wir jene freilassen, die wir in der zertrümmerten Zelle haben. Dann können wir über strafrechtliche Verantwortung reden. Der Alte fragte, ob die neue Verwaltung Schätzungen angestellt habe, wie hoch der Schaden ist und wer das bezahlen wird. Johann konnte nicht, ohne zu frotzeln, er sagte, der Staat, dazu hätten wir ihn ja. Pitbulls Mundwinkel zuckten. Durch die zusammengepreßten Zähne sagte er, er sei mit dem Vorschlag einverstanden, gut, sie sollen die Waffen abgeben, doch sollen sie eine Polizeieinheit in Block B hineinlassen, die die freigelassenen Wärter zum Ausgang begleitet. Johann sagte, wir sind nicht auf der Milchsuppe dahergeschwommen, und wir können auch seine Spezialtruppe noch auseinandernehmen. So befetzten wir uns gleich zu Beginn, über irgendwelche Forderungen haben wir uns bis zum Schluß gar nicht mehr unterhalten. Psychologe Teršič versuchte zu beschwichtigen. Er stellte fest, daß der psychische Zustand eingesperrter Menschen, nämlich der von Wächtern und Polizisten, wahrscheinlich kompliziert ist, deshalb müßten wir ihnen menschlichen Kontakt ermöglichen. Johann bemerkte, daß er nicht kompliziert ist, sie sind eingesperrt, genaugenommen eingenagelt. Die einen, die anderen haben ja Telefon für den menschlichen Kontakt. Der Alte wandte sich an Mrak:

»Würden Sie diesem Verurteilten sagen, daß wir uns hier ernsthaft unterhalten?«

»Johann«, sagte ich, »halt für eine Minute die Schnauze. Wenn es dir möglich ist, bitte.«

Johann griff sich mit beiden Händen an den Mund und mümmelte, ob es so gut sei. Ich sagte ja, er soll nur festhalten.

Teršič fuhr fort:

»Wir müssen uns davon überzeugen, ob sie gesund sind, vor allem aber, wie ihr psychischer Zustand ist. Ein eingesperrter Mensch befindet sich nach ein paar Stunden in einer besonderen seelischen Stimmung.«

Johann entwich hinter den Händen ein Lachen, solche Töne wie, nun ja, so hatten das alle verstanden, alle waren über den übermütigen Schwachsinn ungehalten, über dieses Furzen.

»Soll Teršič hingehen und sich überzeugen«, sagte ich.

»Gut«, sagte der Alte, Teršič und der Inspektor gehen.«

»Der Inspektor geht nicht«, sagte ich.

Aus Sicherheitsgründen sei das nicht möglich. Und auch aus prinzipiellen. Das wäre eine Verletzung der Unantastbarkeit des befreiten Territoriums. Der Alte schwieg beleidigt. Noch immer hatte er nicht begriffen.

»Herr Direktor«, sagte ich, »schauen Sie sich bitte diese Brandstätte ringsum an. Schauen Sie, gibt es noch irgendwo ein ganzes Fenster in den Gebäuden? Sie fragen sich, wo Ihre Wärter sind. Wir haben die Macht zur Gänze übernommen. Wenn Sie das endlich begreifen, können wir in ernsthafte Verhandlungen einsteigen.«

Ich schlug vor zu gehen und den Verwaltungstrakt zu besetzen, dann werden wir ja sehen. Der Inspektor preßte die Lippen zusammen. Wahrscheinlich auch die Zähne. Er hielt sich selbst an der Kette, er haßte uns, von Johanns Übermut kochte ihm der Kopf.

Der Alte schwieg einige Zeit und sah durch die Scheibe, die in der ganzen Livada noch als einzige heil war.

»Gut«, sagte er nach einer Zeit, »Teršič soll allein gehen.«

Der Inspektor trat nervös von einem Fuß auf den anderen. Teršič auch.

»Was ist, Teršič?« sagte der Alte, »Sie haben doch gesagt, daß der psychische Zustand der eingesperrten Wärter überprüft werden muß.«

»Wer garantiert?« sagte Teršič und setzte sich. »Das sind Wölfe.«

»Der Ausschuß garantiert«, sagte Mrak.

»Ich werde ihn begleiten«, sagte Johann. »Gleich jetzt.«

Teršič rührte sich nicht. Johann trat zu ihm.

»Angeklagter, stehen Sie auf«, sagte er und fing an zu grinsen, daß in dem fahlen Licht seine Goldzähne aufblitzen.

Pitbull spielte der Widerschein von Johanns Goldzähnen

auf den Pupillen, er tanzte über seine Augen, noch einmal zitterten seine Mundwinkel, noch einmal trat er hin und her, vielleicht knurrte er sogar, dann hielt er plötzlich einen Revolver in den Händen.

41

Nicht nur in der Haft, nicht nur unter solchen Verhältnissen, auch sonst kommt die Stunde, wo dich die Menschen stören, ihre Goldzähne, Nasen, Münder, Beine, Hunde, Kinder. Wo du auch dich selbst nicht mehr erträgst. Wo du kein Messer auf dem Tisch, keine Scheibe im Fenster sehen darfst. Da ist es gut, jemand zu haben, mit dem du streiten kannst. Jemand, den du anschreien, wo du einen Teller gegen die Wand werfen kannst. Um ihn wenigstens etwas anzuspitzen. Um ihn irgendwohin zu verladen. Du schlägst um dich. Natürlich triffst du auch dich selbst. Im gewöhnlichen Leben kommen solche Augenblicke manchmal vor, in der Haft sind sie sehr häufig. Jeder Häftling weiß das, der Inspektor wußte das nicht, sonst hätte er bei den Verhandlungen nicht mit dem Revolver herumgefuchtelt und alles endgültig verpfuscht, er hätte nicht verursacht, daß der Krieg bald darauf im vollen Umfang in Gang kam.

Der Alte wußte das, ich hatte ihn bei der Arbeit beobachtet. Er wußte, daß die Schlimmsten, die Gefährlichsten jene sind, die sich innerlich auffressen, die mit niemand reden, die dann plötzlich ausbrechen. Aggression ist heilsam. Wenigstens gegen Selbstmord hilft sie. Jedoch muß die Aggression im Gefängnis kontrolliert werden, sie muß sich dem Stärkeren unterordnen, ihm, den Wärtern, hinter denen der Staat steht, das ganze große Land ringsum, das dich hier auf diesem kleinen Raum hält, damit sich die Aggression und das Böse nicht allzu weit ausbreiten. Er ließ die Aggression frei und bestrafte sie mit Gewalt, gut beherrschte er diese, wie er sagte, Dialektik des kontrollierten Vergehens und der kontrollierten Bestrafung. Der Prokurator wußte, wie die Unruheprovinz zu beherrschen war.

Der Alte war ein ruhiger, aber hysterisch penibler Mensch. Wie ging das zusammen? Sehr schön. Die Hochspannungen löste er mit salomonischer Ruhe, das heißt, mit Schläue, was dasselbe ist. Mit einem besonderen Gespür erkannte er die Hochspannungen, das Aufschaukeln der unsichtbaren Gewalt, die am Rande der Explosion war. Er wußte, wann sich eine Spannung wie eine unsichtbare Masse durch die Gänge zu ergießen und in die Zellen zu strömen begann. Er wußte, daß man diese Spannung freisetzen mußte, ich habe gesehen, wie er dabei vorging: Beim Tischtennis hatte sich Ban mit einem wegen der Frage geschlagen, ob der Ball das Netz berührt hatte oder nicht. Der Alte stellte sich daneben, verschränkte die Arme und sah den beiden zu, wie sie rauften und keuchten. Die Wärter liefen zusammen, Teršič kreischte auf die beiden vom Fenster herunter, der Alte winkte mit der Hand ab, laßt sie. Und solange Ban dem anderen nicht das Hemd über den Kopf gezogen und ihm mit der flachen Hand ein paar von unten reingehauen hatte, solange ging er nicht dazwischen. Genaugenommen griff er erst dann ein, als Ban ihn am Boden hatte, als er ihm den weißen Ball in den Mund drückte und verlangte, er soll ihn fressen. Genug, sagte er da, und Ban ließ nach. Dann verpaßte er beiden ein Woche Einzelzelle. Energie muß man freisetzen, beim Sport entspannt sich der Mensch, sagte Teršič, der verlangte, daß die Wärter sie auf dem Weg zu den Einzelzellen in ihre Arme nahmen. Jetzt ist sie freigesetzt, sagte er.

Hysterisch penibel war er, wenn die Dinge friedlich waren. Wenn kein schlechtes Wetter im Anzug war. Er ging hinter den Diensthabenden her, wenn sie die Gänge fegten, und sammelte den Abfall auf. Pflicht des Diensthabenden, sagte er, Pflicht des Diensthabenden ist es, daß es hinter ihm glänzt. Die Pflichten waren in den Kopf geschlagene Nägel. Man mußte sie fühlen, die Gänge wurden gewischt, bis das letzte Wasser sauber war. Für eine Schweinerei, die hinter dem Diensthabenden zurückblieb, für nichtgemachte Betten gab es Strafen, genauso wie für Prügeleien. Die Männer hatten die Spielregeln des Männerspiels begriffen, es war gerecht. Eine Flasche darf man einschmuggeln, aber die Disziplin darf nicht angetastet werden. Wenn jemand Alkohol herstellt, dann mit seinen eigenen Früchten, nicht mit aus der Küche oder der Kantine geklauten. Man darf alles machen, man darf sich nicht verkaufen. Die Liebesverstrickungen der Schwulettis, deren Eifersucht und Verrat ertrug er überhaupt nicht. Wenn ein offensichtlicher Psychopath anfing zu randalieren, gab er nicht nach. Dies hier war keine Prügelei, hier wurden keine Pingpongbälle gegessen, hier floß Blut. Er verstand mit ihnen umzugehen, er ließ die Wärter auf sie los. In den Einzelzellen hallten wütende Schreie. Danach herrschte immer Ruhe, und diese Erfahrung half für einige Zeit. Der Alte verstand alles so gut, Psychologe Teršič begriff gar nichts.

Jeder begreift am Ende, sagte er. Er begreift, was man darf, Prügelei, aber keine Verletzung. Er begreift, was er muß: Die Pflicht, das ist wie ein Nagel im Kopf.

Es half nichts, daß er ein besserer Psychologe war als Teršič, der tatsächlich Psychologe von der Ausbildung her war, was ihm aber noch weniger half, weil er blöd war. Alle wußten, daß er blöd und nervös war, jeden hatte dieser Pfaffe einzureden versucht, er müsse seine Tat bereuen: Erst dann, erst dann bist du auf dem Weg der Rehabilitation. Ganz aus der Nähe starrte er einem in die Augen, regungslos, das war seine Methode. Wer erträgt schon, daß ihm einer regungslos in die Augen starrt, nicht einmal ein Hund, am wenigsten aber, wenn er die ganze Zeit mit leiser Stimme auf dich einredet: Bedauern, es fehlt nur, daß er bereuen sagt, du mußt bereuen. Um auf den Weg der Rehabilitation zu kommen. So aber war er, Teršič, schon ein paar Mal auf dem Weg der Rehabilitation gewesen, in der nächstgelegenen Ambulanz.

Wie auch immer, der Alte hatte sich so sehr geirrt, wie Teršič nichts begriffen hatte. Wie auch Pitbull nicht begriff, daß man bei Verhandlungen nicht mit dem Schießgewehr herumfuchteln darf. Er hatte schlecht eingeschätzt, was jetzt geschah. Das war etwas ganz Neues. Es brannte, Explosionen hallten, es wurde an den Ohren grauhaariger Direktoren gerissen, es wurde mit Pistolen vor Nasen herumgefuchtelt. Der Alte war nicht Teršič, der Alte war der gute Vater, der versteht, daß du ein Gauner bist und daß es auf der Welt Gauner geben muß, doch er sagt es nicht. Er will nur eine Art Gleichgewicht zwischen der Aggression des Systems und der Aggression der Gauner, ein brüchiges Gleichgewicht, daß man in diesem kleinen Staat, der Livada genannt wird, immer wieder aufs neue errichten muß, ein wenig mit Worten, ein wenig mit Gewalt. Ein wenig mit gekreuzten Armen, ein wenig mit Schlagstöcken, ein wenig mit Urlauben und Besuchen, ein wenig mit der Einzelzelle. Aber hier begriff er nichts mehr richtig. In diesem Staat war ein Aufstand ausgebrochen, und die Oberherrschaft hatte jemand anderer.

Alles hatte er begriffen, nur nicht, warum gerade bei ihm ein Aufstand ausbrechen mußte, den er sich nicht einmal in den schlimmsten nächtlichen Alpträumen hätte träumen lassen. Ein Aufstand, bei dem jeden Moment jemand zu Schaden kommen, zum Krüppel werden, wenn nicht sogar tot sein konnte.

Der Alte hatte begriffen, der Inspektor nicht. Diese Verhandlungen in der Pförtnerloge waren die letzte Gelegenheit, alle Teufel, die ins Freie gelangt waren, zu beschwichtigen und in die Löcher zurückzubringen. Der Teufelsglanz von Johanns Zähnen hatte den kurzgeschorenen Ordnungshüter irregeleitet.

42

Der Inspektor hatte den Pitbull in sich gespürt.

Vor allem aber war jetzt der Augenblick gekommen, wo einen die Leute zu stören beginnen, ihre Nasen, Münder, Hunde und Kinder. Den Inspektor mit dem stieren Blick hatte Johann auf jede erdenkliche Weise gestört. Endgültig hatten ihn seine Goldzähne aus dem Geleise geworfen.

»Hände hoch«, sagte er. »Alle drei.«

Wir hoben die Hände.

»Das wird nicht gutgehen«, sagte Johann.

»Halt das Maul«, schrie der Inspektor, »sagen Sie diesem Menschen, daß er endlich das Maul halten soll.«

»Haben wir ihm schon gesagt«, sagte Mrak mit erhobenen Händen.

»Aber er hält es nicht«, fügte Johann hinzu.

»Du«, zeigte der Inspektor mit dem Revolver auf Johann, »komm her.«

Johann zögerte.

»Ich erschieße dich«, knurrte er, »wenn du nicht kommst, erschieße ich dich wie eine Katze, wie einen tollwütigen Köter.«

Seine kurzgeschorenen Haare waren gesträubt, seine Schultern krümmten sich nach oben, er war ein gefährlicher Pitbull. Er gehörte zu jenen, die keine Teller gegen die Wand werfen, die keine Frauen schlagen, die sich innerlich selbst auffressen, die die schwächsten und gefährlichsten sind.

»Gut«, lachte Johann, »du siehst gefährlich aus, ich komme.«

Er ging ein paar Schritte auf ihn zu. Der Inspektor befahl, er solle mit Mrak zur Wand treten, Mrak schlotterte am ganzen Körper.

»Ein Mißverständnis«, sagte er fistelnd, »das ist ein Mißverständnis.«

»Scheiß auf Mißverständnis«, knurrte der Gesträubte. »Mach den Mund auf«, sagte er zu Johann.

Johann machte den Mund auf. Der Inspektor drückte ihm den Lauf in den Mund.

»Warten Sie«, sagte der Alte, »warten Sie, was soll das jetzt? Beruhigen Sie sich, Inspektor.«

Der Inspektor drehte den Lauf in Johanns Mund herum, daß wir hören konnten, wie das Metall an seine Goldzähne schlug, wie es über die Plomben scheuerte. In meinem Kopf setzte ein leichtes Klingen ein.

»Wenn du noch einmal«, sagte er, »dein dreckiges kriminelles Häftlingsmaul aufmachst, werden ich auf den Abzug drücken. Wie durch ein Unglück wird er losgehen.«

Johann sagte nichts, er hatte den Lauf im Mund. Der metallische Lauf scheuerte an Johanns Zähnen, wir hörten es alle, das Klingen in meinem Kopf nahm zu. Dann zog der Inspektor den Lauf aus Johanns Mund. Das Klingen ließ etwas nach. Johann war bleich wie die Wand. Marsch, sagte der Inspektor, der jetzt nicht wußte, was er mit der Pistole anfangen sollte. Auch bei ihm hatte die Spannung nachgelassen, auch er war bleich. Marsch, sagte er, verschwinde. Er holte tief Luft. Mit dem soll ich verhandeln? sagte er zum Alten gewendet. Er sagte, er hätte ihn beinahe weggepustet, das Schwein.

So konnten wir nicht miteinander reden. Unter Protest verließen wir die Verhandlungen. Genaugenommen zogen wir uns vorsichtig zurück. Pitbull knurrte noch immer. Der Alte war irgendwie niedergeschlagen. Mir schien, daß er uns traurig nachsah. Wir schlurften über den finsteren Hof. Johann hielt sich den Kiefer, Mrak schlotterte.

So ging die letzte Verhandlung zum Teufel. Eine einigermaßen vernünftige Lösung hatte Pitbull verhindert, der Johanns Scherze und Goldzähne nicht vertragen hatte. Für die Fortsetzung konnten wir jetzt keine Verantwortung mehr übernehmen. Die hatte der geschorene Inspektor zu tragen. Für alles, was nachfolgte, auch für sein unglückliches Schicksal. Jetzt gab es kein Zurück mehr. Jetzt gingen die Dinge nur noch vorwärts.

43

Johann war beleidigt. Auch etwas gedemütigt. Er sagte, Pitbull hat keine Nerven. Wie sollst du mit einem Menschen verhandeln, der keine Nerven hat? Mrak sagte, er selbst, Johann, sei es gewesen, der die Verhandlungen verpfuscht hat. Eigentlich müßte er ihn disziplinarisch bestrafen, am liebsten mit ein paar Tagen Gefängnis. Damals dachte ich noch, Mrak macht Witze. Er machte überhaupt keine Witze. Er sagte, auch er wisse, wem er einen Lauf in den Mund zu drücken habe, sehr bald schon.

Wir gingen in die Kantine. Alois Mrak beruhigte sich, er reinigte seine Pfeife. Von irgendwoher kam eine Flasche. Auch Alois machte einen Zug. Ich wußte nicht, daß Sie auch, sagte ich. Manchmal, sagte er, wenig. Früher hat er mehr, angeblich sogar ziemlich. Er sagte, jetzt müssen wir mit einem Angriff rechnen. Er schlug vor, ihnen mit irgend etwas entgegenzukommen. Wie entgegen? Indem wir guten Willen zeigen. Hat hier jemand guten Willen? sagte Johann. Ich sagte, versuchen, obwohl es keinen Sinn hat. Besser ist, wenn wir angreifen. Wir können Teršič zu den Wärtern lassen, damit er sieht, wie es um ihre Gesundheit steht. Alle sind noch ganz, sagte Ban, der in die Kantine geschlichen kam. Die Nachricht von den geplatzten Verhandlungen hatte sich rasch herumgesprochen. Er wollte wissen, woher der Wind weht. Er sagte, daß nur ein paar Mann leicht verwundet seien. Mrak suchte einen Ausweg aus dem Unausweichlichen, und das war der Kampf.

»Soll sich Teršič ansehen, in welchem seelischen Zustand sie sind«, sagte er fistelnd, »schließlich ist er Psychologe.«

»Virman macht sich Sorgen um die seelische Gesundheit der Polypen«, sagte Johann.

Mrak blies einen Rauchring unter die Decke.

»Wer ist Virman?« sagte er fistelnd. »Sie haben mich gewählt«, sagte er, »ich möchte, daß Sie sich respektvoll benehmen.«

Johann war still.

»Wir lassen Teršič zu den Wärtern«, sagte er. Er stieß den Rauch aus, schmunzelte.

»Und dort bleibt er«, fügte er hinzu. »Er kommt nicht raus. Der Joker beim Tarock.«

Wie sahen uns an. Das war schlitzohrig, das war gerissen. Trotzdem glaubte ich nicht, daß das etwas ändern würde. Aber er soll es versuchen. Aufschub, damit wir uns vorbereiten können. Ich wußte, daß es Krieg gab.

Johann fuhr beleidigt mit der Zunge über die Zähne:

»Verdammte Scheiße, er hat mir tatsächlich die Plomben ruiniert. Wenn ich ihn hier drinnen kriege, werde ich sein Dentist sein.«

Teršič wurde noch in derselben Nacht von unserer Wache vom Haupttor bis zur Tür des Verwaltungsgebäudes geleitet. Es war finster, aus den Gebäuden schauten die finsteren Augen der zerstörten Fenster heraus, nur im Verwaltungsgebäude war etwas Licht. Er kam sich unheimlich mutig vor, als er umkreist von Wölfen auf dieses Licht zuging, wo seine Leute in Schwierigkeiten waren. Jetzt sah er einmal, daß das Studium und sein Leben in den Gefängnissen seinen gefährlichen Sinn hatte. Er wanderte über gefährliches Gebiet, die Leute waren eingesperrt und in Not, er ging, um ihnen seelische Nahrung zu bringen.

Die Tür zum Verwaltungsgebäude öffnete sich, Hände zogen ihn hinein, und er verschwand in einem schwach beleuchteten Gang.

44

Die Mondnacht zerfloß über der Livada. Stille bedeckte sie und die ganze Landschaft ringsum. Seltsam war es, frei umherzugehen, wohin du willst, durch die Nacht, über den Hof, an den Holzstapeln hinter den Werkstätten vorüber, natürlich nur bis zum Draht, hinter dem sich die kaum sichtbaren Schatten der Belagerer bewegten. Hin und wieder tasteten irgendwelche Autoscheinwerfer über die Ebene und beleuchteten die Gesichter meiner Begleiter, die von Johann und Mitrović. Uns kamen die vom Mondlicht bläulichen Gestalten der Wachen entgegen. Am Drahtzaun gingen sie mit brennenden Zigaretten und mit Stöcken oder einem Eisen in der Hand auf und ab und tauschten leise witzige Militärbefehle aus: Wer da? Der blaue Engel. Wer noch? Angeschissene. Angeschissene durch, die übrigen halt. Hinter einem Fenster war schweres Schnarchen zu hören, jemand klimperte wieder auf der Gitarre und sang ohne jedes Gehör, von irgendwo war das Streiten nächtlicher Pokerspieler zu hören. In der Verwaltung brannte Licht, ein Zeichen, daß auch hier drinnen die Sache noch nicht ausgestanden war.

Johann näherte sich dem Eingang mit Katzenschritten. Er legte das Ohr an die Tür und deutete auf etwas. Daß jemand direkt hinter der Tür sei, daß er ihn höre, hier ist er, nur zwanzig Zentimeter entfernt. Da rumpelte etwas auf der anderen Seite, und Johann zog sich geduckt, seitlich, rasch zurück. Mich fröstelte. Auch hatte ich ein leises Klingen im Kopf. Ein solches seitliches Zurückweichen hatte ich schon einmal gesehen, diesen plötzlichen Alarmzustand eines Schattens an der Tür und den Versuch, bei der Flucht eine Art Würde zu bewahren, ein aufrechter, fliehender Gang, das habe ich gesehen, die Körperhaltung, alles. Jemand, der mit Leonca an ihrer Tür gewesen war. Nur daß der einen Mantel trug. Eine unangenehme Ahnung legte sich mir ganz oben auf den Magen. Mich fröstelte, ich schüttelte den Kopf. Alter Esel.

Sein Gewehr ist ihm runtergefallen, sagte Johann, als er zurückkam. Trotzdem sah ich ihn etwas argwöhnisch an. Wenn er das in jener Nacht an der Haustür gewesen ist, wenn er sie flachgelegt hat, bring ich ihn um. Nicht, weil er es gemacht hat. Sondern weil er mir ins Gesicht lügt und mit seinen Goldzähnen grinst. Weil das kein Poker im Mississippi ist, sondern das Leben.

Vorsichtig gingen wir weiter und unterhielten uns leise. Es gab kein Anzeichen mehr, daß diese Nacht etwas passieren würde. Dennoch war klar, daß vor allem wir es waren, die bald etwas unternehmen mußten. Mraks Schachzug des guten Willens war nur ein Hinausschieben des unvermeidlichen Kampfes. Ein Gespräch mit Pitbulls Pistole zwischen Johanns Zähnen konnte sich nicht wiederholen. Wenn wir jetzt die Verwaltung in Ruhe ließen, konnten wir den Ausbruch der belagerten Wärter und gleichzeitig den Angriff der Belagerer erleben. Das hätte unser Schicksal besiegelt. Eines war völlig klar: Erst wenn wir die Dinge vollständig in den Händen hatten, konnten wir weiterverhandeln. Wie sie sich jetzt die Gespräche vorstellen, hat Pitbull ja demonstriert. Der würde uns am liebsten die Haut abziehen. Ganz langsam.

Wir untersuchten alle Eingänge zu Block A, sie waren leer. Langsam tasteten wir uns ins Innere vor und kamen zu dem großen Tor, das den leeren Block mit dem Verwaltungstrakt verband. Aus den Räumen der Verwaltung kam nächtliche Musik, jemand hörte Radio, wir hörten die Stimme von jemand, der sich am Telefon unterhielt: Hab keine Angst um mich, wiederholte er in Abständen, hab keine Angst ... es kommt alles in Ordnung ... sag Tini, daß Papa Bereitschaftsdienst hat. Wir bestimmten den Ort, wo der Sprengstoff angebracht werden sollte, um die Tür ins

Innere zu werfen. Das wird Mitke machen. In den Werkstätten stellten sie bereits Molotows her. Hier wird die erste Gruppe zuschlagen, die zweite wird über den Dachboden gehen. Mit Molotows wird die Infanterie von der Vorderseite stürmen, frontal, direkt auf die Verwaltung zu.

Alles war in Ordnung, die Strategie ausgearbeitet. Nur diese eine Sache lag mir noch immer ganz oben auf dem Magen, als ich mich schlafen legte, dieser bewegte Schatten, den hatte ich schon irgendwo gesehen.

45

Ich legte mich nur hin, und schon fuhr ich im Waggon. Leider nicht im Schlafwagen durch eine russische Ebene, vorbei an Birken und ruhigen Wassern, sondern im Viehwaggon, mit kleinen Oberlichtern, an verwüsteteten Gebäuden und Feldern vorbei, die von Panzerketten dreckig zerfleischt waren. Obwohl es ein schöner Waggon war, eine fahrende Festung, war es trotzdem eine Art Gefängnis. Ich war sieben, es war ein schöner Waggon, ein fahrendes Gefängnis für gut fünfzehn Menschen, für drei Familien auf ihrem Weg in die Heimat. Ich wußte nicht, was für eine Heimat, denn alles, was ich bis dahin gesehen hatte, und alles, an das ich mich, so scheint mir, jetzt erinnere, war ein Bergmannshaus, ein Haus in Lothringen. Blumen wuchsen dort, spanischer Flieder. Mama schnitt ihn kurz, Vater sprach von einem Hochofen. Die Bergleute hatten Geld für einen Hochofen gesammelt, den das sozialistische Vaterland baute. Und Mama weinte noch oft diesem Haus nach, diesem Häuschen, das verkauft werden und wo man dann zum Zug gehen und warten mußte, bis wir diesen Hochofen sehen würden. Ich wußte nicht, was ein Hochofen ist, bestimmt etwas Hohes, etwas, was bis an die Wolken reicht, aus dem es violett und rot herausraucht, die Farbe der Wolken, sie leuchtet aus der Erde unter den Himmel. Das ist die Schmelze, sagte der Vater, für sie haben wir das Geld gegeben, wir werden Arbeit bekommen in einem Arbeiterstaat. Und wir fuhren in einem Waggon, der auf jedem Bahnhof hielt, oft auf offener Strecke, damit wir etwas Auslauf hatten und in deutschen Feldern pinkeln konnten. In der Ecke war ein Sparherd, auf dem die Frauen kochten, in der anderen Ecke war zugezogen. Dorthin gingen wir, wenn der Zug lange keinen Halt machte oder wenn wir ihn nicht verlassen durften, weil überall irgendwelche Armeen herumirrten. Dort gab es eine verhängte Ecke, wie hier in der Zelle, und in den Brettern eine Öffnung, da mußte man das Gleichgewicht suchen und sich gut festhalten, wenn man sich hinhockte. Später habe ich öfter das Gleichgewicht gesucht, auf Schiffen, in Kasernen, im Wald, im Dschungel. Nur daß es nirgends einen Hochofen gab. An der Grenze riefen irgendwelche Leute, wir sollen nicht nach drüben gehen, dort ist der Hunger. Aber Vater sagte, daß ist Propaganda, wir gehen hinüber, dort wird unser Hochofen gebaut. Der Hochofen war so etwas wie das Hohelied, eine hohes Märchen; jedesmal wenn ich im Waggon unter dem gleichförmigen Singen der Räder auf den Gleisen die Augen schloß, sah ich ihn, hoch, und den violetten Rauch aus ihm. Aber als wir drüben ankamen, steckten sie uns in Baracken, die mit Draht umgeben waren. Es war kalt, es war Nacht, und meine Schwester quengelte. Und dann brachten sie uns nach Ljubljana, und dort schliefen wir bis auf weiteres in Gefängnissen. Damals habe ich viele Menschen im Schlaf reden hören. Auch ich habe im Schlaf gesprochen, sie sagten, ich käme hoch wie ein Mondsüchtiger und redete, ein bißchen Französisch, ein bißchen Slowenisch. Auf slowenisch sprach ich vom Hochofen. Der Hochofen war etwas Fernes und Sanftes. Jetzt ist für mich ein solcher Hochofen Odessa, Mascha und Katharina, das Zimmer der beiden, die seltenen ruhigen Augenblicke mit anderen Menschen. Hochofen, Odessa. Einen Hochofen habe ich nie zu Gesicht bekommen. Odessa werde ich, so hoffe ich, noch einmal sehen. Auch Mama hat nie einen Hochofen zu Gesicht bekommen, wie sie auch nie mehr ihr Haus in Lothringen zu Gesicht bekommen hat, das Häuschen in Lothringen, nie mehr ihren spanischen Flieder, also die Maiblumen. Sie hat auch meinem Vater nie vergeben, daß er uns aus diesem Häuschen ins Gefängnis geführt hat. Die Kinder haben im Gefängnis geschlafen, hielt sie ihm vor. In den Knast hast du uns geführt. Deine freie Heimat war ein Gefängnis. Ich habe einen Zweig spanischen Flieder auf ihr Grab gelegt. Als ich von meiner ersten Schiffsreise zurückkam, war auch mein Vater tot, meine Schwester war nach Frankreich zurückgegangen. Gott weiß, wo sie jetzt herumquengelt, weil alles verkehrt läuft, immer alles verkehrt. Dieser Waggon hat mein beschissenes Leben bestimmt, wenn das nicht irgendwelche beschissenen Sterne am nächtlichen Himmelsgewölbe getan haben. Aber in diesem Waggon war es gar nicht so schlimm, es war eine Reise, wie ein Schiff, wie ein Abenteuer, wie eine Fahrt zur Schatzinsel. Auch im Gefängnis war es damals nicht so arg, die Menschen träumten und redeten von ihren Feldern und Höfen. Ich war sieben, und ich träumte von einem Hochofen.

Ich lege mich hin und fahre schon. Waggon, Schiff.

46

Es war noch Nacht und zugleich Morgen, als ich die Belagerungsmaschinen sah, die sich von allen Seiten näherten. Geräte zur Errichtung von Brückenköpfen an der Ringmauer, Vorrichtungen zum Niederlegen der hohen Mauern der Masada; Katapultmaschinen, Feuerwerfer, Widderköpfe, die gegen das Tor anrennen werden, gegen die Mauern der uneinnehmbaren Festung hoch über der Wüste.

Es war Morgen- und zugleich noch Nachtstunde, es war noch nicht jene Stunde, zu der die Livada normalerweise vom Schnarren der Glocke geweckt wird, dann das Türenaufsperren, das lustlose Aufstehen, der Morgengestank in den Zellen, der morgenstrenge Bohnerwachsgeruch in den Gängen und draußen Gräserduft, Duft von den Feldern. Die Livadaner erwachten und traten an die Fenster, viele von ihnen waren schon draußen. Wächter, nächtliche Pokerspieler und andere Schlaflose berichteten, daß schon stundenlang irgendwelche Maschinen anrollen, die keine Mannschaftswagen waren, keine Lastwagen und auch keine Panzer. Es waren Landmaschinen, Mähdrescher, große Mäher. Die fuhren in den jungen Mais auf der einen und in das hohe Gras auf der anderen Seite und rasierten die Gegend glatt bis auf die erdene Haut. In großen Garben fiel und verschwand alles, was wuchs. Sie säuberten den Raum, damit niemand durch den Mais oder über die Felder flüchten konnte. Mir kam das, vom militärischen Standpunkt aus, unklug vor. Wenn die Sondereinheiten losschlagen, können sie das leichter aus dem Mais heraus tun, der fast bis an den Draht heran wuchs. Vielleicht bereiteten sie sich auf eine längerfristige Belagerung vor, vielleicht beabsichtigten sie tatsächlich, frontal anzugreifen, über den Draht und die Barrikaden aus Holz, Fässern, Mülltonnen, zerschlagenen Möbeln, den kaputten Lastwagen am Eingang, auf jeden Fall war es ihnen das wichtigste, daß niemand mehr entkommen kann, daß sie uns hier drinnen endgültig einmarinieren und dann jeden einzelnen zu einem vernünftigen beschissenen Häftling verarbeiten, dem ein derartiges Zerschlagen und Brandlegen nie wieder in den Sinn kommt.

Gleichzeitig mit dem Kahlschlag kam die Mitteilung, daß der Justizminister mit dem Vorsitzenden des Häftlingsausschusses, so nannten sie ihn, sprechen wird. Offenbar hatte Mraks Schachzug mit Teršič die Möglichkeit für leeres Geschwätz verlängert. Offenbar waren sie in nächtlichen Kabinettssitzungen zu dem Schluß gekommen, daß es bei aller Roheit hier drinnen eine Art Führung gab, mit der man verhandeln konnte. Die Führung hatte guten Willen gezeigt: Teršič durfte zu den Wärtern. Teršič hatte berichtet, sie seien gesund, wenngleich nervös. Sie sind im Verwaltungstrakt umzingelt, so wie wir in der Livada umzingelt sind. Allerdings haben sie es schwerer. Was immer passiert, sie trifft es zuerst. Und auch der Alte hoffte trotz der unglücklichen Unterbrechung noch immer, die Sache rasch zu einem Ende bringen zu können. Der Zwischenfall mit der Pistole des Inspektors in Johanns Mund hatte ihm zu denken gegeben: Jeder nähere Kontakt wird böse Folgen verursachen, hier stehen sich auf beiden Seiten, nicht nur auf der einen, Menschen gegenüber, die eine harte Abrechnung wollen. Er hatte eine Telefonkonferenz auf höchster Ebene organisiert und somit einen noch stärkeren Zug guten Willens gesetzt.

Bevor Mrak in die Verwaltung hinüberging, um von dort aus mit dem Minister zu sprechen, verlangte ich eine Ausschußsitzung. Jetzt ist keine Zeit, sagte er. Keinerlei Nachgeben, sagte ich. Versteht sich, sagte er mit seiner Fistelstimme, stopfte einige Papiere in die Tasche, was ihn überaus bedeutend machte, und ging los. Auch er wurde von den Händen durch die Tür hineingezogen. Es war keine Zeit, es war wirklich keine Zeit. Obwohl wir nie erfuhren, ob er wirklich mit dem Minister gesprochen hat oder lediglich mit einem Nichts und Niemand, der den Minister spielte.

»Er soll nur verhandeln«, sagte Johann, »und Mitrović soll nur die Molotows herrichten.«

47

Wir nahmen ein paar Züge vom Livadabrand, das heißt von dem mit Obstler veredelten Verdünner, ein Stärkungsmittel in der Früh, während wir auf ihn warteten.

Durch das Fenster sahen wir, daß, sofort nachdem die Mähmaschinen ihre Arbeit getan hatten, auf der Wiese gut zweihundert Meter hinter den Werkstätten der Hubschrauber landete. Ein paar Polizisten liefen mit eingezogenen Köpfen unter den schaufeligen Dreschflegeln durch. Auch sie hatten Wachwechsel.

Auf der anderen Seite wurden in angemessener Entfernung vom Eingang aus den Lastwagen Kessel gebracht.

»Sieh an«, sagte Flappe, »sie kommen mit Gulasch. Jetzt werden sie fressen wie die Schweine, und wir hier sollen vor Hunger krepieren.«

Sie verteilten die Kessel in der Nähe des Eingangs, und die uniformierten und bewaffneten Typen kamen von allen Seiten.

»Vielleicht ist es aber kein Gulasch«, sagte Ban, »wer frißt schon in aller Herrgottsfrühe Gulasch?«

»Ich«, sagte Flappe, »auch eine tote Katze im Gulasch.«

»Wenn ich ein gutes Zielgewehr hätte, würde ich ihn abknallen«, sagte Ban. »Dieses Gulasch würde ihm blutig über die Uniform spritzen.«

»Hört auf mit dem Gulasch«, sagte jemand, »es gibt heißen schwarzen Kaffee.«

»Kann man auch Tee bekommen?«

»Es sind heiße Würstchen, es dampft aus den Kesseln.«

»Und wir kriegen nichts zu fressen?« sagte Flappe.

»Friß deine Scheiße«, sagte Šipac.

Auch Zivilisten aus den Autos holten sich ihre Portionen.

»Die haben ja ein richtiges Morgenpicknick«, sagte Pepi

und machte einen Zug aus der Flasche, daß sich ihm die Haut im Gesicht zusammenzog. »Sie amüsieren sich. Sie können es kaum erwarten, daß die Jagd beginnt. Ein Arsch, den sie damit vollgepumpt haben, daß wir Kinder fressen, wird sich den Bauch vollschlagen, sich im Gras langmachen und warten, daß er einen der Menschfresser vor die Kimme kriegt. Und wir krepieren hier drinnen. Das ist traurig«, sagte er erbittert.

»Scheiß auf traurig«, sagte Johann. »Traurig wird es, wenn ich ihnen ihre Wärter abwürge, die in der Zelle und die im Verwaltungstrakt.«

Trotzdem war es traurig. Was soll ich sagen, irgendwie komisch. Draußen Gras und Gulasch, das heißt Kaffee, das heißt Tee und Morgensonne. Und wir frei und trotzdem gefangen. Auch einigermaßen hungrig, denn Mrak hatte angeordnet, daß die Vorräte rationiert werden. Umzingelt von einem dreifachen Ring von Typen, die sich an Gulasch und heißen Würstchen oder sonst was gütlich tun. Und es kaum erwarten können, einen der beschissenen Kriminellen abzuknallen.

48

Noch ehe die Flasche drei Mal die Runde gemacht hatte, kam Mrak zurück. Das bedeutete, daß er nichts erreicht hatte. Zuerst erzählte er, daß im Verwaltungstrakt, wo wir die umzingelten Wärter hatten, alles funktionierte, Strom, Telefon, ein Magazin mit Kleidung und Lebensmitteln, warmes Wasser in den Hähnen, zu essen gibt es dort, soviel du willst. Ban verlor die Nerven: Wie lange wollen wir uns das noch ansehen? Mrak sagte, daß die Lage schlimmer ist als ihre Magazine und das warme Wasser. Wir sind von einem dreifachen Ring umzingelt. Polizei, Armee, sie haben Reservisten mobilisiert.

»Haben wir gesehen«, sagte Johann, »auch mit Gulaschkesseln haben sie uns umzingelt.«

Was hat der Minister gesagt? Mrak tat geheimnisvoll. Das ging mir auf die Nerven. Irgendwie hatte er immer mehr Fäden in seiner Hand. Als er den Gang hinunterging, traten sie an die Wand, ein Idiot salutierte sogar. Auch das ging mir auf die Nerven. Virman wurde zu groß.

Er reinigte seine Pfeife und ließ uns warten. Überhaupt sah es so aus, als würde das zu einer Art Ritual des Vorsitzenden. Die Pfeife reinigen, die Pfeife stopfen, in die Luft blasen und historische Worte sprechen. Er blies in die Luft und sprach die bedeutende Worte:

»Drei und vier sind angenommen«, sagte er.

»Was ist drei und vier?« fragte Mitke.

»Verpflegung und Weiber«, sagte Pepi Pedro.

»Fressen und Vögeln, die neuen Anstaltsregeln«, sagte Johann und grinste mit seinem Gold im Mund.

Mrak sah ihn an, als ob er ihm Pitbulls Pistole an den Hals wünschte. Er rauchte und sagte, wir können auch über offene Türen verhandeln. Pepi wollte wissen, was mit der Amnestie ist. Vergiß es, Pepi.

»Die habe ich abgetreten«, sagte Mrak. Die Forderung nach Amnestie hat er abgetreten.

Wie abgetreten, wollte Johann wissen: wie abgetreten, warum abgetreten? Er hat nichts abzutreten, was nicht sein ist. Er warf die Papiere auf den Tisch. Warum wirft er die verdammten Papiere hin? Ban konnte plötzlich nicht vertragen, daß er die verdammten Papiere hinwarf, er träumte von der Amnestie, die Hoffnung auf eine erzwungene Amnestie war in der ganzen Livada groß. Einige waren in ihren Gedanken schon in ihren Gärten, saßen in Vorstadtkneipen, waren vergraben in heimische Bettücher und duftende, warme Frauenleiber. Ban fegte die Papiere vom Tisch, ein Blatt zerknüllte er, knetete es zum Ball, packte Mrak am Jackenkragen und versuchte, ihm das Papier zwischen die

Zähne zu pressen, in den Mund. Soll er die Amnestie fressen, soll er sie fressen. Johann faßte ihn am Kragen und zog ihn weg.

»Du hast nichts abzutreten«, keuchte der wütende Ban, »du hast nichts abzutreten, was nicht dir gehört, stimmt doch, oder?«

Alois Mrak seufzte tief. Er zog sich die graue Gefängnisjacke zurecht und hob den abgerissenen Knopf auf. Noch immer widersprachen sie, noch immer hatten sie schlechte Manieren. Noch immer hatten sie nicht verstanden, daß er hier der klügste war, und es war nur eine Frage der Zeit, wann er auch der stärkste war.

»Jetzt auch Sie noch«, sagte er. »Mann Gottes, Sie haben doch nicht im Ernst geglaubt, daß von denen jemand die totale Amnestie unterschreibt. Das haben wir mit aufgenommen, um sie ein bißchen auf Trab zu halten, als Ausgangspunkt.«

»Scheiß auf Ausgangspunkt«, sagte Johann, »mein Ausgangspunkt ist von einem dreifachen Ring von blauen und grünen Uniformen um den Draht versperrt.«

»Glauben Sie, daß Sie unseretwegen das Parlament einberufen werden?«

»Sollen sie es einberufen«, sagte ich.

»Das ist unmöglich, unmöglich«, wiederholte er.

»Soll der Präsident der Republik die Amnestie unterschreiben.«

»Wenn er schreiben kann«, sagte Flappe, der vielleicht wirklich nicht schreiben konnte.

»Entschuldigen Sie«, sagte Alois Mrak mit mächtigem präsidialen Zorn, die spärlichen Haare fielen ihm von seinem glatten schädelförmigen Ei vor Zorn auf Schläfen und Wangen. »Entschuldigen Sie«, schrie er, das erste Mal, daß ich ihn schreien hörte, »ich mache da nicht mehr mit. Soll führen, wer will, soll verhandeln, wer will, soll dieser Depp die Verantwortung übernehmen, wenn er will.«

Er zeigte auf Flappe, der unter dem Druck der präsidialen Gefühle und seinem Zorn ganz zusammengekrümmt war. Er sagte, er habe kaum den sofortigen Angriff aufhalten können. Wir sollen doch endlich einmal zu Verstand kommen, denn wenn sie angreifen, gibt es hier ein Massaker. Wir sahen, daß die Häftlinge mit ihm zogen, die ganze Mehrheit konnte er gegen den Ausschuß setzen, wenn er wollte. Und es war gar nicht gesagt, daß es überhaupt keine Amnestie gibt, vielleicht gibt es eine teilweise, vielleicht gibt es eine Amnestie für etwa hundert Leute. Es sind kaum zwei Tage vergangen, jetzt müssen wir es in die Länge ziehen, zehn Tage lassen sich aushalten. Sie werden nachgeben. Wenn nicht, können wir noch immer schärfere Saiten aufziehen. Wir sollen, kurz gesagt, vernünftig sein.

Wir waren vernünftig. Lange schwiegen wir.

»Scheiß Amnestie«, sagte Mitke, »ich habe sowieso nicht mit ihr gerechnet. Und Urlaube wird es auch geben. Und wenn wir noch neue Maschinen in die Werkstatt bekommen, wird man überleben können.«

»Mich juckt sie genauso wenig«, sagte Flappe, »wenn wir nur besseren Fraß kriegen.«

»Und vögeln werden wir auch«, sagte auf einmal der besänftigte Ban. Er verstand, sich anzupassen.

»Gut«, sagte ich, »die Amnestie kommt nicht von mir, Pepi hat sie vorgeschlagen. Soll Pepi sagen, wenn er darauf beharrt, beharre auch ich auf sofortiger und totaler Amnestie.«

Alle nickten, das klang vernünftig. Derjenige, der eine von den sechs Forderungen vorgeschlagen hatte, konnte sie auch zurückziehen. Pepi zog das Fläschchen aus der Tasche, für den Mut. Langsam schraubte er den kleinen Deckel ab und machte einen langen Zug.

»Wenn es nicht geht, geht es nicht«, sagte er, als er sich von dem scharfen Schluck erholt hatte. Er blickte zu Boden. Johann fragte ihn, was er dort unten sehe, auf dem Boden. Nichts. Johann sagte, die eigene Scheiße, er hat sich angeschissen. Šipac setzte hinzu: voll in die Hose.

Ich sagte: in Ordnung. In Ordnung, wenn dieser Schwuletti seinen Vorschlag zurückzieht, in Ordnung, wenn ihn der Ausschuß zurückzieht. Obwohl wir wissen müssen, daß draußen vierhundertfünfzig Typen stehen mit Eisen in den Händen, die zu allem bereit sind. Die auf die Amnestie warten. In Ordnung. Aber meine Forderung, die, die an der ersten Stelle steht, ist die Übertragung.

»Was ist mit der Übertragung«, sagte ich, »die kommt von mir, und die gebe ich nicht her.«

»Das ist eine Kleinigkeit«, sagte Mrak.

»Wenn es eine Kleinigkeit ist, dann sollen sie sie erledigen. Herr Vorsitzender«, sagte ich, »wenn das eine solche Kleinigkeit ist, dann können wir die Sache schnell zu einem Abschluß bringen.«

Er sagte, er wolle mit mir allein reden. Mit präsidialer Geste entließ er die übrigen. Der abgerissene Knopf war schon vergessen.

49

Alois Mrak sah gedankenverloren durchs Fenster. Mit dem Metallbesteck reinigte er wieder seine Pfeife.

»Seien Sie vernünftig, Keber«, sagte er, »warum, zum Teufel, gehen Sie dem ganzen Staat andauernd mit diesem Fußball auf die Nerven.«

»Basketball.«

»Also gut, Basketball, ist ja derselbe Schmarrn. Der Minister hat Krämpfe gekriegt, als ich das ihm gegenüber erwähnte.«

Dann begann er, mit dem Pfeifenbesteck über die zerschlagene Scheibe zu kratzen. Ganz zerstreut kratzte er drüber. In meinem Kopf begann es zu klingen. Draußen liefen ein paar bewaffnete Gnome durchs Gras und warfen sich im geschorenen grünen Mais zwischen die Stümpfe. Die Gnome kamen bis in den Kopf, das Klingen noch nicht.

»Ich will Ihnen offen sagen, was passiert ist, Herr Keber«, sagte Mrak in das Fenster hinein und hörte zu seinem Glück auf zu kratzen, weil er die Hände führergleich über dem Hintern verschränkte: »Zuerst dachte der Minister auf der anderen Seite des Drahts, daß ich mir einen kleinen Scherz erlaube, mit der Amnestie, bei Ihrem Basketball hingegen glaubte er einfach nur an einen Spaß. Als ich sagte, daß ich keine Scherze mache, sondern daß das unsere, das heißt Ihre Forderung sei, Keber, die Forderung des Mannes, der den Aufstand in der Strafanstalt ausgelöst hat, da kriegte der Minister Krämpfe. Er sagte, ich möge entschuldigen, der Ausschußvorsitzende möge entschuldigen, aber er, der Minister, kann jetzt nicht verhandeln, weil er Krämpfe bekommen hat. Wo, Herr Minister? Im Bauch, sagte er. Von was? fragte ich. Vom Lachen, brüllte er in den Hörer, er war völlig durchgedreht. Die haben zweitausend Reservisten mobilisiert, Keber, plus tausend von der aktiven Truppe, die ganze Gegend befindet sich im Belagerungszustand, die Grenzen sind zu, und wir fordern die Übertragung eines Basketballfinales. Sie sollen das Spiel richtig wiederholen? fragte er mich, als er zu sich gekommen war. Er wird sofort mit dem amerikanischen Präsidenten telefonieren, damit er die Mannschaft schickt. Damit sie das Spiel wiederholen wegen eines internationalen Gauners, so hat er sich über Sie geäußert, Keber, er, der Justizminister. Er sagte, derjenige, der die ganze Sache angezettelt hat, wird sein Fett schon kriegen. Er kriegt sein Fett, denn er kommt vors Gericht. Der Schaden wird mit jedem Tag größer. Fuhrpark, Taggelder für Tausende von Leuten, was wir uns eigentlich denken? Er fragte mich, ob wir vorhätten, den ganzen Staat zu verarschen, ja, auch er gebrauchte dieses Wort, verarschen, oder ob wir zu verhandeln gedächten.«

Mrak drehte sich vom Fenster weg. Sein Pharaonenkürbis, der die Morgensonne verdeckte, ließ es drinnen dunkel werden.

»Sie können sich denken«, fügte er hinzu, »was ich zur Antwort gegeben habe.«

»Verhandeln.«

»Was sonst.«

Durch sein schütteres Haar, durch die Palatschinke der dünnen, über die Glatze gelegten Haare strahlte das morgendliche Sonnenlicht. Im Fenster hinter ihm liefen die uniformierten Gnome übers Feld, als wären sie seine Armee. Selbstbewußt lächelte er. Das ist Menahem, dachte ich, er wird zum Tyrannen. Bevor er zum Tyrannen wird, muß man ihn beseitigen. Du nimmst ein böses Ende, Alois, dachte ich, ein böses Ende. Wieder sah ich die Gnome, und auch das Klingen fing wieder an.

»Nur eine Sache hat Ihnen der internationale Gauner zu sagen«, sagte ich, »one thing is needful: die Übertragung des Basketballspiels. Wenn es keine Übertragung gibt, wenn es keine Übertragung im selben Fernsehraum gibt, von der ersten bis zur letzten Minute, einschließlich eventueller Verlängerungen, und das ohne Wärter mit Schlagstock, werde ich den Verwaltungstrakt angreifen. Ich werde die Wärter gefangennehmen, die sich dort verschanzt haben. Šipac wird ihnen die Hälse durchschneiden. Brennen wird, was bisher nicht gebrannt hat, daß es bis zum Meer hinunter leuchten wird. Die Verwaltung wird brennen und mit ihr Block A und die beiden anderen Blocks, und das grüne Gras wird schwelen und die Maisstrünke und die Gnome dazu. Die Werkstätten werde ich mit Benzinbomben in die Luft jagen. Und in deinem hohlen Kürbis wird es dröhnen, wie es jetzt in meinem dröhnt, und ich werde ihn dir auf ein Drittel seiner jetzigen Größe zusammenquetschen. Das ist alles, Alois.«

Mit einem entsetzten Blick, wie ich noch keinen gesehen

hatte, mit einer Fistelstimme, wie ich noch keine gehört hatte, sagte er:

»Sie drohen mir, Keber, Sie wollen mir drohen? Du weißt noch nicht, wer Mrak ist, du hast nicht die geringste Ahnung.«

Ich hatte mich ziemlich weit vorgetraut. Tatsächlich wußte ich nicht, wer Mrak war, ich hatte nicht die geringste Ahnung. Finsternis legte sich auf meine Augen, im nächsten Augenblick wurde es dunkel um mich.

50

Jetzt verfinsterte es sich, und Menahem schritt auf den Berg zu. Die Stadt war weit hinten, und lange blickte er auf die dunkle Flanke dieses Berges. Er sah, daß ihm ein Schatten entgegenkam, langsam kam er über die Flanke herab. Das Gesicht hatte er verhüllt; als der Unbekannte näher kam, gelang es Menahem, sein struppiges Gesicht und die von vielen schlaflosen Nächten rotgeränderten Augen zu sehen. Er erschrak vor dem unbekannten Sikarier, obwohl er sich auf dem Gipfelpunkt seiner Herrschaft befand. Er wandte sich um und lief zurück zur Stadt. Damals wußte er noch nicht, daß ihm auch dieser Schatten, wie alle Dinge und alle Aufträge in seinem Leben, von Jahve gesandt waren. Der Schatten blieb dort stehen, er folgte ihm nicht. Er wußte nicht, daß er ihn einholen würde, bald und ganz woanders.

Josephus Flavius berichtet, daß Menahem, nachdem er seinen Hohenpriester Ananias hatte ermorden lassen, völlig von Verrohung und Eitelkeit beherrscht wurde. Die Räuber, so nennt Flavius die jüdischen Aufständischen, hatten am folgenden Tag den im Wasserkanal versteckten Ananias ergriffen und ihn zusammen mit seinem Bruder Ezechias getötet. Menahem war überzeugt, bei der Führung des Aufstandes und beim Herrschen nicht seinesgleichen zu haben, und er wurde zu einem unerträglichen Tyrannen. Da erhoben sich die Männer um Eleazar gegen ihn; sie seien aus Freiheitsliebe von den Römern abgefallen und dürften diese Freiheit nicht einem jüdischen Henker opfern und keinen Gewaltherrscher dulden, der, selbst wenn er sich der Gewalt enthielte, seiner Herkunft nach weit unter ihnen stünde; wenn sie schon einen Anführer haben müßten, wäre jeder andere besser als Menahem. Deshalb schmiedeten sie einen Plan, wie sie ihn im Tempel angreifen könnten, wohin er feierlich zum Gebet ging, im Schmuck königlicher Gewänder und umgeben von einer Schar bewaffneter Zeloten.

51

Einer der ersten, dem ich in der Livada begegnet bin, war Brivec. Sie brachten mich zum Gfrießer, wie der dortige Rasier- und Onduliersalon genannt wurde. Empfangen wurde ich von einem struppigen Langhaarigen. Im Gefängnis hat jeder sein kleines Privileg, das unantastbar ist. Der Koch ist dick, der Magaziner reich, der alte Knastbruder liegt auf der faulen Haut und besitzt Schnaps, der ehemalige Schuldirektor ist ein Zinker und bekommt Freigang, der Bibliothekar hat Beziehungen zur Verwaltung und genießt Ansehen, der Barbier ist struppig und hat lange Zotteln. Der Rasiersalon der Livada war ein Raum, den die Häftlinge nach Möglichkeit mieden. Auf dem Boden lagen die Haare herum, im Wasser schwammen Fettaugen. Der Barbier fuhrwerkte einem mit dreckigen Händen und der Zigarette zwischen den Fingern mit der Schere auf dem Kopf herum. Mit ihm ließ sich auch kein halbwegs normales Gespräch führen. In der Hauptsache gebrauchte er zwei Sätze. Der erste war: Hast du eine Zigarette? Der zweite: Kommen wird die Zeit. Der erste bedeutete, daß er dir die Haare nicht schneidet, wenn du keine Zigarette hast, der zweite, daß er den Richter umbringen wird, wenn er entlassen wird. Johann sagte, daß er so struppig ist, weil er keinen hat, der ihn rasieren würde. Aber in Wirklichkeit traute sich niemand, ihm zu sagen, er solle sich rasieren und die Haare schneiden, denn der Barbier hieß bei uns auch der Kalte.

Der Kalte war ein kaltblütiger Totschläger und Richtermörder, ich hatte über ihn in den Zeitungen gelesen. Den ersten Richter hat er umgebracht, weil er seinen Großvater verurteilt hatte, einen Jagdhüter. Der Großvater hatte Vidaković erschossen, zuvor allerdings Vidaković einen Hirschen. Sein erster Richter war wegen seinem Großvater, sein zweiter wegen ihm selbst. Der Kalte erschoß nämlich auch den zweiten, den, der ihn zu zwanzig Jahren Knast verurteilt hatte.

Wenn er guter Laune war, und das war dann, wenn er ein ganzes Päckchen Zigaretten gekriegt hatte, sagte er mit besonderer Genugtuung einen Satz auf italienisch. Im Gefängnis lernt der Mensch so manches. Der Barbier hatte folgendes gelernt: La vendetta si mangia fredda.

In der Livada ging jeder durch seine Hände, jeder Kopf, nicht ohne ungute Gefühle und ohne die vorbereitete Zigarette.

Er war ein einsamer Hund aus einem Jagdrevier in Bosnien, vielleicht war er ein Wolf. Sein ganze Leben im Gefängnis. Wie ich auf dem Schiff, in stinkigen Kajüten. In Kasernen, unter schnarchenden Männern. Vielleicht hatte er nie eine Frau gehabt. Vielleicht hat er eine gehabt, sagte Johann. Die Richterin, wegen der er hier ist. Angeblich hatte er die Richterin vergewaltigt, bevor er ihr den Hals durchschnitt, der Friseur, der Barbier. Das ganze Leben unter Männern. Nie eine Frau gehabt.

Diesem Menschen begegnete ich, als ich von Mrak kam. Damals wußte ich noch nicht, daß der Kalte dem Tyrannen zum Verhängnis werden sollte. Auch Mrak wußte es nicht.

Es stand noch in den Sternen. Der Barbier mit seinem struppigen Gesicht war der Schatten, der von Jahve gesandt war und der die dunkle Flanke herabgestiegen kam.

Er sprach mich auf eine Zigarette an. Als wir sie angesteckt hatten, streifte er mich mit einem eisigen Blick, mit einem Blick, der auf seine Zeit wartete. Und diese Zeit kam tatsächlich.

52

Am zweiten Tag zu Mittag begann sich die Belagerung hinzuziehen. Es war offensichtlich, daß sie uns langsam brechen wollten. Mehr als je zuvor waren wir von der Welt durch eine dreifache ausweglose Umzingelung abgeschnitten, mit der unüberwindlich rasierten Landschaft ringsum. Wir hatten weder Wasser noch Strom, die Essensvorräte wurden allmählich knapp. Sie wollten uns sagen: Es gibt keinen Ausweg, da kommt keine raus. Jetzt könnt ihr im eigenen Saft schmoren. Am Schluß bleiben Kapitulation, Verhöre, Aburteilungen. Seit dem Morgen, als die Maschinen losgelärmt hatten, war eine kleine Ewigkeit vergangen. Die Unsicherheit zog sich, eine Lösung war nicht in Sicht.

Ich ging an die Luft. Lange ging ich auf dem Hof auf und ab und dann am Draht entlang. Ich brauchte etwas Sauerstoff, um Mraks vage Andeutungen im Kopf abklingen zu lassen. Ich traute ihm nicht. Ich war schon einigermaßen wütend auf ihn. Er hatte den Belagerern nachgegeben, im Inneren hatte er seine Macht befestigt. Ich dachte, daß er nur auf den Augenblick wartet, wo er die Livada schön verpackt überreichen konnte, mit seinen Verdiensten, nach dem wilden Aufstand die Ordnung wiedererrichtet und neue Zerstörung verhindert zu haben. Gleichzeitig stimmte es aber auch, daß er eine Art Gleichgewicht hergestellt hatte. Einen Waffenstillstand, in dem wir uns befestigen, unsere Verteidigung organisieren, die Barrikaden sichern, einige Waffen herstellen konnten. Der Hubschrauber ruhte wie ein schweres Ungeziefer hinten am Waldrand. Kein Rohr ragte aus gepanzerten Fahrzeugen hervor. Ich hatte anderes erwartet. Einen morgendlichen Sturmangriff. Den Draht hätten wir nicht verteidigen können. Wir hätten uns in die Gebäude zurückgezogen, zuerst, und zugleich mit ihrem Angriff unseren ausgeführt: gegen den Verwaltungstrakt. Durch den leeren Block A. Das Tor gesprengt. Die zweite Gruppe über das Dachgeschoß. Ich wußte, daß etwas geschehen würde, noch bevor es Mitternacht schlug.

Die Sonne schien sowohl auf sie, die in ihrem dreifachen Ring auf den Angriffsbefehl warteten, als auch auf uns, die wir darauf warteten, mit der Verwaltung aufzuräumen. Nach dem Lärm des Hubschraubers, der Maschinen, einer neuen Verhandlungsnervosität, herrschte auf einmal warmer Mittagsfrieden. Die Zeit vor dem Mittagessen, das es nicht geben würde. Die Livadaner schliefen oder unterhielten sich, jemand klimperte auf der Gitarre. Zwei spielten mitten im Hof Tischtennis. Unsere Wache am Eingang tauschte Frotzeleien mit den Polizisten auf der anderen Seite aus. Hinter den Werkstätten suchte ich nach der Wache am letzten Draht. Nirgends war einer zu sehen. Die scheißen auf die Wache. Als ich die Wache fand, schnarchend im Gras, sagte er, er sei abgeschnitten, schon den zweiten Tag am Draht, ohne Verpflegung. Ein Angriff kommt ohnehin nicht, solange Mrak verhandelt. Wieder dieser aufdringliche Gedanke: solange er uns verkauft, ganz langsam, stückweise. Das ist sein großes Spiel, vielleicht das größte in seinem Leben. Meines nicht, bei mir ist es vielleicht nur das letzte. Ich war schon bei ganz anderen Spielen, ich habe auch schon ganz andere Hubschrauber über den Köpfen gesehen als den da, der jetzt langsam vom Waldrand aufstieg und Richtung Berg davonschaufelte. Es kommt auch nichts, solange wir Geiseln halten. Wenn Šipac wirklich einem den Hals durchschneidet, werden Minister fliegen.

Bis zum Abend, dann werden wir angreifen. Mit Mrak oder ohne ihn. Das war jetzt beschlossen.

53

In dieser seltsamen Stille bemerkte ich die Köpfe der Belagerer, die sich über das gemähte Gras erhoben, gut hundert Meter hinter dem Draht. Jemand beobachtete mich durch einen Feldstecher. Einer blickte auf den anderen, als würde er auf den Kopf des anderen zielen. Sieh mich an, den gefährlichen Verbrecher, hab Angst vor mir. Noch einer stand auf, und der andere überließ ihm den Feldstecher und deutete etwas mit dem Finger, irgendwohin links von mir. Irgend etwas hatten sie bemerkt, ich war nicht interessant für sie. Ich ging ein paar Schritte und blickte zur selben Seite hinüber. Ich platzte in die Szene, von der die beiden Polizistenspanner so fasziniert waren.

Bei einem Holzstapel zogen zwei Typen einen blonden Jungen aus. So von weitem war nicht zu erkennen, daß es ein Junge war, das mußtest du wissen, denn Mädchen gab es hier ja keine. Und seine hellen Haare, auf Scheitel gekämmt, waren genauso wie die Haare der Journalistin, mit der ich keine fünf Minuten Ruhm erlebt hatte. Für den einen Moment, den sie mir vor Augen stand, war es genau so, als würden die beiden sie ausziehen, ihre weiße Haut enthüllen, live. Der Kopf wandte sich, es war nicht sie, es war ein blonder Junge. Der erste küßte den Buben auf den Mund und koste ihn am Hals. Der andere zog ihm das Hemd aus der Hose heraus und knöpfte ihm den Gürtel auf. Er hob sein Hemd und streichelte ihm den Bauch. Eine Szene sexueller Zügellosigkeit, Erotik inmitten der belagerten inneren Landschaft. Er beugte den Kopf und küßte ihn, wo er ihn zuvor gestreichelt hatte, auf den Bauch, der erste leckte ihm immer noch über Mund, Gesicht und Hals. Der zweite ging mit dem Kopf immer tiefer, er zog ihm die Hose aus. Er wird doch nicht, dachte ich. Der Kleine schob den, der ihn auf den Mund küßte, weg, er hatte Durst gekriegt und machte einen Zug aus der Flasche. Jetzt lachten alle drei und tranken reihum, ganz frei waren sie dort hinter dem Bretterstapel. Sie wußten nicht, daß es mindestens drei waren, die sie beobachteten, die beiden Spanner mit dem Feldstecher und ich. Es war schwer, den Blick von dieser Szene zu lösen. Sie tranken aus der Flasche, dann packte der Junge mit dem blonden Haar den, der ihn küßte, und zog seinen Kopf nach unten, zu sich, zu seinem Schwanz. Jemand stöhnte auf, der Kleine vor Schmerz oder der andere vor Genuß. Es ging hart auf hart, das heißt, ob mit Gewalt, oder ob sie nur Spaß machten, ließ sich nicht ausmachen. Jedenfalls waren es Schwulis, und wenn sie keine Schwulis waren, hatten sie es zumindest ziemlich nötig. Das hatte die Livadaner Revolution mit sich gebracht: die sexuelle Freiheit, nichts war mehr verboten. Dann legten sich alle drei hin und verschwanden so im sonnigen Schutz des duftenden Holzes. Die Polizisten sahen noch eine Zeitlang herüber, dann waren auch sie am Horizont verdunstet. Was mir in den Augen blieb und nicht aus mir heraus wollte, war diese Haut. Die weiße Haut hatte auf seinem glatten Bauch geleuchtet, für sich genommen hätte sie auch von einer Frau sein können. Frauenhaut. Jene, die sie gezeigt hatte, die Haut auf dem Rücken der Knäbin, als sie die Streichhölzer aufsammelte, das einzige Stück Frauenhaut, das ich in den letzten paar Jahren gesehen hatte.

54

Sonne, Juni, Frauenhaut, Wolken.

Ich legte mich ins Gras und sah den Juniwolken zu. Ich dachte, daß Leonca und ich an einem solchen Tag irgendwo hätten hinausgehen können, in einen Gastgarten etwa. Im Schatten sitzen, quatschen, sich gegenseitig ein bißchen aufziehen, Forellen mit Knoblauch und Petersilie essen. Trinken, langsam und konzentriert. Und dann zu ihr in dieses Vorstadthaus, wo sie allein lebte. Manchmal allein, nicht immer. Liegen. Dann sich langsam ausziehen. Und ficken, langsam und konzentriert. Nicht konzentrieren, nicht denken. Abends dann in die Stadt, diese scheiß Dollar durchbringen, die ich von der amerikanischen Armee für die Dominikana gekriegt habe, für den Golf, für beschissene drei Monate Vietnam. Und zurück zu ihr. Aber zuerst an die Luft, in die Sonne, unter die Wolken. Für einen Moment kam es mir so vor, als würde ich mich mit der Erde bewegen und die Wolken stehen still. Das Schiff. Auf See sind sie anders, immer eilig, es treibt sie weg. In der Sahara sind sie anders, so weißliche Nebel. Anders sind sie über der Karibik, schwer, hurrikanisch; anders über Vietnam, aus ihnen fällt ein dichter Wasservorhang; anders sind sie über Bohinj und anders über Ljubljana, anders über Korsika und anders über Oran; anders über der Masada, vereinzelt, weißlich; anders hinter Gittern, schneller von einem Rand des Fensters zum anderen; anders durch Leoncas Fenster nach der Nachmittagsliebe, Schäfchen, sanftleicht. Sagte ich Liebe? Fick, heißt es, nach dem Nachmittagsfick.

Ich mag nicht, daß du so mit mir sprichst, hatte sie am Anfang gesagt. Ganz anders sprach sie am Ende.

Sie hatte ein Buch der Weisheit. Ja, so hatte sie es genannt: Buch der Weisheit. Leonca sammelte Gedanken. Die Menschen sammeln alle möglichen Dinge, selbst krepierte Katzen oder Menschenköpfe irgendwo auf Tasmanien. Sie sammelte Gedanken. Menschliche Weisheiten, kluge Sprüche von Typen aus ihrem Lokal, allgemeine Lebensweisheiten, auch ihre eigenen Gedanken. Was sie während des Dienstes an Bedeutendem hörte, notierte sie sich auf Servietten, Schächtelchen, in Hefte, alles das nahm sie mit nach Haus und übertrug es in eine Art Erinnerungsbuch, all das verwendete sie dann in den unpassendsten Augenblicken. Das Vertrauen, auf dem die Welt gründet, war nur einer von diesen Sprüchen, die im völligen Gegensatz zu meiner Weltanschauung standen, und doch war er ziemlich unschuldig und ließ sich wenigstens verstehen. Trautes Heim, Glück allein. Eigner Herd, Goldes wert. Dies Haus ist mein und doch nicht mein. Auch die waren noch unschuldig. Sie sagte, daß sie mit solchen auch angefangen hatte, das war die Erinnerung an ihre Jugend. So stand es auf einem Tuch an der Küchenwand in irgendeinem morastigen Krähwinkel, noch nicht einmal lesen konnte sie, da wußte sie schon, was da so schön gestickt stand auf diesem weißen Tischtuch. In diesem Sumpfdorf träumte sie, als sie ein Mädchen war, daß sie studieren werde. Statt dessen notierte sie Gedanken. Sie mußten eigenständig, original sein, durften nicht aus Büchern kommen. Als original galten für sie ihre eigenen und solche, die die Typen hinter der Theke von sich gaben. Irgendein tuberkulöser Schanker, der hierherkam, um sich auszuhusten und seine Spucke über Gläser und Kaffeeschalen sprühte, hatte ihr folgenden anvertraut: Das Leben – das ist der Verlobte des Todes. Falsch, sagte ich, der Tod ist die Verlobte des Lebens, im Slowenischen ist der Tod weiblichen Geschlechts, und das Leben ist auch nicht männlich, es kann nicht der Verlobte sein. Eine Zeitlang dachte sie ruhig nach, dann sagte sie: Ja, schon. Aber eine Woche später ist der Mann gestorben. Natürlich ist er gestorben, sagte ich, er hat ja jeden Abend fünf Cognacs gekippt, künstliche, giftige; der Mann ist gestorben, weil er keine Leber mehr hatte. Er hat es gesagt, sagte sie, und so muß es sein. Bei allen Dingen ließ sie sich widersprechen, bei den Weisheiten nie. Über den Tod gab es noch mehrere: Senkt den Vorhang, die Komödie ist beendet. Oder: Laßt die Kinder ruhen, soll die Mutter weinen.

Einem Selbstmörder war folgender Gedanke gewidmet, ich glaube, es war von ihr: Pflück nicht dein Leben, es gibt so schöne Blumen und Vögel. Die Zeiten wenden sich und werden besser. Ich wollte einwenden, daß sich wahrscheinlich die Erde dreht, die Zeit fließt, aber beim Blick in ihre tiefen und blauen Augen habe ich lieber geschwiegen. Bestimmt hat sie mit diesem Gedanken irgendeinen Unglücklichen vom Strick bewahrt, bevor sie das Lokal zusperrte. Dieser hier, sagte sie und lachte, dieser ist wirklich komisch: Ich trinke, um sie zu vergessen, aber was soll ich machen, wenn ich sie dann doppelt sehe. Leonca kam das komisch vor, da war nichts zu machen. Ein anderer gefiel ihr sehr, und wieder war nichts zu machen: Was sollen mir deine Geschenke, ich will dich. Vielleicht galt der auch mir, aber die Weisheit wirkte auch allein für sich. Was sie bedeutete, wußte nur sie. Du verstehst das nicht, sagte sie, das alles ist das Leben. Jeder Gedanke ist ein menschliches Drama. Ein Erlebnis, das sich unauslöschlich dem Gedächtnis der ganzen Welt einprägt. Das verstand ich wirklich nicht. Wie auch nicht die Gedanken eines Dichters, die eigenhändig auf einen Rechnungsblock geschrieben waren: Es bebt die junge Birke, es beben ihre Blätter wie eine Violine bei Mendelssohn. Ich brachte ihr ein paar Scheißhausgraffiti. Solche, wie sie die Scheißhausintellektuellen schreiben, wenn sie sich mit Bier vollgeschüttet haben und glauben, noch während des Pissens etwas Bedeutendes zu schreiben, vor allem aber überall eine Spur ihrer Überlegungen hinterlassen zu müssen. Ein Graffito aus Frankreich: Komme in fünf Minuten zurück. Godot. Eines aus Zagreb: Tito war kein Hypokrit, hatte stets den besten Shit. Was man abschreibt ist nichts, sagte sie. Es muß aus der Erfahrung des Menschen kommen. Aus dem Leben, sagte ich demütig, denn ich dachte an ihre Haut, an ihre weichen und feuchten Stellen. Ja, sagte sie. Eines hatte ich noch aus einem vollgeschissenen Pub in Amerika: Better the bottle in front of me than frontal lobotomy. Das reimt sich, sagte ich, und bedeutet: Besser die Flasche vor mir als eine Stirnlobotomie. Was ist Lobotomie? fragte sie. Wenn sie dir den Kopf mit dem Meißel öffnen, sagte ich. Und? Was und? Das ist noch weniger als nichts, sagte sie. Das ist keine Weisheit und auch nicht das Leben. Man darf den Kopf nicht mit dem Meißel aufmachen, sagte sie ernst. Sie blätterte im Heft und las vor: Einen Menschen töten ist wie ein Buch töten: Wer einen Menschen tötet, tötet etwas Vernünftiges, wer ein gutes Buch vernichtet, tötet die Vernunft an sich. Das, sagte sie, das ist Leben und Weisheit, beides zugleich.

Ich dachte nach. Ich hatte mir gewünscht, ich könnte ihr irgendein Scheißhausgraffito sagen. Warum war diese Frau so klug? Warum öffnete sie die Konserven in der Küche nie so wie Katharina die Große, und obwohl sie mit dem Löffel über den Teller kratzte, warum saß oder lag sie nicht auf dem Bett wie Mascha? Und was ist mit dieser weißen Birke, sagte ich, das ist Weisheit? Junge Birke, sagte sie. Also gut, junge. Soll ich dir ein Gedicht schreiben? O ja, sagte sie. Ich schrieb:

Zigaretten, Wein und Frauen.
Meine drei ständigen Plagen.
Vielleicht könnte ich die Zigaretten aufgeben, vielleicht.
Und sogar den Wein.

Ich lachte, sie nicht. Du hast doch keine andere Frau, sagte sie. Ich sagte, nein, nie. Sie sah auf einen unbestimmtem Punkt an der Wand. An der Wand hing kein Tischtuch, wo geschrieben stand: Demut, Unschuld, Schönheit des Herzens. Falls du eine andere hast, sagte sie, wirst du auch unglücklich werden. Es hörte sich an wie eine Drohung. Es sah aus wie eine unsichtbare Aufschrift, die gewöhnlichen Menschenaugen nicht lesbar ist, eine Art schrecklicher Urteilsspruch: Mene tekel upharsin. Zumindest so stand es in ihren ruhigen und tiefen Augen. Schad, daß sie nicht lieber lachte, daß sie nicht öfter lachte. Ein kaltblütiges Tier war meine Leonca. Daß ich sie dann am Ende so schlimm an die Wand drücken mußte.

Am Anfang hatte sie gesagt: Ich mag nicht, daß du so mit mir sprichst. Am Ende sagte sie: Schreib mich ab, vergiß mich. Ich habe sie abgeschrieben.

55

Wolken. Baum. Waldrand. Erinnerung an Leonca, Erinnerung an Leonca: Nach dem Denken und der Herzenserziehung kam die Lebenslehre.

Das ist eben ein Erinnerungsbuch, sagte ich. Das ist kein Erinnerungsbuch, sagte sie mit ruhiger Überzeugung. Ein Erinnerungsbuch ist eine Erinnerung an Menschen, die etwas hineingeschrieben haben, an Mitschüler, an Onkel und Tante, die hineinschreiben, die Blumen malen und solche Sachen. Aber hier sind Gedanken, die für immer bleiben, sagte sie. Aber du erinnerst dich an die Menschen, sagte ich, die dir diese »Gedanken« erzählt haben, oder? Ich bin nur der Sammler, sagte sie. Die Sammlerin, sagte ich. Ist doch egal, sagte sie.

Warum gibt es dann Büchereien, frage ich dich, warum gehst du nicht in eine Bücherei und liest dort »Gedanken« von morgens bis abends? Wenn ich daran denke, sagte sie, das große Haus, voller Gedanken … es fröstelt mich direkt.

Sie stand auf und überlegte: Ein Riesenhaus, voller Gedanken. Sie bewegen sich, sie dringen in dich. Sie wirken in dir. Überall wirken sie. Ich verstehe, sagte sie, das ist eine große Sache, nur daß das nicht dasselbe ist. Diese Gedanken, die in meinem Buch notiert sind, habe ich gesammelt, ich habe sie ausgesucht, sie gehören mir. Und ich möchte, daß du dir diese Gedanken einmal anhörst. Wie anhörst? Um zu lernen, sagte sie, ich würde sie dir vorlesen, und du würdest dir Gedanken darüber machen. Das würde dir sicher helfen. Warum, sagte ich. Warum würde es mir helfen? Damit du leben lernst, sagte sie. Ach, glaubst du, sagte ich, daß der Mensch leben lernen muß. Du müßtest es lernen, sagte sie.

Manchmal sehe ich nachts diesen Kruzifixus vor mir, den ich selbst zur Wand gedreht habe. Damals war sie schon unglücklich. Warum hast du das getan, sagte sie, warum hast du ihn zur Wand gedreht? Manchmal beugt sich dieser Kruzifixus, den ich zur Wand gedreht habe, über mich. Und sagt nichts, dann spricht an seiner Stelle Leonca, sie sagt immer etwas Kluges: Der wird dich leben lehren. Der wird dir den Frieden bringen. Du wirst ein anderer Mensch. Eines Nachts habe ich ihn gefragt, ob er Leonca gesandt hat. Der Kruzifixus hat den Kopf geschüttelt.

Was für einen Frieden, sagt der Kruzifixus vom Kreuz herab, was für einen Frieden denn? Ich bin nicht gekommen, den Frieden zu verkünden, Unfrieden habe ich gebracht. Die Masada glühte einst im Feuer, wie jetzt die Livada in der Junisonne glüht. Unfrieden hat er gebracht, und auch die Livada wird brennen, alles wird zu einem einzigen Hochofen, von den Bergen bis hinunter zum Meer wird es leuchten, weit über die Meeresfläche, es wird so, wie jener ferne schreckliche Sonnenuntergang oder noch schrecklichere Sonnenaufgang. Er ist gekommen, das Feuer auf die Erde zu schleudern, Unfrieden zu bringen.

56

Pepi kam. Er sagte, diese Ruhe ist nicht gut. Etwas liegt in der Luft.

»In der Luft sind Wolken«, sagte ich.

Er sagte, drinnen wird es knallen, innerhalb des Drahtes, wenn jetzt nichts weitergeht. Mežnar hat was vor. Welcher Mežnar? Der, den wir rausgeschmissen haben, diese polierte Fresse. Aja, Verpiß-dich-Mežnar? Er, ja, er hat eine bewaffnete Gruppe, er unterstellt sich dem Ausschuß nicht. Ban ist öfter bei ihnen, sie wollen jetzt allein verhandeln. Ich sagte, das sollen sie ruhig tun, wir werden noch heute nacht etwas anderes tun. Ich bat ihn, mich in Ruhe zu lassen: Ich denke an meine Frauen, ich sehe den Wolken nach. Pepi setzte sich zu mir und zog eine Flasche echten Cognac aus der Tasche. Wo hast du den her, alter Schwamm?

»Pepi ist ein alter Iltis«, sagte er. »Er legt Vorräte an für schwere Zeiten.«

Wir machten einen kräftigen Zug. Ich sagte ihm, er solle sich ein wenig umsehen, einige Herren bearbeiten einen blonden Jungen.

»Vielleicht bin ich ein alter Schwuli«, sagte er, »aber ich bin kein Spanner.«

»Du bist aber auch ein alter vorsichtiger Arsch. Warum hast du die Forderung nach Amnestie zurückgezogen?«

»Du weißt ja selbst, daß wir mit der Amnestie keinerlei Chance haben«, sagte er.

»Du weißt ja selbst, daß wir vielleicht überhaupt keine Chance haben«, sagte ich. »Überhaupt keine.«

»Die ganze Rasselbande, die kaum reingekommen ist, die Burschen haben noch eine Chance. Ich will nicht, daß jemand von denen das Fell hinhalten muß. Wer an diesem Aufstand teilnimmt, der steht auf der schwarzen Liste für sein ganzes Leben, der muß überall das Fell hinhalten.«

»Im Leben hält man eben immer das Fell hin.«

»Nicht nötig, daß jeder das tut.«

»Die Burschen tun dir leid«, sagte ich, »du bist wirklich ein Pedro.«

»Pepi Pedro oder Keber der Ficker, ist das nicht egal?«

»Da hinten spannen sie einen auf, der eine Chance hat, gerade eben hat er das Fell hingehalten.«

»Warum bist du so schweinisch, so roh«, sagte er, »ich bin mit der Flasche zu dir gekommen.«

»Du bist schlaff, verstehst du, das ist schwer zu ertragen. Du schreist geradezu danach, daß man dich schlägt.«

»Dann schlag mich.«

»Du bist betrunken und ein Pedro obendrein, ich kann dich nicht schlagen.«

»Hau mir ruhig eine rein, wenn dir dann leichter ist.«

»Wunderst du dich jetzt, daß du immer welche auf die Nuß kriegst?«

»Ist doch egal«, sagte er »ich werde immer welche draufkriegen, zum Schluß werde ich im Knast die Patschen strecken.«

»Das wirst du, ja«, sagte ich. »Allein schon wegen der Angst wirst du sie strecken.«

»Wegen der Kunst«, sagte er.

Also, da tat er mir wirklich leid. Denn Pepi Pedro, früher Jože Valant, hatte tatsächlich wegen seiner Liebe zur Kunst dran glauben müssen. Allzu groß war seine Liebe zu Kunst und Antiquitäten gewesen, deshalb hatte er dem Pfarrer eine übergezogen, auch aus Angst hatte er das tun müssen. Pepi hatte Angst, nicht einmal eine Ameise konnte er zertreten. Zu den Ameisenhaufen am Draht nahm er Brotkrümel mit.

»Weißt du was, Pepi«, sagte ich und machte einen Zug aus der Flasche. »Weil du einen so guten Cognac hast, vergebe ich dir. Auch ohne die scheiß Amnestie wird es weitergehen.«

»Wenn uns Alois nicht überfährt«, sagte er.

»Soll er alle überfahren, mich wird er nicht.«

»Du kennst schon das Ergebnis?«

»Ich will es nicht wissen, Pepi, ich werde es erfahren, wenn ich die Übertragung sehen werde, in der letzten Minute des regulären Spiels oder der Verlängerung.«

»Gut bist du«, sagte er, »du gibst nicht nach.«

»Natürlich bin ich gut, ich gebe nicht nach, aber ich vergebe.«

»Danke, Keber«, sagte er. »Ich wußte, daß du kein Schwein bist.«

»Du bist auch keines, Pepi. Nur ein allzu ängstlicher Pedro, das bist du.«

Pepi Pedro war kein richtiger Schwuli. Er neigte dazu. Er hatte eine Schwulennatur. Er kümmerte sich um junge Burschen, er versuchte zu helfen. Aber beschützen konnte er keinen, der mal von einem richtigen Schwein malträtiert wurde. Wenn der ihn zwang, ihm einen zu wichsen oder sogar zu blasen. Dann zog sich Pepi immer zurück und wischte sich die Tränen. Manchmal war er ganz mutig, einmal hat er sich für die Einzelzelle gemeldet, um einen kleinen Dieb zu retten. Völlig unnötig. Sie haben über ihn gelacht. Der Kleine hat ihn anschließend auch noch bestohlen. Pepi, dich kann jeder übers Ohr hauen, sagten sie. Du bist ein Schwuli. Wer nimmt dich für voll, Pepi, du bist schon zu lange im Loch. Du bist ein guter Kerl geworden. Das ist das schlechteste, was einem alten Knastbruder passieren kann. Cognac hast du allerdings einen guten, wir haben ganz schön was geschluckt, was? Französischer, sagte Pepi, Courvoisier. Schade, daß er in der Flasche für den Verdünner ist.

»Der Cognac ist gut«, sagte ich, »die Wolken ziehen. Die Sonne scheint wie in Odessa. Leonca sitzt am Fenster. Das Schiff fährt, die Livada ist ein Schiff, ringsum ist das Meer.«

»Manche läßt der Mond auch am Tag schlafwandeln«, sagte Pepi.

»Mond im Bullauge der Kajüte, Wolken in der Luke des Waggons. Glühende Masada, feurige Livada.«

Langsam leerten wir die Flasche. An diesen letzten friedlichen Nachmittag werde ich mich immer erinnern. An diese Stille vor dem Kampf. Ein bißchen sind Pepi Pedro und ich dort auf dem Gras eingeschlafen, ermüdet von den schönen Gesprächen, von den schönen Erinnerungen und vom Cognac aus der Flasche für den Verdünner.

57

Jedesmal wenn ich die Augen öffnete, sah ich die Wolken Richtung Algier ziehen, Richtung Saigon, Richtung Frankreich, über alle Drähte und Grenzen. Einmal sah ich auch eine junge männliche Hure mit hellen Haaren, die sich das Hemd zuknöpfte und sich genußvoll die Haare kämmte. Seine beiden Liebhaber reichten sich an dem Stapel duftender Bretter die Flasche. Und alle drei verschwanden in den Schleierwolken, in den Haufenwolken, in den Wolkenvorhängen. Ich sah auch zwei Polizisten mit einem Feldstecher. Sie waren unwirklich. Sie standen außerhalb der wirklichen Welt. Als würde ich sie träumen. Es war unwirklich und gleichzeitig hier, es war nicht wichtig, es war nur ein Teil einer Reise oder eines Traumes. Für einen langen Augenblick dachte ich nicht mehr daran, wo ich bin und was für eine Brühe wir angerichtet hatten und was daraus werden würde. Ich wanderte einfach irgendwohin, so wie das ganze Leben, so wie mit dem Schiff, so wie mit dem Waggon, so wie mit Leonca, so wie mit meinem Vater oben unter den Wolken, über den Hochofen hin, in jene Welt, von der aus er mich jetzt sieht und sagt: Mein Sohn, mein Sohn, was wird einmal aus dir, du bist zu nichts zu gebrauchen.

So wie durch die Wälder von Vietnam, durch den Sand mit dem Auto, über den Draht der Gefängnisse, ob militärisch, zivil, dreckig, sauber, durch die Schweinerei der Saigoner Bordelle, und landete mit dem Schiff in Odessa. In Odessa hätte ich nicht landen dürfen, Leonca hätte das nie erlaubt. Dennoch bin ich dort gelandet. Dort war es friedlich, ein Wirrwarr von Hafenleben draußen, die Wolken über dem Meer, über dem Quarantäne-Kai, wo die alte Schrottkiste, mein Schiff, festgemacht hatte, über der Stadt, über den funkelnden Kuppeln der Kathedrale, Richtung Krim, über das weite Rußland Richtung Nowgorod und Witebsk.

58

Um den Draht, den wir hielten, war das grüne Meer. Alles hatten sie abgemäht, abrasiert bis zum Boden, kein Maisstrunk stand mehr auf dem weiten Feld. Weit hinten war der Waldrand, wo die Belagerer auf und abgingen. Durchaus möglich, daß ihn in der Nacht erreicht, wer an allen Wachen vorbeikriecht, durch die drei Belagerungsringe hindurch.

Wie ich, der kleine Ritter, das Schilfrohr im Mund, durch den Sumpf schwamm, unter Wasser, hier und da den Kopf aus dem Wasser hob und die Wachfeuer beobachtete, meine Armee zu Hilfe holte, die alle Ringe zerschlagen und das belagerte Heer entsetzen wird. Ich baute Festungen, aus Sand, aus Stein, aus Schnee, aus Streichholzschachteln, Ringmauern, wohin wir uns immer flüchteten; Wachtürme, von denen wir Verteidiger schwere Steine herabwälzten, die Angreifer mit den Schildern über den Köpfen mit ganzen Bündeln von Pfeilen überschütteten, sie mit heißem Öl übergossen, so daß sie in die Gräben stürzten. Auch der fahrende Waggon inmitten der Kriegslandschaft war eine solche Festung, das Gefängnis mitten in der unbekannten Stadt war unsere Befestigungsanlage, später das kleine Zimmer, das Bett darin, das Fenster war die Schießscharte.

Und jetzt war ich wirklich in einer solchen belagerten Festung, nur daß es hier keine Armee gab, die uns zu Hilfe kommen würde, keinen Boten, den wir irgendwohin schikken konnten.

Tagsüber war ringsum die grüne Lichtung, wie das Wüstenmeer rings um die Masada. Wenn ich leicht die Augen schloß, sah ich sie im Flimmern der Augustluft: sie war aus weißem Stein erbaut, siebenunddreißig Türme erhoben sich aus den Mauern des Berges, und der Berg erhob sich aus der Wüste. Tempel, Bäder, Zisternen mit Wasser, Magazine. Zweitausend Jahre war sie vergessen gewesen, im vergangenen Jahrhundert hatten Seeleute die Ruinen erblickt. Aber jetzt, wenn ich sie sehen wollte, war die Traumburg mit dem Palast auf der Westseite. Oben gab es reiches Land, bepflanzt mit Gemüse für die Verteidiger. Eleazar sah unbesorgt auf die Gestalten der römischen Soldaten hinunter, die um die Mauern herumliefen, die Gestalten der Arbeiter, die Gestein zusammenschleppten, um einen Brückenkopf zu errichten. Die Masada war groß und weiß, ihre Türme waren uneinnehmbar, über ihr wachte nachts der namenlose Gott, der einzige Gott, der über den Himmel durch die Plejaden wanderte und auf sie hinuntersah, auf die Masada, die von einem dreifachen Belagerungsring umschlossen war, von Katapulten, von allen möglichen Belagerungsmaschinen. Er, Jahve, sah auf Eleazar und die anderen Verteidiger seines Namens hinunter, auf die Verteidiger des Landes und der Freiheit und ihres Urvaters, des Anfangs von allem. Und Eleazar wußte, daß ihn Ruhm erwartet, ewiger Ruhm.

Und was erwartete uns? Nichts Besseres und nichts Schlechteres als gestern, heute oder morgen. Die einen sind dazu bestimmt, Menahem und Eleazar zu sein, die anderen dazu, Mrak und Keber zu sein. Auf die einen sieht dort aus der Gruppe der Plejaden jede Nacht hinter den Wolken, jeden Tag, ihr Jahve herunter, auf uns niemand; vielleicht, vielleicht ein Kruzifixus von Leonca.

Ich war die ganze Kindheit und anschließend das ganze Leben in irgendwelchen Festungen mit der Hoffnung, daß einmal ein Jahve auf mich herabsehen wird, daß einmal eine Armee zu Hilfe eilen wird.

Sie war das ganze Leben in ihren Erinnerungsbüchern, sie sammelte Gedanken, am Ende sammelte sie auch Kruzifixe von Jesus Christus am Kreuz, und ihre Hoffnung war nichts anderes als meine.

59

Es ging auf den Abend zu, als ich mit benommenem Kopf, voller Träume, Erinnerungen, Wolken, Frauenhaut und weißen Türmen, hochkam. Ich taumelte mit diesem Gewicht an den Werkstätten vorüber zum Hofkreis. Aus Block B und C kam das abendliche Geschrei, am Abend leben die Menschen in allen Gefängnissen der Welt, in allen Kasernen, Internaten und Krankenhäusern auf seltsame Weise auf. Ein Geruch von Ungebundenheit, ein Geruch von Freiheit, ein Gefühl, daß man hier drinnen trotz allem tun kann, was man will, brachte jetzt die abendliche Livada vor dem Angriff, der in dieser Nacht stattfinden mußte, noch mehr in Bewegung. Die Verwaltung mit ihren eingesperrten Wärtern, vor allem mit Psychologen Teršič, rief vierhundertfünfzig freie, von Freiheit, aber auch von Hunger und letzten Alkoholresten getriebene Häftlinge zu sich herein. Von der Verwaltung, wo es reichbestückte Magazine gab, versprach man sich viel. Die Verwaltung zog die Angriffsenergie auf sich, ein weiteres Hinausschieben wäre verrückt gewesen.

Über den Hofkreis hallten Rufe. Die Burschen riefen die

Wärter und den Psychologen bei Namen. Wie ist es so, wenn man eingesperrt ist, Franzl? Weißt du eigentlich, wo deine Frau ist, Teršič? Seine Frau kam manchmal und wartete mit dem Auto auf ihn, wenn er Dienstschluß hatte. Eine schöne, kokette Frau. He, Teršič! Jetzt wird sie vom Kaffer flachgelegt! Die Fassaden schüttelten sich vor Lachen. Der Kaffer war Kavčič, der Polizeiinspektor. Der Hof antwortete: Der Kaffer vögelt deine Frau, Teršič! Teršič war verhaßt. Er bohrte einem im Hirn herum, er sah einem regungslos direkt in die Augen.

»Erst wenn du erkennst, daß du schuldig bist, bist du auf dem Weg der Rehabilitation.«

Jedermann aus der Livada kannte diesen Satz, die idiotische Forderung nach Reue. Der Mensch sah abwechselnd zu Boden und in seine regungslosen, bohrenden Augen und dachte sich das Seine. Nämlich: Du Schwein, laß mich in Ruhe. Hör auf, mich zu massakrieren.

Die Rache war jetzt süß und laut. Zahn um Zahn, Satz um Satz:

»He, Teršič! Ruf zu Haus an, bevor der Kaffer sie dir rehabilitiert.«

Auf der anderen Seite zeigte sich manchmal jemand am Fenster und sah besorgt auf die steigende Flut. Den Schmähreden auf Teršičs Kosten gesellten sich laute Aufforderungen zum Angriff auf die Verwaltung hinzu: Los, wir nehmen die Bande auseinander! Ein paar liefen über den Hof und warfen Steine in die schon längst zerdepperten Fenster.

Der Ruf tauchte auf: Alle Wärter an den Eiern an die Kandelaber! Weit und breit gab es keinen Kandelaber. Aber der Ruf nach Aufhängen an den Kandelabern war bisher noch bei jeder Revolution zu hören.

Die Telefonleitungen mußten heißlaufen.

Am Waldrand sammelte sich eine große Gruppe Polizisten und stellte sich in Gefechtsordnung auf, auf der anderen Seite wurden die Automotoren angelassen.

60

Angreifen, Angreifen«, toste es in der Kantine.

Mrak ging, die Arme auf dem Hintern, auf und ab. Das Volk verlangte nach Krieg. Hunger, Müdigkeit, nirgends gab es mehr Wasser, es kam die Nacht ohne Licht.

»Es gibt keine Wahl«, sagte ich zu ihm. »Wir müssen jetzt angreifen, diesen Augenblick, oder es ist besser, daß wir uns ergeben.«

In der Kantine, wo der Revolutionsstab war, war es stikkig vor den Körpern. Alle Mitglieder des Ausschusses, viele unbekannte Leute, Mežnar mit seiner Gruppe, darunter auch Ban. Die Livadaner überschrien sich gegenseitig. Der Angriff auf die Verwaltung wurde jetzt zur allgemeinen Forderung. Mrak fackelte noch immer.

Aber jetzt war wirklich nicht mehr klar, weshalb.

Die Verhandlungen kamen keinen Millimeter voran. Das Abrücken von der Forderung nach Amnestie hielten sie für unsere Schwäche, wie ich es erwartet hatte. Noch immer waren sie bereit, Fressen, Weiber und mehr Freigänge zu gestatten. Das war alles. Bei der Forderung nach erneuter Übertragung kriegten sie noch immer Krämpfe. Vor Lachen. Gleichzeitig wurden ihre Drohungen schärfer. Die Organisatoren des Aufstandes werden drastisch bestraft. Die übrigen sollen zur Vernunft kommen. Doch galt die Drohung mehr uns, Mraks Stab. Es schien, daß sie, die da draußen, keine Lust hatten, die Bande zu überzeugen. Aus einer Art beidseitiger Ermüdung wuchs die Konfliktbereitschaft. Wir hatten die Möglichkeit, das Telefonkabel zu kappen, aber wir hielten es fürs erste für gut, wenn die eingesperrten Wärter und ihr Psychologe Verbindung mit denen draußen hielten. Soll sich ihre Verzweiflung über die ganze weite Welt ausbreiten. Sollen sie über das Steigen der gefährlichen Flut berichten, soll es schon endlich knallen.

Die Forderung nach Amnestie war aufgrund großer Dummheit zurückgezogen worden. Ich sagte, fordern wir einfach und sehr dringend: Stromanschluß. Hier gab es für Mrak keinen Raum mehr zum Taktieren. Wie sollte er vors Volk treten und sagen: Auch weiterhin wird es kein Licht geben, es wird kein Wasser und auch kein verdammtes Gulasch geben.

Es hatte den Anschein, als wären die Wärter in der Verwaltung bereit, den Transformator anzuschließen. Langsam wurden sie von Panik gepackt. Sie wären die ersten Opfer, wenn es knallte. Johann schrie zu ihren Fenstern mit den zerschlagenen Scheiben hinauf, er werde den Strom an ihre Schwänze anschließen.

Mitrović machte mitten in dem Geschrei Meldung von der Bewaffnung.

Der Leiter der Wache meldete die Bewegung von Einheiten, die den Ring um die Livada immer enger schlossen. Mežnar bot seine Gruppe an, den Ausfall als erste zu wagen, hinter ihr dann alle vierhundertfünfzig. Bis zum Waldrand, dort zerschlagen wir sie und jagen sie in alle Richtungen.

Es gibt keine Flucht. Das wurde einstimmig beschlossen. Ein Ultimatum wird gestellt. Strom.

Wir stellten das Ultimatum, obwohl Alois nicht dafür war. Das war unser Ultimatum, es war nicht so groß und feierlich wie die anderen Forderungen. Aber es war ein verdammt wichtiges Ultimatum, wie sich bald herausstellen sollte.

Es lautete: Wenn bis neun Uhr am Abend nicht der Strom angeschlossen wird, werden wir die Verwaltung angreifen und die übriggebliebenen Wärter gefangennehmen.

Mrak blies sorgenvoll Rauchringe unter die Decke.

61

Zumindest in einem Punkt mußten wir siegen. Mrak rechnete damit, daß sie den Strom anschließen. Ich wußte, daß sie es nicht tun würden. Mrak war dagegen, die Spannung zu erhöhen, weil ihn etwas anderes interessierte. Als wir den Beschluß faßten, war es sechs Uhr. Wir bezogen unsere Stellungen. Am Draht postierten wir Leute mit Molotows und Schußwaffen. Die anderen waren natürlich in enormer Übermacht, aber es war für sie überhaupt nicht einfach. Wenn die Kugeln fliegen, fliegen sie auf beiden Seiten. Ein einziges Leben, das wegen eines Angriffs auf die Strafanstalt ausgeblasen wird, wirft die Frage auf: War es anders nicht möglich? Das war unser Vorteil, unsere Leben waren da nichts wert.

Um sieben rief uns Mrak wieder zusammen. Wir dachten, es wäre irgendeine Antwort gekommen. Aber Mrak schlug vor, eine Anstaltspolizei einzuführen. Ja, nichts mehr und nicht weniger: Polizei. Er sagte, die Unordnung überstiege alle Grenzen. Das stimmte. Saufereien, Klauereien, Prügeleien, unnötige Quälereien der Wärter, zwei registrierte Vergewaltigungen.

»Was denn noch!« rief jemand an der Tür wütend. Seit die Ausschußsitzungen öffentlich waren, mangelte es nicht an allem möglichen Herumgemotze.

»Man darf nicht klauen«, schrie er aus dem dunklen Gedränge an der Tür, »man darf nicht saufen, ein Glück, daß sie uns das Vögeln nicht verbieten, von Frauen nämlich. Knaben vögeln ja einige, sogar mit Gewalt.«

»Im Krieg kommt das vor«, sagte Johann, »da wird schon mal einer vergewaltigt.«

»Es ist nicht Krieg«, sagte der Führer mit wütender Fistelstimme, »und wenn euch das Wort Polizei stört, nennen wir sie eben Ordnungskräfte.«

Mrak war ein Hegemon, er hatte etwas Hegemonisches in sich mit diesen über die fleckige Haut auf der Glatze gekämmten Haaren, mit der Pfeife und der Brille, die er ständig abnahm und säuberte.

»Wenn wir Polizei haben«, sagte Pepi Pedro, »werden wir auch Gefängnisse haben.«

Alle grinsten.

»Das versteht sich«, sagte Alois Mrak todernst. Er war nicht zufrieden, daß wir grinsten. Er sagte, die Sache sei logisch. Bevor wir angreifen, müssen wir die Sache in Ordnung gebracht haben. Wenn wir verlieren, werden wir beweisen, daß wir für Ordnung gesorgt haben. Wenn wir siegen, werden wir ebenfalls für Ordnung sorgen. Johann schlug vor, die eingesperrten Wärter anzustellen. Wieder Grinsen. Er sagte, sollen die verdammten Kerle einmal unter unserem Kommando arbeiten. Zum Schlafen danach ab in die Zellen, hinter Schloß und Riegel. Außer den Diensthabenden.

»Sklaverei wird es in unserer Republik nicht geben«, sagte Alois Mrak feierlich.

Gelächter.

»Ich weiß nicht, warum dieses Lachen«, sagte Alois fistelnd, »das ist eine ernste Sache. Polizei ist immer eine ernste Sache.«

Natürlich war die Sache ernst. Aber sie war auch verdammt komisch. Am komischsten war, daß er die Gründung von Polizei- und Ordnungskräften unmittelbar vor dem Angriff forderte. Wer dachte schon daran, was danach sein würde. Damals gab es kein Danach. Es ging auf neun Uhr zu, und es war eine Tatsache, daß es keine Antwort auf das Ultimatum gab.

Trotzdem beschlossen wir per Abstimmung die Einführung von Ordnungskräften. Die Ordnungskräfte werden dem Vorsitzenden des Ausschusses unterstellt. Mrak war zufrieden. Mir kam die Sache noch immer lächerlich vor.

Obwohl sie logisch war.

»Nur eine Sache ist logisch«, sagte ich, und nur in der Richtung konnte ich überlegen. »Daß wir sie um neun null null angreifen, wenn es nicht hell wird wie im Lunapark.«

»Wird es ja«, sagte Johann, »weil wieder alles brennen wird. Aber bestimmt nicht das elektrische Licht. Die ganze Livada wird brennen und alle Häuser in ihrer Umgebung. Die Werkstätten, die Holzstapel dahinter, jedes verdammte Auto, das bis an den Draht gefahren kommt, kriegt einen Molotow unter den Bauch, und jeder Bulle ist eine lebende Fackel.«

62

Das Ablaufen des Ultimatums erwartete ich in meiner Zelle. Es war ein schöner Blick – auf den Hof und auf die Verwaltung. Und ich hatte es nicht mehr ausgehalten in all dem Lärmen, Streiten, Gründen der Anstaltspolizei. Bevor wir angriffen, sah ich den Kruzifixus, ihren Kruzifixus, den, der den Unfrieden bringt.

Die nächste Phase der Sammlertätigkeit war nämlich schlimmer. Das waren keine Weisheiten mehr, Sprüche, Sprichwörter und alles andere, wozu man mit einem Wort sagen würde: Gedanken. Jetzt waren das Kreuze mit dem gekreuzigten und angenagelten Menschen Jesus Christus, der auch Gott war. Oder mit Gott, der auch Mensch war.

Von allen Seiten ummauerte sie mich mit Gott. Die gute Absicht nahm ein schlechtes Ende.

Als ich von einer unangenehmen Fahrt zurückkam, mit einem anderen Schiff und dann per Zug aus einem algerischen Hafen, wo unser Schiff hängengeblieben war, wegen einer Sauerei mit der Fracht, weil es mit irgendwelchen Papieren Schwierigkeiten gegeben hatte, als ich von dort nach zwei Monaten mit einem anderen Schiff, das uns aufgesammelt hatte, nach Haus kam, fand ich sie mitten an einem schönen Sonntagvormittag, wie sie ein Kruzifix an die Wand nagelte. Es war ein großes Kruzifix, wie man sie im Dorf als Marterln an den Wegscheiden findet. Halt fest, sagte sie, und ich hielt fest, damit sie den Nagel bis zum Kopf einschlagen konnte. Was ist das? sagte ich. Es folgte etwas, was mir den Atem nahm. Den verdammten Ärschen glaube ich nicht mehr, drehte sie sich um. So hatte sie nie geredet. Was ist passiert, Leonca, wem glaubst du nicht? Sie lügen, sagte sie, alle der Reihe nach. Etwas mußte in diesen zwei Monaten passiert sein. Sie sagen immer, sagte sie, daß du nicht zurückkommst. Wer sagt das, Leonca, dieser Typ hinter der Theke? Daß du andere Frauen hast. Wer hat das gesagt? Ich kriegte nichts mehr aus ihr heraus. Aber in den folgenden Wochen, als ich auf der Couch herumlag und auf Nachricht vom nächsten Schiff wartete, begann sich ihre Wohnung mit hölzernen Kruzifixen verschiedenster Größe zu füllen. Auf einmal sah mich von allen Wänden und aus allen Winkeln der angenagelte und gekreuzigte Jesus Christus an. Ein paar verdammte Ärsche hatten es fertiggekriegt, daß sich ihre Sammlerleidenschaft vom Sammeln von Gedanken dem Sammeln von Kruzifixen zugewendet hatte, von der Philosophie zur Religion.

Sicher ging es nicht nur darum, daß ihr so ein Typ hinter der Theke eingeredet hatte, ich läge bei irgendwelchen Dirnen in dreckigen Hafenhotels herum. Ohne Zweifel hatte das jemand zu ihr gesagt. An eine Frau kommt man eben auf verschiedene Weise, das ist schon eine der Methoden. Aber Leonca hatte die Sache im Griff, zumindest dachte ich damals noch so. Ich dachte, daß es etwas aus jenem Bereich war, wo auch die große Leidenschaft des Sammelns von »Gedanken« ruhte, also aus jener dunklen Gegend, wohin mein Blick eben nicht reichte, auch wenn ich meine Gehirnwindungen noch so anstrengte. Von dort kamen die Kruzifixe und Heiligenbildchen. Warum gehst du nicht zur

Messe? sagte ich, wenn es so schlimm ist. Sie ging nicht zur Messe, sie fing an, Marienbildchen, Bilder, Kettchen, Rosenkränze nach Haus zu bringen. Mit derselben Hartnäkkigkeit, mit der sie Gedanken gesammelt hatte, sammelte sie jetzt heilige Gegenstände. Mich machte das nervös. Wie sie mir zuerst das Blut in den Kopf getrieben hatte mit dem Vertrauen, auf dem die Welt gründet, aber es hatte bei Leonca keinen Zweck zu widersprechen.

Eines Abends, als sie nach dem Dienst nach Haus kam, glühte sie innerlich. Auch ich war irgendwie erleuchtet durch das Bündel Markscheine, das ich an diesem Abend im Mississippi eingespielt hatte. Einem hatte ich die Polizistenpension abgeknöpft, einen bis auf die Unterhosen ausgezogen, einem dritten blieb nur das Geld für den Bus. Sie hatte ihr Gehalt bekommen. Sie sagte, sie werde morgen ein herrliches Kruzifix kaufen, das ihr irgendein Handlungsreisender versprochen hatte. O. K., sagte ich, ich kann dir was zuschießen, ich habe auch ein Gehalt bekommen, genaugenommen eine Pension, eine Polizistenpension. Nein, nein, sagte sie, ich werde nichts nehmen. Das mußt du dir selbst verdienen. Ich wollte mich nicht in ein neues Problem vertiefen, warum sich der Mensch etwas selbst verdienen muß, auch wenn es ein Kruzifix ist, ich sah, wie erglüht sie war, daß sie um das Gesicht eine Art Heiligenschein hatte, und ich wußte, daß ich mit dieser erglühten schönen Frau unverzüglich ins Bett mußte. Ich streichelte ihre Brüste, ich küßte ihren Hals, wir setzten uns auf die Couch, ich zog ihr die Schuhe aus.

Ich muß mich waschen, sagte sie, wie sie es gesagt hatte, als es das erste Mal war. Du wirst dich nicht waschen, sagte ich. Ich bin ein wenig müde, sagte sie. Sie streckte sich aus. Ich streichelte ihren Bauch, ich hob ihren Rock. Sie trug keine Strümpfe, sie war bloßarmig und bloßfüßig. Bald war sie ganz nackt. Mach das Licht aus, sagte sie. Ich wußte, warum sie wollte, daß ich das Licht ausmache, alle diese Gekreuzigten sahen sie an. Ich will dich sehen, sagte ich. Ich küßte sie. Es blendet meine Augen, sagte sie. Das war es nicht, die Gekreuzigten sahen sie an. Ich will dich sehen, wie du stöhnst, sagte ich, wenn ich dich vögele, sagte ich. Sie war feucht zwischen den Beinen. Ich kann nicht, sagte sie. Wieso kannst du nicht? sagte ich, du bist ganz feucht. Es war nicht so, daß sie nicht konnte, die Gekreuzigten sahen sie an. Ich stand auf mit meinen schon etwas blasphemisch heruntergelassenen Hosen, irgendwo bin ich sogar noch hängengeblieben, und drehte den allernächsten Kruzifixus, den, der sie am meisten anstarrte, zur Wand.

Jetzt kann er dich nicht sehen, sagte ich. Sie zog sich den Rock an und stand auf. Sie stand da vor dem Kruzifix und sah auf die gekreuzten Leisten, die die Rückseite des zur Wand gedrehten Kruzifixus bildeten. Warum hast du das getan? sagte sie. Das hättest du nicht tun dürfen. Wieder war etwas so viel wichtiger als ich, daß ich mir mit den heruntergelassenen Hosen irgendwie blöd vorkam.

Du wohnst nicht hier, sagte sie. In Wirklichkeit wohnst du nirgends, deshalb verstehst du auch nichts. Sie sagte einen Satz aus ihrer Sammlung: Weh dem, der kein Daheim hat. Und wo wohne ich? Was weiß ich, sagte sie. Auf dem Schiff, manchmal in irgendeinem Gefängnis. Als ich sieben war, habe ich das erste Mal im Gefängnis geschlafen. Plötzlich lachte sie. Lach nicht, sagte ich, ja, als ich sieben war. Natürlich wohne ich nirgends, deshalb verstehe ich deine Gekreuzigten auch nicht, und sie verstehen mich nicht.

63

Bevor wir angriffen, erschien mir der Kruzifixus vom Friedhof. Nicht der, den ich zur Wand gedreht hatte. Der vom Kirchhof zeigte sich mir, als ich an Leonca dachte, an ihre Ruhe. Wie hoch über den Hof gemalt stand er plötzlich vor mir, als wir auf die Attacke warteten. Direkt über den Hof und die Wand und hinauf in den Himmel, hoch wie ein Hochofen. Jetzt war er so hoch, als sie ihn damals auswickelte, war er noch ganz klein gewesen.

Sie wickelte das sorgsam geschnürte Bündel auf und hob den schönen, mit Schrauben an sein Eisenkreuz befestigten Kruzifixus hoch an die Küchenglühbirne. Ist er nicht herrlich? sagte sie. Mir kam er nicht herrlich vor, weil es mir so vorkam, als stammte er vom Friedhof. Solche gibt es bei uns auf Gräbern. Woher hast du ihn? Ich habe ihn gekauft, sagte sie. Für Geld? fragte ich. Das hätte ich nicht sagen dürfen, diesen Tag war ich schlechter Laune. Sie schwieg. Ich drehte den metallenen Kruzifixus um, er ist tatsächlich vom Friedhof, sagte ich. Ja und? sagte sie, er ist schön. Ich war böse an dem Tag, etwas stimmte nicht mit mir. Jemand hast du die Ruhe genommen, sagte ich. Dort hat dieser Gott auf einen Toten aufgepaßt, verstehst du? Auf seine Seele. Ich habe ihn ehrlich bezahlt, sagte sie, und aus ihrer Ruhe wuchs auch etwas wie Zorn. So wie du diese Huren ehrlich bezahlt hast.

Welche Huren? Gestern habe ich mir einen Schulatlas geliehen, sagte sie, ich habe nachgesehen, wo Odessa liegt. Was für ein Odessa? sagte ich überrascht. Odessa, sagte sie. Jede Nacht sprichst du von Odessa. Odessa, sagte ich, ist ein ruhiger Ort. Dort kochen und leben sie einfach, sie kümmern sich um nichts. Mascha und Katharina, sagte sie. Das ist traurig, sagte sie. Ich war wütend. Auch auf mich. Warum rede ich im Schlaf. Und warum träume ich von Odessa. So viele aufregende Sachen habe ich erlebt. Vietnam, die Dominikana, die Vorstädte von Marseille, und ich träume da von einer Küchenpastorale, von der ruhigsten, nicht im geringsten aufregenden Sache. Manchmal von dem Waggon, in dem ich aus Frankreich ausreise, das ja. Mein Vater sagt: Hochofen, Hochofen. Mama antwortet ihm: Du führst uns ins Gefängnis. Meine Schwester weint, dann ist

Nacht, und es herrscht Ruhe, der Waggon fährt über Felder, durch die Luken oben leuchten die Lichter des Bahnhofs herein, wir fahren durch eine schlafende Landschaft, durch viele Staaten fahren wir wie ein Schiff zur Schatzinsel. Das ist ein schöner Traum, aber der von Odessa ist schöner und wirklicher. Oft träume ich von Odessa, wahrscheinlich spreche ich auch davon, von Odessa, von Katharina und von Mascha. Das war lange her, sagte ich. Da gab es dich noch nicht. Ich war immer hier, sagte sie. Dich gab es nicht. Und niemand hat im Traum von einer Mascha geredet.

Ich war wütend auf mich, mehr noch auf sie, Leonca verstand es, mich zornig zu machen. Je klüger sie war, desto mehr verstand sie, mich zornig zu machen. Sie solle Odessa doch in Ruhe lassen, sagte ich, auch meine Träume, auch mich.

Sie ließ mich nicht in Ruhe. Odessa ließ ihr keine Ruhe. Den friedlichsten Augenblick meines Lebens verwandelte Leonca in den schlimmsten Unfrieden. Manchmal wurde ich wach und sah, wie sie auf dem Bett saß. Odessa? sagte ich. Sie nickte.

Das zweite Mal sagte ich: Doch nicht wieder? Sie nickte.

Wegen Odessa hat sie mich verraten. Sie zeigte mich an wegen der Post, wegen dem Kleingeld. Das war ihre Klugheit. Damit ich lerne. Und der Kruzifixus wird mir helfen. Und sie wird an mich denken. Ich riß ihr die Kleider herunter, ich stieß sie mit dem Kopf gegen die Wand. Vertrauen, sagte ich und stieß sie, auf Vertrauen gründet die Welt. Weh dem, der kein Daheim hat.

Dieser Kruzifixus erschien mir jetzt. Nicht der, den ich zur Wand gedreht hatte. Der vom Friedhof. Der, der jemand verlassen hatte, sein Grab, seine wertlose, verlorene, umherirrende Seele, die nirgends mehr festmachen kann, wenn sie keinen Jesus Kruzifixus über sich hat, über seinem Grab, über dem Gras, das aus seinem fetten Mist wächst.

64

Wir schickten einen Kurier vor die Verwaltung. Wir sagten ihnen, sie sollen es weitermelden, an wen sie wollen, an das Justizministerium, die Polizei, die Vereinten Nationen, unseretwegen Gott im Himmel oder den Teufel in der Hölle, daß um neun der Strom da sein muß. Sonst werden wir sie in diesen Löchern in die Luft jagen. Sie grübelten, wahrscheinlich haben sie gestritten. Mrak korrigierte die Formulierung: Sonst sehen wir uns gezwungen, wegen der inhumanen Lebensbedingungen die Trafostation zu besetzen. Jetzt kam die Antwort von Psychologe Teršič sofort, diese Sprache verstand er besser. Wir würden zwar gern, sagte er, wir haben allerdings die Anweisung, daß wir das nicht dürfen. Anweisung von oben. Johann stürzte ans Fenster: Dann werden wir euch eben von unten den Arsch aufreißen. Strom bis um neun! Bis um neun, schrien jetzt alle, direkt aus den Fenstern, von draußen oder von oben, sonst gibt's Angriff, Angriff, Angriff. In beiden Blocks trommelte es, an allen Fenstern hingen sie wie schwarze Fledermäuse in Trauben und forderten Strom. Der Strom war plötzlich zur wichtigsten Sache der Welt geworden.

»Selbst mit dem Vieh geht man besser um«, sagte Flappe. »Der Mensch kann sich nicht einmal waschen.«

»Wann hast du dich wohl das letzte Mal gewaschen?« fragte Johann mit goldenem Lächeln.

Flappe sagte, er solle die Flappe halten. Ich flachse doch nur, sagte Johann. Flachs du nur deine Mama, sagte Flappe. Laß Mama aus dem Spiel, sagte Mitke. He, sagte Šipac, seid nicht so nervös, ihr zerrt mir an den Nerven. Viertel nach neun greifen wir an, beschlossen wir. Alois schüttelte den Kopf. Wir sagen um neun, aber wir greifen fünfzehn Minuten später an. Akademisches Viertel, wie man zu solchem Aufschub angeblich sagt, fünfzehn Minuten geben wir ihnen noch für ein letztes Überlegen. Das ist dasselbe wie fünf vor zwölf.

Im Verwaltungstrakt war es still. Die Stille kroch auch in die beiden Blocks, sie floß hinaus und war zugleich schon am Verfließen wie die vergehende Zeit. Ungefähr eine halbe Stunde vor Ablauf des Ultimatums rief Teršič vom Fenster der Verwaltung herunter, sie hätten unsere Forderung an den Justizminister weitergemeldet. Ihr habt noch eine halbe Stunde, sagten wir. Aus den Fenstern ragten ein paar Läufe heraus. Sie würden schießen. Gleichzeitig würden sie von draußen zuschlagen. Es wurde spannend. Die Zeit zog sich. Wir rauchten und sahen zu den Fenstern des Verwaltungstrakts.

Fünfzehn Minuten vor neun zeigte sich am Fenster ein Wärter mit Gewehr und rief über den Hof:

»Sie haben ihn uns auch abgeschaltet!«

Ein, zwei Minuten schwiegen wir. Wir hatten trotzdem gehofft, daß es nicht so weit gehen würde. Scheiße, sagte Johann. Jetzt wird es gefährlich, sagte Alois, jetzt nicht den Kopf verlieren. Den Kopf verlieren, Alois Mrak. Pepi Pedro fühlte, daß auch er etwas tun müsse. Er trat ans Fenster und schrie hinüber: Ihr könnt eure Köpfe verlieren. Wir haben nichts als unsere Ketten. Na, na, Pepi, sagte Johann. Wo haben sie dir denn das beigebracht? Die Amnestie hast du schon verloren, sagte Mitke, und jetzt auch noch die Ketten. Wieder Stille. Wir sahen auf die Uhr. Gute zehn Minuten vor neun hörten wir Teršičs Rehabilitantenstimme. Der Justizminister ist am Telefon. Herr Mrak solle kommen. Herr Mrak ließ noch Mežnar rufen.

»Warum Mežnar?« sagte Johann, »dieses Zinkerschwein?«

»Mežnar ist der Kommandant der Ordnungskräfte«, sagte Mrak. »Von nun an ist er für die Ordnung verantwortlich.«

Wir sahen uns an: Was hatte das zu bedeuten? Das bedeutete, daß Mrak unmittelbar vor dem Angriff Mežnar, der eine ziemliche Gruppe von Halunken hinter sich hatte, als Polizisten einsetzte. Es war keine Zeit für eine Diskussion über diese Personallösung. Die Sache mit der Verwaltung mußte jeden Moment zu einem Ende gebracht werden. Also marschierten sie los, der Vorsitzende und der Kommandant der Ordnungskräfte, in die Verwaltung zum Telefongespräch mit dem Minister.

»Und was ist, wenn sie sie als Geiseln festhalten?« sagte Mitke.

»Dann sind sie die Geiseln aller Geiseln«, sagte Johann und grinste mit seinen Goldzähnen. »Wir greifen trotzdem an.«

»Trotzdem sind sie unsere, es kann ihnen was passieren«, sagte Pepi und trat von einem Bein auf das andere, daß wir das Knirschen seine rheumatischen und geängstigten Knochen hörten. »Dir ist nichts heilig.«

»Ein Heiliger bin ich aber wirklich nicht«, sagte Johann goldig. »Angriff ist um neun Uhr und fünfzehn Minuten.«

65

Wenn es also um neun Uhr und eine Minute keine richtige Antwort gab, überhaupt keine Antwort, wenn auch Mrak und Mežnar nicht aus der Verwaltung zurück waren, begannen wir mit den letzten Vorbereitungen. Das mit dem Minister am Telefon stimmte vielleicht. Auch draußen wurden sie nervös. Aber es änderte sich nichts, es war klar, daß es sich nur um ein neuerliches Hinauszögern handelte. Sie rechneten damit, daß sich die Bande untereinander zerstreiten würde. Aber jetzt, als beschlossen war, daß wir die Wärter angreifen würden, die im Verwaltungstrakt verbarrikadiert waren, nahm die Moral seltsamerweise wieder zu. Außer ein paar betrunkenen Typen waren fast alle bereit mitzutun. Mežnars Ernennung hatten wir geschluckt, es war keine Zeit, es war keine Zeit. Damals war keine Zeit, später war es schon zu spät. Auch seine Zinkerpsychopathen mit den hinterhältigen Blicken brauchten wir, alle brauchten wir, alle vierhundertfünfzig Livadaner.

Jemand brachte die Nachricht, daß die Wärter Block A besetzt hätten. Niemand hatte auf Block A geachtet, sie hatten sich dort eingeschlichen während unserer ununterbrochenen Sitzungen, Gesindel faules, vor deren Nase hatten sie sich da eingenistet. Sie hatten ihren Verteidigungsring erweitert, obwohl mir sofort klar war, daß das nicht allzu klug war; sie waren zu wenige, um beide Objekte halten zu können, sie mußten ihre Linien viel zu weit auseinanderziehen. Das bedeutete nur, daß sie eine vordere Linie organisieren wollten, die die Zugänge zum Verwaltungstrakt so lange wie möglich halten sollte. Sie würden uns vor Block A aufhalten, während die anderen draußen über den Draht hinweg angreifen. Wahrscheinlich mit gepanzerten Fahrzeugen. So kommen wir überhaupt nicht zum Verwaltungstrakt. Das heißt, daß alles von der Geschwindigkeit abhängt. Wichtig ist, den ersten Angriff von außen aufzuhalten, während wir die Verwaltung erobern. Sofort wenn Alois und Mežnar zurückkommen, sagte ich, das Telefonkabel durchschneiden. Wenn sie nicht bis fünfzehn nach neun hier sind, genauso. Dann Angriff auf Block A. Den nehmen wir schnell. An die zweihundert hatten sich für den Sturm gemeldet. Wir wußten, daß es Scheiße gab, wenn wir die Herde stürmen ließen. Konnte sein, daß es Opfer gab. Durchaus möglich, daß die Wärter in ihrer Verzweiflung tatsächlich schossen. Deshalb zuerst mit Molotows gegen Tür und Fenster des schwach verteidigten Blocks A. Er ist zu groß, und sie sind zu wenige, um ihn lange halten zu können. Wenn sie sich zurückziehen, gehen zwanzig von ihnen an die Wand, jagen die Tür in die Luft, dringen in Block A ein. Die zweite Gruppe schlägt sich zum Dachgeschoß durch, läßt dort die Sau raus, steckt alles in Brand, daß denen draußen sofort klar ist: Die Verwaltung ist verloren. Und steigen den Wärtern und Polypen in der Festung von oben in den Nacken, wie die Engel. Auf die Verminung der Tür verzichteten wir. Es hätte zuviel Zeit in Anspruch genommen. Jetzt stürmen die Kamikaze über den Hof. Wenn sie zu den Stufen des Verwaltungstraktes kommen, haben wir sie in der Zange und brauchen sie nur noch in ihrem Bau zu sammeln.

Offen blieb die Frage, was am Draht und am Außentor, bei der Pförtnerloge passieren würde. Wenn sie uns von außen angreifen mit der ganzen Maschinerie und den Spezialeinheiten und Tausenden Mobilisierten im Rücken, wenn wir dem ersten Ansturm nicht standhalten, dann sind wir weichgekocht. In solcher Situation spielt man eben Hasard, etwas anderes bleibt einem gar nicht übrig. Ich mußte auch an den Alten denken, der Angst hat, die Verantwortung für eventuelle Opfer zu tragen. Zum Schluß würden sie ja doch fragen, ob es wirklich nötig war anzugreifen. Ich stellte mir auch so einen Knödeltypen vor, den Minister, der in irgendein Leder versunken das Telefon abhebt und sich mit Kaffee vollschüttet und das Fenster aufreißt und die Angestellten zusammenscheißt und dem der Arsch wegen seiner Karriere zittert und der natürlich überhaupt keine Lachkrämpfe mehr hat wegen der Wiederholung der Übertragung, wegen eines einzigen internationalen Halunken namens Keber, sondern dem ein Frösteln über den Rücken geht und dem der Dreck im Arsch gefriert vor Angst, was noch alles passieren kann.

Deshalb hatte ich das Gefühl, daß sie den Angriff nicht wagen würden. Dennoch liefen Johann und ich den Draht ab und munterten die Typen auf, die in der Dunkelheit standen und zitterten. Mitke wird sie führen, er ist Ingenieur, er weiß, wie man etwas organisiert. Mitke, Kommandant der äußeren Verteidigungslinie, hatte seine Sache gut gemacht. Er hatte Benzinkanister verteilt und am Draht

Benzin ausgegossen. Überall um die Livada herum wird die Feuerkette brennen. Dann sollen sie in die Finsternis ballern, wenn sich draußen jemand auch nur bewegt. Benzinexplosionen, ab und zu ein Schuß in die Luft, sollen sie herumbrüllen, gerade so viel, daß sie sie aufhalten. Derjenige, der angreift, ist immer etwas vorsichtiger. Einer gegen zehn, haben sie uns beigebracht, zehn Angreifer gehen auf einen Verteidiger. Und vorsichtig müssen sie sein. Das gilt auch für unseren Angriff.

Ich rief Ban zu mir: Du bist einer der Initiatoren des Aufstandes, du leitest den Angriff auf A. Ban, sagte ich, zieh ihnen die Uhr auf. Ich kann nicht, sagte Ban, ich bin krank. Was bist du? Krank, meine Blase ist geplatzt. Sie läßt durch.

Das war eine bekannte Krankheit. Vor Angst läßt sie durch. Gut, sagte ich, nicht jeder ist dafür, leichter ist es, alten Leuten die Uhr aufzuziehen. Du übernimmst die Kontrolle nach hinten. Damit die, die sich drinnen verrammelt haben, nicht ausbrechen. Niedergeschlagen zog er ab. Er war unter den Initiatoren des Aufstandes gewesen, er hatte Schwein Albert die Fresse poliert, aber sonst war er ein Miesling, ein gemeiner Kerl, der alten Leuten gern die Uhr aufzog.

Das war das einzige, was schlecht war. Sonst war es gut, es war gut, sie waren vorbereitet. Šipac wird über den Hof angreifen, Šipac wird den Sturmtrupp zu den Stufen des Verwaltungstrakts führen. Sie werden sich anpissen, deren Blase wird noch mehr nachgeben als Bans, wenn sie ihn zu sehen kriegen. Šipac, sagte ich, kein Messer. Hast du gehört? Mach keinen Scheiß, sagte ich. Nichts schneiden, sagte ich, wenn du das nicht versprichst, nehme ich dir das Kommando wieder ab. Er versprach, es würde keine tödlichen Verletzungen geben. An die Besonneneren, wenn hier überhaupt noch jemand Besonnenheit zeigte, verteilten wir ein paar Waffen. Und du glaubst, sagte Johann, daß du das kontrollieren kannst? Wir können jemand aus Versehen töten, aber dann geht wirklich alles endgültig zum Teufel. So spricht jetzt auch der Kommandierende der Polizei da draußen. Der kümmert mich nicht. Hauptsache, sie kommen nicht über den Draht. Und wenn alles zum Teufel geht, wenn sie doch über den Draht und durch das Tor angreifen, dann schließen wir uns im äußersten Fall in die Gebäude ein, die geben noch immer eine gute Festung.

Dem Angriff auf Block A und den Verwaltungstrakt gab ich den operativen Namen: Operation Odessa.

»Warum Odessa?« fragte Johann.

»Weil es dort wichtige militärische Operationen gegeben hat«, sagte ich.

»Haben die Angreifer gesiegt?« fragte er.

Ich sagte, sie hätten gesiegt, in vollem Umfang und mehrmals hintereinander. Er sagte, dann sei ja alles in Ordnung.

»Aber«, fügte er plötzlich hinzu, »warum nennen wir die Operation nicht nach dieser Kellnerin?«

»Welcher?«

»Nach deiner Freundin, dieser gescheiten. Leonca. Operation Leonida«, grinste er mit seinem Gold in der Schnauze.

Ich wurde ernst, das war ein schlechter Scherz.

»Johann, das ist ein schlechter Witz«, sagte ich, »paß auf das Kilo Gold in deiner Schnauze auf«, sagte ich und stieß ihn gegen die Wand.

»Was hast du, Mensch, ich hab doch nur Spaß gemacht.« Er sagte, ich sei wieder der alte Idiot, er sagte, ich solle ihn loslassen. Ich ließ ihn los.

Freundschaftlich boxte er mich an die Schulter.

»Odessa«, sagte er.

Ich mußte lachen.

»Auch ich habe nur Spaß gemacht«, sagte ich. »Odessa.«

Odessa. Zweihundert Häftlinge werden einen Frontalangriff zum Ruhm der beiden berühmten Huren aus Odessa ausführen. An diese beiden seltsamen und herzlieben

Huren mußte ich denken, als ich den Angriff vorbereitete. Genaugenommen später, als das neuerliche Warten begann. Solange du arbeitest, ist es egal, wenn das Warten beginnt, dann ist es die Hölle. Auch wenn es anfängt, denkst du nicht mehr. Aber unmittelbar davor kommt dir zumindest der Gedanke, daß es vielleicht nie mehr eine Frau geben wird. Da ist es gut, an eine einzige zu denken. An Leonca konnte ich nicht, obwohl mir in einem fort gerade sie, die ich so geliebt hatte, vor Augen kam. Sie zerrte an meinen Nerven, deshalb habe ich Johann gestoßen, ich, der alte Idiot. An eine mußt du denken, bevor es zu knallen beginnt. Ich dachte an zwei, eigentlich trotz allem an drei. Denn die dritte, die liebste, tauchte mit ihrem Kruzifixus von ganz allein auf. Bestimmt würde sie jetzt etwas sagen, etwas, bei dem du vor Unbehagen zur Seite siehst, wie ein Hund, zu dem du etwas Menschliches sagst. Sagen wir: Wenn es dir auch schwer ist, jemand mußt du gern haben.

Wenn ich noch eine Mutter gehabt hätte, hätte ich an vier Frauen gedacht. Ich hätte gesagt, Mama, jetzt komme, was wolle.

Ich bin nicht gekommen, sagte der Kruzifixus, der hoch war wie ein Hochofen, ich bin nicht gekommen, Frieden zu bringen, sondern das Schwert.

66

Es dunkelte, der Mond übergoß die Landschaft mit silbrigem Licht, im äußeren Kreis, am Waldsaum und über die Felder tasteten Autoscheinwerfer und Taschenlampen. Die Livada war in finsteres Schweigen versunken. Auch in der Verwaltung gab es kein Licht mehr. Vielleicht hatten sie es wirklich abgeschaltet. Hinter den Fenstern gingen dunkle Schatten nervös auf und ab.

Fünfzehn nach neun kletterte Flappe auf das Dach und kappte das Telefonkabel. Aus dem Verwaltungstrakt drang Geschrei, ein paar Köpfe tauchten an den Fenstern auf. Eine Minute danach erschienen auf den Stufen des Verwaltungstrakts der Vorsitzende Mrak und der Kommandant der Ordnungskräfte, Mežnar. Sie rannten über den Hof, der kleine Mežnar geschickt, Alois ziemlich ungelenk, zum ersten Mal habe ich ihn so aufgeregt gesehen, daß er mit den Armen ruderte. Er hatte sich ein paar Lacher von den Fensterplätzen verdient. Sonst war er immer ruhig wie Buddha. Jetzt war er eine Art Buddha mit vielen Armen, die er um Kopf und Körper schwang. Er kam bis zur Tür, wo wir warteten, um loszuschlagen.

»Sie haben die Telefonverbindung unterbrochen«, stammelte und pfiff er atemlos.

»Wir haben sie unterbrochen.«

Er sagte: Oje, oje, das ist aber nicht gut.

»Kein oje, oje«, sagte ich, »wir greifen an. Alles ist vorbereitet.«

»Keber«, sagte er, »Sie sind verrückt geworden.«

Ich fragte ihn, was sie erreicht hätten. Einen Dreck haben sie erreicht, sagte Johann. Daß sie morgen den Strom anschließen, sagte Mežnar. Morgen? Morgen, ja. Hier habe ich die Urkunde, sagte er und zog ein Stück Papier aus der Tasche. Der Minister hatte diktiert, Teršič geschrieben, ein Stempel ist drauf. Schau, schau, sagte Johann, tatsächlich ein Stempel. Und was steht drin?

»Das ist kein Spaß mehr, Burschen, das wird ein Greuel, wenn wir jetzt was anfangen. Dies ist eine Mitteilung für die Öffentlichkeit«, sagte er, »morgen früh werden sie sie über alle Radiosender verlesen. Dann, wenn sie mit uns schon aufgeräumt haben werden.«

Er las mit zitternder Stimme:

... in den Haftanstalten auf der Livada ... zu Unruhen größeren Ausmaßes, die sich zu einem Aufstand auswachsen. Identifiziert wurden zwischen zehn und fünfzehn Initiatoren, die sehr aggressiv sind und starken Einfluß auf die übrigen Häftlinge haben. Unter ihnen befinden sich auch Kriminelle, die zu langjährigen Haftstrafen verurteilt sind. Sie haben eine allgemeine Amnestie verlangt, aber selbstverständlich kann, da hier die Gesetzmäßigkeit bedroht ... diesen Häftlingen unmöglich entsprochen werden. Da die Sonderkommission nach Verhandlungen mit den Häftlingen kein Einvernehmen herstellen konnte, haben heute nacht starke Einheiten des Innenministeriums auf Beschluß der Regierung alle zulässigen Mittel zur Wiederherstellung der Ordnung eingesetzt ... Angehörige der Spezialeinheiten sind in die Objekte eingedrungen, haben die Ordnung wieder hergestellt und in den folgenden Stunden alle geflohenen Häftlinge gefangengenommen ... Aufgrund der Schwere der Straftaten sehen die Organisatoren des Aufstandes einer Anklage entgegen ...

»Verstehen Sie?« sagte Mrak völlig erschüttert, »es ist in der Vergangenheit geschrieben.«

»Das heißt«, sagte ich, »sie greifen in jedem Fall an.«

»Machen wir halt«, rief Mrak, »alle zulässigen Mittel, alle zulässigen Mittel, es ist vorbei.«

»Was hast du denn gedacht, Mensch«, sagte Johann, »daß sie unzulässige Mittel einsetzen?«

»Hubschrauber«, rief Mrak verzweifelt, »Feuerwehr, Mobilisierung von Reservisten, Panzerfahrzeuge, wir haben keine Chance.«

Keine andere, sagte ich, auf meine Art verzweifelt, außer der, daß wir es sind, die angreifen.

Ich nahm einen Lappen und begann meine Beretta, neun Millimeter, zu reinigen.

67

Und ich sah in dieser Nacht auch die jüdischen Aufständischen, ich sah Menahem, der wie ein richtiger König nach Jerusalem zurückkehrte, zum Führer aller aufständischen Juden wurde und die Belagerung des Palastes leitete. Obwohl sie das Zeughaus auf der Masada geplündert hatten, fehlte es ihnen an schwerem Gerät, und weil sie den Geschossen von der Mauer herunter ausgesetzt waren, konnten sie den Feind nicht besiegen; sie trieben deshalb in gewisser Entfernung einen Stollen gegen einen der Türme, dann legten sie Feuer unter den Stützbalken und zogen sich zurück. Als die Stützbalken vom Feuer verschlungen waren, stürzte der Turm, er gab aber nur eine neue Mauer frei, die man dahinter errichtet hatte; denn die Belagerten, gewarnt durch die Erschütterungen, hatten sich mit einer zweiten Mauer gewappnet. Dieser unerwartete Anblick nahm den Angreifern, die vom Triumph überzeugt gewesen waren, den Mut. Die römische Garnison sandte jetzt zu Menahem und den anderen Führern des Aufstandes Unterhändler, die um freien Abzug gegen Unterzeichnung eines Abkommens baten. Der wurde gewährt, aber nur den Soldaten des Königs und den Einheimischen, die daraufhin tatsächlich herauskamen. Die allein zurückgebliebenen Römer waren verzweifelt. Sie glaubten nicht, daß sie sich durch eine solche Menge durchschlagen könnten, und es wäre eine Schande gewesen, um Schonung zu betteln. Deshalb räumten sie ihr Lager, da es so nicht länger zu halten war, und zogen sich in die Königstürme zurück, die unter den Namen Hippikos, Phasael und Mariamme bekannt sind. Die Anhänger des Menahem drangen in die jetzt leicht einzunehmenden Stellungen ein, plünderten die Vorräte und setzten das Lager in Brand. Diese Ereignisse trugen sich zu am sechsten Tag des Monats Gorpiäus.

68

Draußen heulte die Polizeisirene, Blaulichter blinkten an allen Zugängen, Lautsprecher krächzten. In meinem Kopf begann das Klingen.

Auch wenn einer im Namen der Liebe tötet, sagte Leonca, und dem anderen den Hals durchschneidet, ist deshalb die Liebe schon schlecht?

Hör auf mit der Philosophie, ich werde dir nicht mehr zuhören.

Sie hatte Maschas Bild gefunden. Wer ist das? Eine Russin aus Odessa. Seit wann trägst du Bilder von Huren mit dir herum? Ich hau dir eine runter, wenn du nicht aufhörst, sagte ich. Du liebst sie, sagte sie, sie heißt Mascha. Du hast im Traum von ihr gesprochen.

Ich habe dieses rauschende Klingen, sagte ich, ich bring dich um, wenn du nicht aufhörst.

Wo läutet es bei dir, sagte Leonca.

Im Kopf.

In deinen Ohren läutet es, nicht im Kopf.

Ich weiß doch wohl besser, wo es bei mir läutet. Es klingt mir im Kopf. Es ist ein Klingen, kein Läuten. Das ist keine Glocke. Das ist etwas Metallenes.

Eine Glocke ist doch aus Metall.

Nein, das ist, als würden zwei Metalle aneinander reiben, als würden zwei rauhe Metalle aneinander scheuern, rostiges Eisen, verstehst du? Wie ein Messer an einem Aluminiumteller.

Vielleicht hast du zu hohen Blutdruck. Von hohem Blutdruck klingt es einem in den Ohren.

O Gott, o Gott. O Scheiße, o Scheiße. Ich habe keinen hohen Blutdruck. Es läutet mir nicht in den Ohren. Das ist ein Klingen, daß es mir den Kopf zerreißt. Ich weiß doch wohl selbst, was sich in meinem Kopf abspielt.

Ich hoffe, daß du es weißt, ja. Denn ich weiß es nicht, sagte sie. Raubt nicht die Post aus, sagte sie, denn sie werden euch kriegen.

Wie weißt du, daß wir über die Post herfallen wollen?

Gestern abend hast du es mir erzählt.

Ich war betrunken, ich habe nur phantasiert.

Du warst betrunken, aber phantasiert hast du nicht.

Lerne zu leben, sagte sie, lerne endlich einmal zu leben.

Ach, Odessa. Was für ein Friede, Schwarzmeerfriede, wo man dich nicht lehrt zu leben. Konserven werden geöffnet, in völliger Stille, die Kinder auf der Straße kreischen aus der Ferne, Morsesignale, Radioklänge wandern durchs Wasser, eine Schiffssirene heult sehr weit weg. Sie rufen die Seeleute zurück an Bord. Adieu, Odessa.

Draußen heulte die Sirene. Ich sah auf die Uhr. Noch fünf Minuten, die letzten fünf Minuten. In der Uhr ist eine Vorrichtung, die schwingt, der Uhrmacher spricht von Unruhe. Draußen heulte die Sirene, drinnen tickte die Unruhe, ich konnte sie hören, sie sehen, der Zeiger bewegte sich. Die Unruhe trieb ihn unbarmherzig zu der Linie, die fünfzehn nach neun anzeigte. Johann steckte die Benzinbombe in Brand, die Molotows flogen gegen Tür und Fenster der Verwaltung, der Angriff begann. Ein paar Mal schoß ich Richtung Fenster, ich sah, wie die Kugeln von der Mauer absprangen. Auch von oben knallte es jetzt.

69

Obwohl es nicht so lief, wie der Kriegsplan vorsah, nahmen wir die Verwaltung in einem einzigen Sturmlauf. Das war das Verdienst von Šipac, der genau das tat, was ich verboten hatte: Am Tor von Block A schnitt er den Wärter, der in die Luft schoß, gerade so an, daß der Unglückliche noch laufen konnte. Es war ein breitgebauter Bauernbursche, den sie an der Tür postiert hatten, kräftig, gesund, rot im Gesicht, unter seiner Haut floß gesundes Bauernblut. Während dieser Dorftrottel in die Luft schoß und aufpaßte, dabei niemand zu verletzen, hängte sich ihm Šipac an den Hals wie eine Katze, wie ein Luchs, und hieb kurz mit seiner Klinge auf ihn ein, als würde er mit seinen Zähnen zuschlagen wie eine Schlange. Das Blut spritzte ihm aus einer Ader am Hals, er brüllte wie ein tödlich verwundeter Ochse. Gott allein weiß, ob sie ihn je wieder zusammengeflickt haben. Denn später sahen wir, daß es überall, wo er herumgerannt war, blutig war wie im Schlachthaus. An der Stelle, wo er in Ohnmacht gefallen war, begann eine breite Blut- und Dreckspur, sie hatten ihn in die Verwaltung und in die Ambulanz gezogen, so wie man ein schweres angestochenes Stück Vieh zieht, einen abgestochenen Stier aus der Arena, nein, er hatte ja nicht gekämpft, wie einen Ochsen, der in der Wüste wankt, wenn ihm die Hyäne in den Nacken springt. Später sahen wir ihn in der Ambulanz, er saß in der Ecke auf dem Boden, verbunden und röchelnd, seine Augen waren voller Grauen. Dieses Ding, das sich ihm um den Hals gehängt, in sein Ohr geatmet und ihn furchtbar gebissen hatte, war etwas Übernatürliches gewesen, etwas aus schrecklichen bäuerlichen Schlachtträumen, was er nie wieder vergessen wird. Sein Brüllen, das durch die Gänge hallte, solange er noch laufen konnte, war es gewesen, das die ganze Aktion zum Stillstand gebracht hatte.

Die auf dem Hof hinter Šipac herliefen, hatten es mit der Angst gekriegt, die mit Benzinkanistern aus den Werkstätten kamen, blieben stehen, bis zum Draht, von wo der Lärm der Fahrzeuge zu hören war, bis hin zum Feld, wo jetzt der Hubschrauber aufstieg, überall stockte das Geschehen, ganz seltsam leise, fast still, denn das Geschrei des verwundeten Ochsen, das durch die Gänge hallte und durch die Fenster kam und sich zwischen den Mauern aller drei Blocks fing, ließ das Blut in den Adern aller Beteiligten an der letzten großen Schlacht in der Livada gefrieren. Angeblich ist Alois Mrak damals in seine Zelle gegangen, angeblich hat er sich von innen eingeschlossen und die Decke über den Kopf gezogen. Dort entdeckte man ihn am Morgen, damit er die Macht übernehme. Er konnte dieses schreckliche Geschrei nicht mit anhören in der Stille, die dem kurzen Schlachtenlärm gefolgt war, den hohlen Explosionen der Benzinkanister, den Rauchbomben, die am Haupttor zerplatzten.

Wir hatten die Verwaltung fast ohne Kampf besetzt. Den Wärtern, die gehört, aber auch gesehen hatten, was geschehen war, fuhr die Angst in die Glieder. Der abgestochene Mann lief zwischen ihnen durch, einige hatte er mit seinem hervorzischenden Blut bespritzt: dieser unheilschwangere Vorbote eines Schlächtermarsches lähmte sie vollständig. Sie hoben die Hände, jemand schwenkte eine weiße Fahne aus dem Fenster des Verwaltungsbüros, Teršič hatte sich in den Spind zwischen die Reinigungsmittel verkrochen.

Dieser Stille folgte der Lärm einer langen und wirren Schlacht auf dem ganzen riesigen Gelände. Gepanzerte Fahrzeuge hatten den Draht zerrissen und waren durch die Barrikaden gestoßen. Mitrović legte Feuer, Schüsse fielen, Molotows sausten durch die Luft. Feuerwehrsirenen heulten, auf den Hof kam eine Rauchbombe geflogen, über den Gebäuden flatterte der Hubschrauber. Aber die Verwaltung war besetzt. Es stimmt, daß die Sturmformationen in plötzlicher Panik zurück in die Blocks flüchteten und Mobiliar an die Türen schleppten, so daß die Nachzügler zwischen den Stühlen und Schränken hindurch ins Innere klettern mußten, einige wurden durch die Fenster und Gitter hineingezogen, aber wir waren in der Verwaltung. Es stimmt, daß von der geplanten Operation nichts übriggeblieben war, denn es war eine allgemeine und wirre Flucht. Es flüchteten die Wärter, es flüchteten die Aufständischen, niemand wußte mehr, vor wem er floh und wer wen jagte. Die einzige Wahrheit ist, daß wir alle flüchteten. Obwohl wir das Zentrum schon im ersten Anlauf erobert hatten, war es eine Nacht des totalen Chaos.

Ich wußte nicht, wo Johann war, was Alois machte, was mit den Wärtern und mit Teršič passiert war. Nach gut einer Stunde wirren Hinundherlaufens und Herumschreiens, voller Schüsse, Befehle, Sirenen, Hubschrauberlärm, war zu sehen, daß die Verwaltung noch immer in unserer Hand war, daß aber die Belagerer große Teile der Livada besetzt hatten. Ihre Rufe waren im Hof und von den Werkstätten zu hören. Nachdem der Hubschrauber abgedreht hatte, drang durch die Fenster beißender Rauch ins Innere, es war nichts mehr zu sehen, aber es war zu hören, daß sich die Lage allmählich beruhigte. Die Rufe der Angreifer entfernten sich, aber noch immer befanden sie sich im Inneren der Livada. Für einen Moment schien es, als wäre der Aufstand verloren. Wie verloren, ganz oder nur teilweise, wird erst morgen klar sein. Gegen Mitternacht beruhigte sich alles.

Zu dem Zeitpunkt war ich im Verwaltungsbüro, das sich in ziemlich verfallenem Zustand befand, voll herumliegender Papiere, weggeworfener Kippen auf dem Boden, dazwischen ein paar leere Patronenhülsen. Ich trat ans Fenster. Im Hof war niemand. Ich überlegte, ob sie vielleicht an den Wänden sind, vielleicht hinter den Holzstapeln, vielleicht haben sich die Spezialeinheiten versteckt und warten im Hinterhalt. Nichts war zu erkennen, selbst der Mond versteckte sich, alles lag im Dunkeln und in Erwartung des Morgens. Wir hockten da und warteten.

Beim ersten Dämmern begannen wir wie die Kakerlaken vorsichtig aus der Verwaltung und den drei Blocks zu kriechen. Es erwartete uns eine regungslose Stille, die wie ein Triumph klang. Langsam bewegten wir uns an den leeren Werkstätten und den geschwärzten Holzstapeln vorbei auf den Draht zu.

Dort war niemand, die Angreifer hatten sich an den Waldsaum, die Livadaner in die Blocks zurückgezogen, die Höfe waren leer, offensichtlich hatten wir vor der Flucht alles erobert. Die ganze Livada gehörte uns. Ich weiß nicht, was geschehen ist, niemand weiß es. Wahrscheinlich hatten sie Angst vor den Opfern gekriegt. Wahrscheinlich hatte dieses schreckliche Ochsengeheule und -geschluchze zu Anfang allen die Angst in die Knochen gejagt, buchstäblich allen. Am Morgen war es endgültig klar, wir hatten gesiegt.

70

Dann meldete sich der Lautsprecher von der Pförtnerloge. Nunft, nunft. Jemand forderte wieder auf zur Vernunft. Es kam mir so vor, als hörte ich den Alten. Der Alte würde aber nicht zur Vernunft auffordern. Er würde am liebsten die Arme verschränken und zulassen, daß sich die kontrollierte Aggression ereignet. Aber hier war nichts mehr unter seiner Kontrolle, schon lange nicht. Seine Kontrolle war vollständig verlorengegangen. Hier gab es geschwärzte Balken, brennende Öllachen auf dem Hof, seine Livada, sein kleiner Staat, war vernichtet, seine Untertanen hatten jetzt die Herrschaft übernommen, auf den Brandplätzen, in den zerschlagenen Gebäuden, inmitten des Zusammenbruchs und der Anarchie.

Im nächtlichen Chaos war ein Wunder geschehen. Die Angreifer hatten sich zurückgezogen, sogar ziemlich weit hinter den Draht, die Livada war zur Gänze befreit, allerdings war sie strenger belagert als je zuvor. Draußen standen einige schwarze Autos, um die herum zahlreiche krawattengeschmückte Leute postiert waren. Das bedeutete, daß die Livada kein isoliertes Problem mehr war, und es wurden auch keine vorfabrizierten Meldungen mehr über die Radioprogramme gesendet. Der Aufstand war nicht mit allen zulässigen Mitteln erstickt, die Angehörigen der Spezialeinheiten hatten nicht die entflohenen Häftlinge eingefangen, und die Organisatoren des Aufstandes waren noch immer nicht für ihre schweren Straftaten angeklagt.

Ich stieg ins Dachgeschoß hinauf und kletterte aufs Dach. Der Blick war überwältigend. Über die Höfe und bis zum Draht zogen sich die Därme der Feuerwehrschläuche, in der Ferne war die Livada im weiten Umkreis von Autos und einer Menge Leute umgeben, die ohne erkennbare Ordnung zwischen den Fahrzeugen herumlungerten und einander irgendwelche Befehle gaben.

Drinnen gaben jetzt endgültig die grauen Uniformen der Häftlinge den Ton an. Wir hatten uns in der Nacht nicht getäuscht: Die Belagerer waren schon in den Hofkreis eingedrungen, sie waren hier gewesen, unter uns, denn im Hofkreis und am Haupttor standen zerstörte Fahrzeuge, die Feuerwehrleute hatten ihre Schläuche zurückgelassen. Und dazwischen bewegten die von ihrem Sieg völlig verwirrten Belagerten. Bleiche Bösewichte irrten wie verlorene Schatten über den Schauplatz. Getrieben von der Unruhe einer neuen beklemmenden Erwartung umrundeten sie die Brandstellen und die zerschlagenen Autos und traten nach ihnen.

Unter mir, im Verwaltungstrakt zerlegten die Unternehmungslustigeren das Magazin. Aus dem Fenster eines Büros rauchte es, dort verbrannten sie irgendwelche Papiere und warfen sie ins Freie.

Am Tor kreischte noch immer der Lautsprecher des Polizeiwagens und forderte auf zur nunft, nunft. Ich sah, daß sich eine Gruppe Grauer vor ihm sammelte.

Als ich mich herangedrängelt hatte, sah ich, daß Johann im Auto saß. Neben sich hatte er einen Kurzgeschorenen, Pitbull. Er preßte ihm den Pistolenlauf in den Mund. Statt

Grauen sah man nur noch das Weiß seiner Augen, sie waren irgendwie blutig. Was tust du, Johann, was tust du?

»Ich kontrolliere seine Plomben«, sagte er mit goldgefülltem Lächeln. »Er braucht dringend einen Zahnarzt.«

Jedesmal wenn er den Lauf aus seinem Mund zog, mußte der Inspektor durch den Lautsprecher röcheln und die Belagerer draußen auffordern zur Vernunft, nunft, nunft. Johanns goldenes Gebiß glänzte vor ungetrübter Zufriedenheit.

Schließlich wurde er der Sache überdrüssig. Er ließ ihn laufen. Er solle sich nie wieder sehen lassen auf dem freien Gebiet. Er solle allen da draußen erzählen, wie hier Johann die Zähne repariert. Er stieß ihn aus dem Auto, Pitbull entfernte sich mit eiligen Schritten, er dreht sich um und sah zurück, Johann schoß in die Luft, der andere stolperte, er konnte es nicht glauben, daß er mit heiler Haut davongekommen war. Weit weg vom Eingang, wohin die Einheiten der Belagerer jetzt zurückgenommen worden waren, stopften sie ihn in ein Auto, das mit tönender Sirene rasch davonfuhr.

Und das war auch die letzte anarchische Handlung nach der letzten anarchischen Nacht in der Republik Livada. Von nun an liefen die Dinge anders. In geordneten Bahnen, in völlig geordneten Bahnen. Dafür wird Mrak sorgen. Und sein Kommandant Mežnar.

71

Obwohl wir auch nach der siegreichen Schlacht, genau wie zu Beginn des Aufstandes, Mrak suchen mußten. Einige sagen, er habe diese Nacht bis über den Kopf zugedeckt in seiner Zelle verbracht. Andere sagen, er sei schon draußen gewesen, auf der Flucht, jenseits des Drahtes, sei aber aus Angst zurückgekommen, daß ihn auf der Lichtung eine verirrte Kugel finden könnte. Die Offiziellen, das heißt Mraks Chronisten, hatten die einzig mögliche Version: Er leitete den Angriff und die Verteidigung, beides zugleich, man hat ihn während der Kämpfe am Draht gesehen, auf dem Hof, wo er einen Angriff gegen ein Polizeiauto befehligte, den Feuerwehrleuten half er beim Löschen der brennenden Werkstätten, er sorgte für die Verwundeten. Bald gab es nicht mehr viele, die dieser Geschichte widersprachen.

Wie auch immer, am Morgen erschien er im Verwaltungsbüro in Gesellschaft des frisch rasierten und geschorenen Mežnar, der während des Angriffs ebenso nirgends zu sehen gewesen war. Von ihm wurde erzählt, er habe mit seiner Truppe während des Angriffs das Magazin ausgeräumt.

Er verkündete den Sieg, die vollständige Befreiung der Livada und die Einführung unserer Souveränität auf dem gesamten Gelände. Er berief ein Versammlung auf dem Hof ein, er teilte mit, daß er die Verwaltung übernehme, das Präsidium werde im Verwaltungsbüro sein. Mežnar war schon Polizeikommandant. Mit den Händen auf dem Rücken stand er neben dem Präsidenten, gegürtet mit einem Revolver. Seine Ordnungshüter standen breitbeinig zum Appell. Sie trugen rote Armbinden, und mit den Stöcken und Gummiknüppeln in ihren Händen klopften sie sich gegen die Beine.

Alle waren wir im Hofkreis versammelt, nur ein Kopf war oben am Fenster im dritten Stock der Verwaltung. Er blinzelte in den Morgen und rauchte ruhig seine Zigarette, Brivec.

72

Die Nacht des Sieges, genauer, den letzten Teil dieser Nacht, hatte ich mit Brivec verbracht. Mit dem, der schmutzige Haare auf schmutzigen Köpfen schnitt, am liebsten bis auf die Haut, bis zur Glatze. Mit dem, durch dessen Hände jeder ging, gleich bei der Ankunft. Mit dem, der schwieg, der rauchte, auch wenn er die Haare schnitt, und der auf keine Frage eine Antwort gab. Deshalb hieß er auch der Kalte, denn er war kalt wie eine Schlange. An ihm war kein Schlangenname hängengeblieben, Otter oder Viper, nur der Kalte. Die Neuen standen steif vor ihm, wie Hasen vor einer großen Boa.

Er kam gegen eins, zu dem Zeitpunkt hatte sich alles schon ein wenig beruhigt. Auf einmal erschien er in der Tür im Verwaltungsbüro. Ich gebe zu, daß ich vor ihm erschrak. Er war nicht so kalt wie sonst, der Lärm der großen Schlacht hatte ihn ein wenig lockerer gemacht. Auch redselig war er geworden.

»Sie bombardieren«, sagte er, »gib mir eine Zigarette.«

Wir zündeten uns eine an.

»Bevor sie das Gas hier reinwerfen«, sagte ich, »rauchen wir noch eine.«

Er gab keine Antwort, warf sich über den Sessel, steckte eine Hand unter den Kopf, rauchte und sah zum Fenster hinüber. Der Kalte stammte aus Bosnien, in der Jugend hatte er in den Wäldern gelebt, er muß einmal ein Wolf gewesen sein. Er war in reinen und kalten Flüssen geschwommen, deshalb war er auch ein Fisch, gefährlich kalt. Im allgemeinen ging man ihm aus dem Weg, aber auch er war lieber allein, sich selbst war er der liebste Gesprächspartner. Er rauchte, machte seine Runden im Hofkreis, erzählte sich selbst etwas und wartete, um den nächsten Richter umzubringen. Vor ihm gab es kein Entkommen. Sein letztes Opfer war die Richterin gewesen. Nach der Pensionierung war sie umgezogen, weil ihr der Kalte aus dem Gefängnis einen Brief mit dem Todesurteil gesandt hatte. Aber der Kalte hatte sie gefunden, während der Flucht hat er sie ausfindig gemacht. Wir rauchten unsere letzten beiden Zigaretten vor den Gasbomben, die jeden Augenblick durch die Tür fliegen mußten. Irgendwo vom Draht hallte Geschrei wider, als würden sie jemand jagen, genaugenommen mußten sie ihn schon gefaßt haben, sie nahmen ihn ordentlich in die Mangel. Jemand bezog Prügel. Damals wußten wir nicht, woran wir waren. Wir warteten, daß sie durch die Tür stürmte.

»Du hast ganz graue Haare«, sagte ich, »wie alt bist du?«

»Warum ist das wichtig?«

»Wenn wir hier draufgehen, daß ich wenigstens weiß, wie alt du warst. Angeblich bist du schon das ganze Leben im Bau.«

»Fünfzig«, sagte er.

Brivec war ungefähr fünfzig Jahre alt, seine langen Haare waren vollkommen grau. Im Gefängnis hatte er an die dreißig Jahre verbracht.

»Im Bau bin ich dreißig Jahre, vier Monate und sieben Tage«, sagte er. Ich weiß nicht, ob das wegen der Zigaretten oder vielleicht wegen der letzten Stunde war, die sich der Livada näherte, auf einmal begann er zu reden wie im Beichtstuhl.

»Diese Alte habe ich nicht vergewaltigt«, sagte er.

»Welche?«

»Die Richterin. Ich wurde auch wegen Vergewaltigung verurteilt. Aber das ist Lüge. Ich habe ihr geschrieben, daß ich sie umbringen werde, ich bin ihr gefolgt, als sie umzog, ich habe sie umgebracht, aber vergewaltigt habe ich sie nicht. Ich habe niemand vergewaltigt.«

Er sah mich mit zutraulichen kalten Augen an.

»Sag, ob das kein Unrecht ist.«

»Ist es.«

»Das hat sich der Untersuchende ausgedacht, er heißt Stifter. Ich werde ihn umbringen.«

Er blies gegen die Decke. Das Unrecht war groß, acht Monate hatte er noch, wenn er rauskommt, wird er ihn umbringen. Als es begann, hatte er versucht zu fliehen, um die Sache zu verkürzen. Er kam zurück. Trotzdem, noch kein Richter war ihm entkommen, auch Stifter wird es nicht.

»Warum hast du den ersten umgebracht, Kalter?«

»Wegen meines Großvaters. Er hat Großvater beschuldigt, er hätte Vidaković umgebracht. Hat er aber nicht. Vidaković hatte einen Hirschen angeschossen, so daß sich das Blut auf dem Weg hinterm Haus entlangzog, er hat die Hunde auf den Hirschen gehetzt«, sagte er.

Sie haben ihn zerrissen, den schönen und stolzen Hirschen. Vidakovićs Hunde hatten blutige Schnauzen. Großvater war Jagdhüter, er hat diesen Hirschen geliebt, oft hat er ihn mit dem Feldstecher beobachtet. Was für ein Tier, sagte Großvater, was für ein schönes Tier war dieser Hirsch. Aus allzu großer Trauer hat Großvater den Vidaković angeschossen. Damit er weiß, wie dem Hirschen zu Mute war. Großvater liebte den Wald und die Tiere, diesen Hirschen hatte er gern gehabt. Und der Kalte hatte Großvater gern, der seit seinem sechsten Lebensjahr für ihn sorgte. Bei ihm lebte er, seine Mutter war in Kanada. Was mit dem Vater war, habe ich nicht gefragt. Vielleicht hat er es auch erzählt, ich erinnere mich nicht. Vidaković hatte also den Hirschen angeschossen und die Hunde auf ihn gehetzt. Großvater folgte Vidaković durch den Wald und schoß ihn an. Er hat ihn nicht umgebracht, er hat ihn angeschossen, Vidaković ist erst nach ein paar Monaten gestorben. Aber der Richter verurteilte ihn zu zehn Jahren, den Großvater. Der Kalte besuchte seinen Großvater im Gefängnis. Der alte Mann war in Lumpen und hatte so traurige Augen, wie sie dieser sterbende Hirsch gehabt hatte. Nirgends kann man hinsehen, sagte Großvater, es gibt keinen Wald, ich werde hier einfach sterben. Wenn er vorher nur noch diesen Richter in die Hände kriegt.

Der Kalte ging vom Besuch im Gefängnis direkt zum Richter, zu ihm nach Haus. Er klingelte an der Tür und sagte, er ist ein Schwein, weil er Großvater zu Unrecht verurteilt hat, denn Großvater hat Vidaković, der damals noch am Leben war, zu Recht angeschossen. Dort an der Tür hat er zu ihm gesagt, daß er ein Schwein ist, daß er ihn anschießen wird, wie Großvater den Vidaković und vorher Vidaković den Hirschen. Der Richter sagte zum Kalten, der damals noch nicht der Kalte war, sondern Ivica, er ist ein minderjähriger Halunke, daß er ihm mit Mord droht. Aber Ivica hatte ihm nicht mit Mord gedroht. Er hat nur gesagt, daß er ein Schwein ist, was er in Wahrheit auch war. Der Richter hatte einen Zeugen, seine Frau, die auch an der Tür stand und von Ivica zurückgestoßen wurde, als sie auf ihn einschrie. Und der verurteilte ihn nach ein paar Wochen zu sechs Monaten Jugendgefängnis. Damit er einen kalten Kopf kriegt, hat er gesagt. Aber Ivica hatte damals schon einen kalten Kopf, als er noch nicht der Kalte war. Als er rauskam, verfolgte er den Richter kaltblütig, wie Vidaković den Hirschen und Großvater Vidaković. Er wartete, daß der Richter auf die Jagd ging. Ivica war unter den Treibern, sie trieben Wildschweine, Ivica stellte sich hinter einen Baum, hinter den Richter. Die Jäger und Treiber trieben die Wildschweine, die Hunde bellten, der Richter hob das Gewehr, um ein Schwein abzuschießen. Jetzt wurde aus Ivica wirklich der Kalte. Er kam ganz nah hinter seinen Rücken, und bevor der Richter das Schwein abschießen konnte, hatte Ivica ihn erschossen. In den Kopf. Er hat ihn nicht angeschossen, wie Vidaković den Hirschen und wie Großvater Vidaković. Er hat ihn mit einer Ladung Schrot aus nächster Nähe von hinten in den Kopf und in den Nacken geschossen, weil er ein Schwein war.

Das war der erste. Ivica war kaum sechzehn und kriegte nur viereinhalb Jahre. Jetzt verurteilte ihn ein anderer Richter aus einem anderen Ort, denn die Drohung des Kalten, er werde auch den nächsten Richter erschießen, sollte der ihn verurteilen, nahm man sehr ernst. Er werde ihn erschießen, teilte er bei der Urteilsverkündung mit, wegen des Großvaters und dem Hirschen und jetzt auch seinetwegen. Als er rauskam, gab es niemand mehr, durch Großvaters Waldhütte liefen die Ratten. Großvater war im Gefängnis gestorben, bevor Ivica ihn noch ein letztes Mal hatte sehen können. Also verlegte er sich aufs Stehlen, um zu überleben. Er stahl und brach in Jagdhütten ein. Dann lauerte er lange auch dem letzten Richter auf und erschoß ihn. Der saß gerade beim Abendessen, und der Kalte knallte ihn ab mit einer Kugel durch die geschlossene Scheibe. Er bekam zwanzig Jahre. Es verurteilte ihn eine geschminkte Lady, der er aus dem Zuchthaus Lepoglava einen Brief schrieb. Als sie pensioniert wurde, zog sie weg.

»Ich habe ihr Gold eingesteckt«, sagte der Kalte, »aber vergewaltigt habe ich sie nicht. Ich habe mich der Polizei gestellt, aber Stifter hat mir noch Vergewaltigung angehängt.«

»Ist das nicht egal, Kalter? Du bist doch immer im Gefängnis.«

»Das ist nicht egal. Daran gewöhnt man sich nicht. Du mußt nur verstehen, dich der Gewalt zu unterwerfen, nur das. Das ist nicht leicht, aber wenn du dich daran gewöhnst, dann geht es. Bei mir geht es. Ich warte. Auf Stifter. Euer ganzer Aufstand kümmert mich wenig. Ich warte auf den Richter.«

Das Leben war so oder so zum Teufel, seit Vidaković diesen schönen Hirschen angeschossen hatte. Und noch die Hunde auf ihn gehetzt. Vielleicht sind wir für eine Stunde eingeschlafen. Ich erinnere mich, daß es beklemmend war, irgendwie hatte ich Angst, neben diesem Menschen einzuschlafen. Als ich die Augen öffnete, war er wach und sah mich an. Eine brennende Zigarette hatte er in seiner gefährlichen Barbierhand. Du zuckst, sagte er, du bewegst dich und sprichst im Schlaf.

Trotzdem schlief ich noch einmal ein. Bei wem ich letztlich schon überall geschlafen habe. Auch unter Toten, wie die Legende besagt, die man sich auf der Livada ehrfurchtsvoll erzählt.

73

Sofort nach dem Sieg und der Morgenversammlung begann die Herrschaft und zugleich die Tyrannei der siegreichen Republik. Mrak bezog die Verwaltungsräume und übernahm die Macht. Mit Dekreten begann er zu organisieren, was er schon angekündigt hatte: die Macht, die Polizei, das Gefängnis.

Beim Eingang in die Verwaltung hielt mich ein Typ mit einem Band um den Ärmel an.

»Was ist das«, fragte ich, »Rotes Kreuz?«

»Ordnungsdienst«, gab er zur Antwort.

»Verschwinde«, sagte ich.

Er schlug seine graue Bluse zurück. Der Mann hatte im Gürtel ein Küchenmesser stecken. Wenn du keinen Passierschein hast, darfst du nicht zum Präsidenten. Was für einen scheiß Passierschein? Wo kriegt man den denn? Beim Befehlshaber des Ordnungsdienstes. Und wer ist der Befehlshaber? Kommandant Mežnar. Noch immer konnte ich es nicht glauben. Ich glaubte es zwar, aber ich konnte nicht begreifen, daß der Pöbel auch mich aufhalten wird, diese Bagage, Verpiß-dich-Mežnar ist der Kommandant von Abschaum. In dieser Nacht, als ich mir die Geschichte des Richtermörders anhörte, hatte er sich endgültig mit Mežnar verbrüdert. Seine Männer, die an keiner Schlacht teilgenommen hatten, die mit den Köpfen zwischen den Schultern im Kreis gelaufen waren, die sich in ihrem Teil von Block B verbarrikadiert hatten, diese kleinen Schleimscheißer von Taschendieben, diese kleinen Bahnhofsgauner spielten sich hier als Polizisten auf. Credere, obedire. Die werden klauen, was sich nur klauen läßt, plündern, und auch vergewaltigen. Wollen, haben, kriegen. Schon wollte ich ihm die Pistole zwischen die Augen setzen und ihn mit seinem Messer zum Brotschneiden über den Hof jagen. Im letzten Moment überlegte ich es mir. Ich bin im Komitee, sagte ich. Alois ist mein Freund. Irgendwie wurde er unsicher.

»Ich kenne dich ja, Keber«, sagte er, »aber Mežnar hat befohlen, keinen in die Verwaltung zu lassen.«

»Na«, sagte ich, »wirst du dich endlich verziehen?«

Zögernd verzog er sich. Auf den Gängen und vor Mraks Tür wurde ich wieder angehalten. Zorn, böses Lachen in mir. Es war schwerer, zu ihm zu kommen als einst zum Direktor, zum Alten. Als ich die Tür zum Verwaltungsbüro aufstieß, saß Mrak dort hinter dem Schreibtisch. Am Fenster stand einer von Mežnars Typen mit einem kurzen Gewehr in den Händen. Alois Mrak telefonierte, das heißt, daß sie das Kabel repariert hatten, auf dem Tisch vor ihm lag ein Haufen Papiere, Reste von Salami und Eiern, um den Mund war er gelb.

»Was soll das, Alois«, rief ich, »was soll das Ganze?«

Er legte den Hörer ab.

»Disziplin. Pflichten. Saubere Gänge. Stille. Wir haben gesiegt, jetzt muß eine Ordnung eingeführt werden. Es braucht nicht mehr verrückt gespielt zu werden«, sagte er. »Keber«, sagte er fistelnd, »Sie können wieder lesen, über den jüdischen Krieg und alles andere. Auch ich werde lesen, ich werde mich in die Bücherei zurückziehen. Das Gefängnis ist dazu, daß man viel liest.«

Seine Augen hatten einen seltsamen Glanz.

»Und deshalb ist es notwendig, Stille einzuführen. Hier drinnen wird geflüstert und auf Zehenspitzen gegangen werden«, sagte er leise. »Die letzten Tage hat es zuviel Lärm gegeben. Sie wissen ja, daß ich keinen Lärm vertrage.«

Er trat ans Fenster und kreuzte die Hände über dem Hintern wie einst der Alte. Alle kannten wir diese Geste.

»Sie haben sich auf einen Kilometer vom Draht zurückgezogen«, sagte er. »Ihre Forderung war, daß wir hier drinnen selbst Ordnung einführen. Also haben wir sie eingeführt.«

»Mit Mežnar? Wo war er denn, als wir gekämpft haben?«

»Er war bereit, den Ordnungsdienst zu übernehmen. Die Leute dazu hat er«, sagte er durch das offene Fenster. Er drehte sich um und schob den Teller mit den Salamiresten vor mich hin.

»Essen Sie, Keber«, sagte er, »jetzt haben wir Vorräte.«

»Woher?«

»Im Verwaltungsgebäude war noch ein verstecktes Lager für böse Zeiten«, sagte er.

»Dann verteilen Sie das Essen«, sagte ich, »draußen herrscht Hunger.«

»Langsam«, lachte er mit seinen hellen Augen, »zuerst der Ordnungsdienst und die Verwaltung.«

»Welche Verwaltung?« sagte ich laut. »Es gibt keine Verwaltung mehr, wir haben sie verjagt.«

»Und was bin dann ich?«

Ich weiß nicht, ob er schielte oder ob er eine besondere Dioptrie in seiner vernebelten Brille hatte, mir schien, als wäre sein Blick auf einmal ganz anders, drohend, bereit zu allem.

»Wir haben einen Ausschuß«, sagte ich.

»Ich will es so sagen, daß Sie es verstehen: Wo ist dein beschissener Ausschuß? Na, wo ist er? Es gibt keinen Ausschuß, es gibt keine Ausschreitungen, es gibt keinen Lärm, es gibt nichts.«

Ich fegte die Salami vom Tisch. Mežnars Kretin am Fenster repetierte das Gewehr.

»Hau ab«, kreischte er mit seiner blöden Stimme. »Ich schieße.«

Ich trat einen Schritt zurück, der Kretin wäre wirklich imstande gewesen zu schießen. Mrak sah traurig auf die Essensreste auf dem Boden. Er vertrug keine Schweinerei.

»Der Ausschuß ist unwiderruflich aufgelöst«, sagte er. »Das führte nirgendwohin mehr. Diese Halbanalphabeten, diese rohen und ungebildeten Menschen.«

Ich setzte mich auf einen Stuhl. Ich konnte es nicht glauben.

»Der Ausschuß ist aufgelöst?«

»Ja«, sagte er. »Ich erlasse die Verordnungen, ich führe die Verhandlungen.«

Es ging mir nicht in den Kopf.

»Ich verlange die Übertragung«, sagte ich. »Ich gehe und schließe mich ein und lese, aber vorher gibt es noch die Übertragung.«

»Auf die Übertragung haben wir verzichtet«, sagte er. »Die Selbstverwaltung haben wir bekommen. Das ist das Wichtigste.«

»Selbstverwaltung?«

»Ja, die Selbstverwaltung. Sie haben es uns überlassen, uns selbst zu organisieren, also haben wir es getan.«

»Ich verlange die Übertragung des Basketballspiels«, sagte ich so ruhig, wie es vor dem Gewehrlauf möglich war. Der Kretin zielte mit dem Gewehr direkt auf meinen Kopf.

»Fordern Sie ruhig«, sagte Mrak und beugte sich über den Tisch. Seine Mischung aus respektvoller Arroganz und freundlicher Obszönität wurde zu etwas Ungeheurem, Wunderlichem, etwas, wovor man Angst haben mußte, etwas, womit er die Massen schon früher zu beruhigen verstanden hatte, etwas, das ich bis zu diesem Augenblick nicht klar gesehen hatte. Jetzt sah ich es, jetzt war es zu spät.

»Seien Sie vernünftig, Keber«, sagte er noch leiser und noch freundlicher. »Jetzt diktieren wir die Dinge. Wir werden eine Amnestie aushandeln.«

Während des Gesprächs steckte ein Blondling seinen Kopf durch die Tür, der eine bekannte Gefängnishure war. Die gesuchteste. Mrak winkte nervös mit der Hand ab, und der Kopf verschwand. Einige Zeit schwieg er noch.

»Natürlich nicht für alle«, fügte er hinzu. »Amnestie gibt es nur für jene, die mitarbeiten.«

»Was für ein Spiel ist das, Alois«, sagte ich und stand auf. »Angefangen hat es wegen der Übertragung.«

»Und enden wird es mit einer teilweisen Amnestie«, sagte er. »Wenn Sie vernünftig sind und wenn Sie die Nerven haben, sind Sie dabei. Wir werden jedenfalls vernünftig sein und die Nerven haben.«

Der Kretin mit dem Gewehr lachte. Mrak begann wieder zu flüstern:

»Andernfalls kann ich Sie festnehmen lassen«, sagte er. »In Block A haben wir Gefängnisse eingerichtet. Die Einzelzellen im Keller richten wir auch her.«

Bekümmert sah er auf den Teller und die Salamistückchen auf dem Boden und schüttelte den Kopf.

»Ist es nicht schade, Keber«, sagte er, »daß Sie das Essen auf den Boden werfen. Bei diesem Mangel.«

74

Aus Mraks Büro ging ich heraus wie ein abgewiesener Bettler. Zwischen den Ordnern mit Armbinden, die sich über die ganze Livada verteilt hatten, kroch ich zurück in meine türlose Zelle. Ich warf mich aufs Bett und starrte in die Luft und versuchte zu verstehen, was hier vorging. Ich bemerkte, daß die Zellentür noch immer in den Angeln hing. Ich konnte mich nicht an die offene Tür gewöhnen. Als ich das erste Mal im Gefängnis schlief, war ich sieben. Damals standen die Türen aller Zellen offen. Das war im Jahre fünfundvierzig. Jetzt ist es viele Jahre später, wieder bin ich in einem befreiten, freien Gefängnis, und dazwischen die Last der Jahre. Vieler Jahre wessen? Des Bösen, mein Lieber, nur des Bösen. Meine Schwester ist in Frankreich, weil sie nicht hören will, wenn ich ihr das erzähle. Aber ich glaube nicht, daß daran der Hochofen schuld ist und daß dieses Übernachten im Gefängnis irgend etwas bedeutet. Auch die geschwärzten Ruinen des bombardierten Deutschlands bedeuten nichts, dieselbe Sache wie die ersten Kriege, der jüdische Krieg, zwei Menschen gibt es, zwei Brüder, und einer erschlägt den anderen, Kain und Abel. So stellt sich die Sache dar aus einer Gefängniszelle. Das alles, die jüdischen Kriege, all die anderen Kriege, der Verrat im Tempel, Leoncas Verrat, Menahems und Mraks Tyrannei, das ist einfach alles ein und dasselbe. Vom Anbeginn der Welt, als Menahem die Masada besetzt, als Herodes träumt, ihm würden die Augen ausgehackt. Die Welt ist verrückt vom Anbeginn an.

Das Augenaushacken ist das rauschende Klingen im Kopf, was denn sonst. Ich habe einmal geträumt, daß sie am stillsten Ort der Welt die schrecklichsten Metallklänge hervorbringen, das war ein Traum, der eine Prophezeiung war. Wie Herodes' Traum im jüdischen Krieg. Er blieb ohne Herodiade, ich bin ohne Leonca geblieben, in der Livada brach ein Aufstand aus, geblieben ist das Übel von Mraks Herrschaft. Eine Herrschaft der schrecklichsten, erbarmungslosesten kleinen Gauner. Kleine Gauner werden große Schweine, wenn sie an die Macht kommen. Das Böse ist ein Krankheit, das Böse ist ein ständiger Gast im menschlichen Herzen, da gibt es keine Rettung. Auch Mrak wird es treffen, wie es mich getroffen hat, wie es mich noch treffen wird, wie es Leonca und wie es meine Mutter getroffen hat, die nie wieder spanischen Flieder in Lothringen gesehen hat, dafür das Innere der Gefängnisse in der befreiten Heimat. Und mein Vater hat jede Nacht mit den Zähnen im Schlaf geknirscht, weil er es sich nicht vergeben konnte, daß er seine Familie ins Gefängnis geführt hatte, und nicht zum Hochofen. Und weil er Mutter nicht vergeben konnte, daß sie ihm die ganze Zeit über den schweigenden Vorwurf machte. Daran ist er so schnell gestorben, an diesem Irrtum, der von irgendeinem Bösen verursacht worden war, das auch durch Lothringen zieht und überallhin, wo es nur will. Einer konnte dem anderen nicht vergeben, und so gingen sie lieber so schnell wie möglich von der Welt. Ich weiß nicht, wer gegen all das helfen kann. Ich hätte es gern, wenn einer von Leoncas Gekreuzigten mir zu Hilfe käme, aber kein einziger hat die Macht. Ich weiß, wo dieser Kruzifixus ist, ich habe gewußt, daß er dort ist: in Rußland, das heißt in der Ukraine, das heißt am Schwarzen Meer, in Odessa ist er zu Hause in einer Küche, wo zwei Frauen für einen vereinsamten und getretenen Keber sorgen, der sich sein ganzes Leben, vom siebenten Jahr an, sein ganzes Leben auf Schiffen und an irgendwelchen Orten herumschleppt, er kann nicht einmal sagen, an fremden Orten, weil er nicht weiß, was das ist, Heimat, sich durch Orte und Schiffe und Gefängnisse schleppt, weil es das Böse ist, weil das Böse ist.

75

Ein Traum, Leonca. Was siehst du dort, sagte ich, was steht an der Wand? Nichts steht an der Wand, sagte sie. Doch, doch, sagte ich. Mene tekel upharsin. Siehst du es nicht? Leonca, sieh gut hin, die Prophezeiung steht an der Wand.

Du bist doch nicht etwa betrunken, sagte sie. Ich bin nicht betrunken, sagte ich, ich verstehe nur nicht, warum du mich nicht liebst? Was redest du da, sagte sie. Nichts rede ich, sagte ich, warum machst du keine Konserve auf. Was für eine Konserve? Warum bist du nicht gut zu mir wie Katharina. Wer ist Katharina? Katharina die Große und ihre Tochter Mascha sind zwei Frauen aus Odessa, sie sind arm und gut. Sie blätterte in ihrem Heft. Ich nahm ihr das Heft aus der Hand, ich stieß sie an die Wand mit dieser Aufschrift. Liebe mich, sagte ich, sei gut zu mir. Stoß mich nicht, sagte sie. Rauscht es dir wieder in den Ohren? sagte sie. Das hätte sie nicht sagen dürfen, ich klatschte ihr eine mit dem Handrücken, gar nicht so stark, nur ihr Kopf ruckte ein wenig zur Seite. Du wirst mich nicht schlagen, sagte sie, gib mir das Heft zurück. Jeden Blödsinn von jedem Besoffenen schreibst du dir auf, sagte ich, aber du siehst nicht, was an der Wand steht. Auf einmal hatte sie blondes Haar, auf einmal war sie diese Knäbin aus der Pförtnerloge. Wo bleibt denn die Herzenskultur, fragte ich, wo bleibt sie denn? Ich packte sie an den Haaren und drückte ihren Kopf zur Wand, siehst du jetzt, was an der Wand steht? Du bist verrückt, sagte sie. Laß mich los, sagte sie, verschwinde, sagte sie, und komm nie wieder. Ich stieß sie zur Wand, ich stieß sie aufs Bett. Ihre Haare waren nicht mehr auf Scheitel gekämmt, sie fielen ihr über die Augen, aufgescheucht sah sie durch die hellen Strähnen hindurch. Nicht mehr tief, nicht mehr verständnisvoll. Ihre Bluse war hinauf gerutscht, ich sah die weiße Haut. Wo sind die humanen Beziehungen, sagte ich, ich will humane Beziehungen. Zieh dich aus, sagte ich. Nein, sagte sie. Gib mir das Heft zurück, sagte sie. Ich riß ein Blatt aus dem Heft. Auf Vertrauen gründet die Welt, sagte ich. Ich stieß sie gegen die Wand, sie schlug mit dem Kopf an, und auf der Wand blieb ein roter Fleck zurück. Was machst du da? sagte sie, warum machst du das? Einer von den Gekreuzigten fiel von der Wand, richtig langsam fiel er, seine angenagelten Arme brachen ab, als er auf den Boden fiel. Er hatte das Gesicht der pensionierten Richterin. Warum versteckst du dich, alte Richtervettel, sagte ich, warum lügst du, daß ich dich vergewaltigt habe? Wessen Gesichter hast du, Leonca, sagte ich, wo sind jetzt deine Gekreuzigten? Daß sie dir dein lebendiges Gesicht zurückgeben.

Dann war ich beim Friseur irgendwo in Dalmatien, er rasierte mich, und ich sah im Spiegel das Rasiermesser, das mir die Haut am Hals schabte. Hinter mir warteten Leute, sie sahen auf die Straße, sie sprachen über Fußball. Dann sah ich, deutlich und mit immer größerem Grauen erkannte ich, was ich schon gesehen hatte, was aber nicht in das verwirrte Gehirn hineinwollte, ich sah und begriff es endlich auch, daß der Mensch mit dem Rasiermesser in den Händen vertraute Züge trug, die Züge des kalten Menschen, der Ivica heißt, und Ivica hatte ein Rasiermesser in den Händen, und das Rasiermesser war an meinem Hals. Hinten, auf den Wartestühlen hinter meinem Rücken saßen dieselben Leute wie vorher, nur daß sie alle tiefe Wunden am Hals hatten, Blut rann ihnen aus den Ohren. Wo bin ich, rief ich, was für eine Folterkammer ist das hier? Eine Frisierstube, sagte der Kalte beziehungsweise Ivica, eine Frisierkammer, keine Folterkammer. Wenn ich aber doch sehe, wollte ich sagen, sehe, was ihr hier mit den Menschen macht, aber ich konnte den Mund nicht öffnen, Leonca knallte mit dem Kopf gegen die Wand, der Kruzifixus fiel herunter, der Kalte sagte, Frisierstube, Frisierkammer.

76

Mraks Staat nahm bis zum Abend rasch die Form einer Diktatur an, seinem Inhalt nach aber wurde er eine Tyrannei. Mežnars Schutztruppen trieben ein paar Leute in die Werkstätten, wo sie die Produktion notdürftig in Gang brachten. Sie werden die Türen an den zerstörten Objekten reparieren, sie werden ihren guten Willen zu Ordnung und Arbeit zeigen. Und wirklich sangen am Nachmittag schon die Sägen. Dieser fröhliche Klang reichte bis zu den Belagerern, wo so mancher verwundert aufatmete. Der Alte hatte recht behalten. Aggression mündet in Ordnung. Die Herstellung von Schnaps wurde verboten. Die Verwaltung hatte genügend Vorräte, für die übrigen war es besser, daß sie sich nicht vollaufen lassen und betrunken Prügeleien provozieren. Mit der Zerstörungswut und der Anarchie war jetzt Schluß. Ein paar Unzufriedene und Laue, vor allem aber jene, die arbeitsscheu waren, wurden unverzüglich zu den Wärtern gesteckt, wo es jetzt Gefängnisse für die einen wie für die anderen gab. Man erzählte, daß es in der Friseurstube einen Raum gab, wo ihnen Ban und der Kalte die unfolgsamen Gedanken aus dem Kopf schlugen. Das konnte ich nicht überprüfen. Ich hatte auch keine Lust dazu. Ich lag in der Zelle und wartete, daß alles zu Ende gehen sollte.

Mrak kündigte auch die Organisation einer Gerichtsbarkeit an. Er übernehme den Vorsitz des Senates, es werden Schnellurteile gefällt werden. Die Richter und die Schutzpolizisten werden mit Salami aus dem versteckten Magazin im Verwaltungstrakt bezahlt werden. Doch Verpflegung gab es plötzlich auch für das Volk. Mrak erreichte einen ersten außenpolitischen Erfolg. Fünf Wärter verkaufte er für einen Kombi voll mit Brot und Großkonserven. Die Schutzpolizisten mit den Armbinden standen am Tor neben dem Kombi und verteilten das Essen an die Staatsbürger von Mraks Republik. In den langen Reihen, in denen die bärtigen, ungewaschenen und hungrigen Leute friedlich und geduldig standen, war noch ab und zu ein Murren zu hören. Aber der Hunger war groß, und Brot gab es genug für alle, zumindest für diesen Tag. Für morgen wird sich Mrak schon etwas ausdenken. Die Menschen lobten seinen Herrscherverstand und sein Verhandlungstalent. Mežnar, der Polizeichef, wurde respektiert. Keiner sagte mehr Verpiß-dich-Mežnar zu ihm, jetzt war er nur noch der Kommandant oder einfach der Chef. O. K. Chef.

77

In solchen Verhältnissen nehmen die Dinge eine rasche Entwicklung. Das Leben erscheint noch kürzer, als es in Wirklichkeit ist. Die Veränderungen waren rasch und wirkungsvoll. Noch bevor wir uns dessen bewußt wurden, hatten wir eine neue Verwaltung, eine neue Ordnung und neue Gewohnheiten.

Präsident Mrak zeigte in der ersten Nacht seiner unbeschränkten Herrschaft eine Neigung, die bisher kaum bekannt war und die er sorgsam verborgen hatte. Ins Verwaltungsbüro ließ er zuerst sich zuerst den blonden Jüngling führen, den sie hinter den Holzstapeln hergenommen hatten, und nach ihm noch ein paar jüngere Männer, fast noch Burschen, angeblich noch ungebraucht. Auch daß er hin und wieder trank, hatte keiner gewußt. Jeder hat eine Schwäche. Jetzt stellte sich heraus, daß Knaben die seine waren. Und der Alkohol, was sich niemand hatte vorstellen können. Vielleicht war es gerade das gewesen, was Virmännchen in die Livada geführt hatte, das wußte niemand. Und es kam der Augenblick, wo sich das auch niemand mehr öffentlich zu fragen oder zu sagen traute. Hinter den Fenstern des Verwaltungstrakts gab ein Glas das andere, ein sanftes Wort eine sanfte Geste, ein ausgelassener Scherz den nächsten, und bald war ein lautes Gelage im Gange. Die Verwaltung war jetzt Mraks Präsidentenpalast, um nicht zu sagen Hof, ein Palast mit Verwaltungsräumen, Wachstuben, Schlafräumen und Gefängnissen. Ein Hof. Der Hof war auf einmal auch ein Bordell. Musik drang über die Stille des Hofkreises und in die noch immer verdunkelten Blocks B und C, denn Strom hatten mit dem Telefonanschluß nur der Verwaltungstrakt und Block A bekommen. Musik und Gejohle. Danach herrschte Stille, niemand durfte mehr laut sprechen, kein Gitarrenklimpern durfte mehr zu hören sein, keine slowenischen Trauerlieder und keine bosnischen Liebeslieder mehr. Denn jetzt las Alois Mrak. Zum Lesen braucht man Stille. Auch zur Erholung von den Gelagen.

Das Volk hockte im Dunkeln, während sogar die eingesperrten Wärter Strom, warmes Wasser und warmes Essen hatten. Die neue Präsidialverwaltung hatte überhaupt alles, das versuchte sie nicht einmal zu verbergen. Warum es zu keinem neuen Aufstand kam? Weil Alois Mrak einer der klügsten Menschen war, denen ich je begegnet bin. Der kleine Virman entwickelte grandiose Herrscherfähigkeiten. Er schuf ein Machtsystem, das eine geschickte Kombination aus Genüssen, Gelagen, Einschüchterungen und Bespitzelungen war. Vielleicht hätte das ja wirklich bald zu einem Bürgerkrieg geführt. Aber die äußeren Verhältnisse ließen das nicht zu. Und die Mehrzahl der Menschen war von den letzten Tagen, als weder an Schlaf noch an Essen zu denken war, total erschöpft. Nach all den Kämpfen, Anspannungen, Zerstörungen, gegenseitigen Prügeleien und allen möglichen Ausschreitungen waren die Livadaner so müde und überdrüssig, daß es sie überhaupt nicht interessierte, was in der Verwaltung, in der gesamten Livada, auf jener Seite des Drahtes und wo immer auf der Erdkugel vor sich ging. Wichtig war jetzt zu schlafen, an die Frauen und Kneipen zu Haus zu denken, wie sie es zuvor so viele Nächte hindurch in Ruhe hatten tun können, ohne daß sie jemand dabei gestört und in Unruhe gestürzt hätte.

Jetzt war das um einiges schwieriger. Mancher wünschte sich, daß die Zellen wieder verriegelt wären. Aus dem Verwaltungstrakt kamen Mežnars Schutzpolizisten in die offenen Zellen und brachen ein in den Traum der Schlafenden und Träumenden. Die Jüngeren schleppten sie mit zu ihren Fêten, jene, mit denen sie offene Rechnungen hatten aus den letzten Tagen, auch aus den letzten Monaten oder Jahren, zerrten sie aus den Zellen und trieben sie über den Hof. Das Gerücht ging um, sie führen sie in die Frisierstube, wo sich Dinge abspielen, über die nicht gut ist zu reden, auch nicht im Flüsterton.

78

Der Mensch gewöhnt sich an alles, auch an seine Macht. Sie ließen mich in Ruhe, gut. Johann und ich übernahmen die Wache beim Eingang. Wir saßen in der Pförtnerloge, hörten die Rufe der Wachen und den entfernten Lärm des Festes am Hof des Tyrannen. Etwas anderes blieb uns nicht übrig, wenn wir noch eine verfluchte Nacht in der Livada überleben wollten.

Wir waren auf dem grünen Meer, die Livada schwamm, die Pförtnerloge war die Kajüte. Ich schloß die Augen. Ich war in der Telegrafistenkabine, in meiner Kabine. Die Radiosignale wanderten über die Meeresfläche, jemand drehte an einem Knopf, irgendein Morsegewichse, kurze und lange Klangpulse, dann Musik, Männer- und Frauenstimmen in verschiedenen Sprachen. Wenn ich die Augen aufmachte, sah ich Johanns goldene Zähne, die andauernd aufgingen, die ganze Zeit war er leise am Fluchen.

Ich schlief ein, und ich träumte, daß Johann bei Leonca war. Sie blätterten in Heften mit bunten Plastikumschlägen, dann griff er ihr unter den Rock, und ihre weiße Haut auf den Schenkeln blitzte auf. Johann stand auf und dreht den Kruzifixus zur Wand. Schwein, sagte ich, und in diesem Moment erwachte ich. Johann putzte sich mit dem Messer die Zähne.

»Warum hast du den Kruzifixus zur Wand gedreht?« sagte ich.

»Spinnst du?« sagte er.

»Du bist ein Schwein«, sagte ich.

»Wer ist hier wohl kein Schwein. Und ein Eber, eine Bestie.«

»Ist auch egal«, sagte ich, »nur daß du es weißt.«

Vielleicht habe ich in jenen Tagen wirklich schon gesponnen. Ich habe nicht mehr gewußt, ist das die vierte oder fünfte Nacht, bin ich draußen oder drinnen, bin ich bei Leonca oder bei Johann.

»Die Hauptschweine sind in der Verwaltung«, sagte er und sah zum erleuchteten Fenster des Verwaltungstrakts hinüber, wo die Fête am Ausklingen war, wo die Lichter erloschen. »Sie ficken mich in den Kopf mit ihrer Musik.« Metallisch knirschte er mit seinem Metall im Mund. »Mit der Stille noch mehr«, sagte er.

Die Livada schlief ein, nur im Fenster des Direktors brannte Licht. Alois Mrak las und dachte über die Zukunft seines ergebenen und folgsamen Volkes nach.

79

Wenn die äußere Ordnung funktioniert, kommen die Frauen, um Unruhe in dir zu schaffen, Chaos im Kopf und in der Brust und im Geschlecht. In einem fort träumte ich von Frauen, von Leonca, von Mascha, jetzt hatte ich sie auch vor Augen, wenn ich nicht solchen Unsinn träumte wie von Leonca und Johann.

Lange sah ich auf das Poster mit der fast nackten Frau an der Wand, ich sah nicht ihren Körper, die gespreizten Beine, die kleinen Brüste, die dünne Wäsche in ihren Händen, ich sah ihr Gesicht, das knabenhaft über die Stirn gekämmte Haar, sie hatte Ähnlichkeit mit der Journalistin, der einzigen Frau, die ich je in diesen Räumen gesehen hatte. Sinne, Haut, Fühlen, warum mußte Leonca so viel denken, warum hat sie sich nicht lieber ohne jeden Gedanken mit mir hingelegt? Unter ihren Weisheiten war eine, die mich tatsächlich verfolgte. Oft hat sie gesagt, ich müsse lernen zu leben. Ich habe gelacht, ich habe es nicht verstanden.

Jetzt schien mir, als würde ich es irgendwie verstehen. Das ist das, wenn die ganze Zeit über, neben oder in dir etwas ungeheuer Großes ist, und du es trotzdem nicht siehst. Es hatte gefunkt und geblitzt, es hatte geklungen wie ein empfangenes Signal von einer fernen Küste: Die wollte mich tatsächlich das Leben lehren. Das Leben lernen, ist das möglich?

Leonca hat alle diese Sachen, zuerst »Gedanken« und dann Gekreuzigte, gesammelt wegen etwas Seltsamen und mir Unklaren, wegen etwas, was sie in sich hatte. Aber auch meinetwegen, vor allem meinetwegen wollte sie diese ungeheure Sache zusammentragen, dieses Signal, daß ich nicht empfangen konnte, nicht in mich aufnehmen konnte. Du weißt nicht zu leben, hatte sie gesagt. Schiffe, Gasthäuser, Karten, Armeen, das ist nicht das Leben. Auch der Aufstand in der Livada ist nicht das Leben. Verdammt, dachte ich bei mir, der Mensch müßte vielleicht wirklich das Leben lernen, von allem Anfang an. Und das ist gar nicht leicht. Die Kruzifixe hatte sie deshalb überall verteilt, damit sie mich beschützen, weil ich nicht zu leben wußte, damit sie etwas, was ihrer Überzeugung nach dunkel in mir war, vertrieben. Vielleicht auch aus unserem Raum. Sie war nicht abergläubisch, aber sie glaubte, daß das funktionieren müsse.

Du kannst ja noch nicht einmal einen Wald sehen, sagte sie. Auch einen Wald mußt du zu sehen verstehen. Das war ja zum Krepieren, was mich die Frau alles lehren wollte. Du mußt lernen, den Wald zu sehen, sagte sie. Ich verstehe das Meer zu sehen, sagte ich, ich verstehe das Meer zu sehen vor der algerischen Küste und in der Karibik, ich verstehe das Meer zu sehen und auch die Wolken darüber. Ich verstehe Radiosignalen von anderen Schiffen zu lauschen, von den Küstenstädten, ich verstehe sie zu senden. Über Wasser, unter Wasser, durch den Unterwasseroszillator. Alles das weiß ich. Nein, sagte sie, du siehst nur und hörst, du schaust nicht und lauschst nicht. Du willst sagen, sagte ich, daß ich schaue, aber nicht sehe. Nein, nein, sagte sie, ich weiß schon, was ich sage. Wenn du siehst, siehst du das Moos, sagte sie, wenn du aber schaust, denkst du auch. Das ist aus deinem Buch der Gedanken, sagte ich. Ja, sagte sie. Du siehst das Moos, hier, sagte sie und betastete das Moos unter uns. Wenn du es siehst, wirklich siehst, nach der Liebe, wie jetzt, sagst du: ein grüner Moosteppich. Ach, sagte ich. Nichts ach, sagte sie. Wenn du sagst grüner Moosteppich, ist alles anders. Schau: die Sonne durch die Zweige. Wie früher beim Kinoprojektor, sagte ich. Zwischen Kiefern, Föhren und Fichten wir zwei auf dem Moos, und jemand projiziert uns zwei von dort oben hier herunter, wir zwei sind so ein Film. Ausgezeichnet, klatschte sie in die Hände, siehst du, wie schön du zu sprechen verstehst, wenn du willst. Eine Engelsprojektion, sagte ich, das bist du.

Damals waren wir uns am nächsten, auf diesem Moos, nach diesem Engelsfick. Damals durfte ich so nicht sagen. Nach der Engelsliebe. In Ordnung, auch das gehörte zum Lebenlernen.

Es wird ja gehen, sagte sie, du wirst es ja lernen.

Ich werde es nie lernen.

80

Sie wollen die Wärter umbringen. Jemand rüttelte mich an der Schulter, ich öffnete die Augen. Das breite Gesicht von Pepi Pedro. Sie wollen sie umbringen, sagte er.

Wo, wer?

In Block C: Mežnar, Ban.

Wo ist jetzt deine Ordnung, Mrak, wo ist jetzt deine Ordnungspolizei? Wir gingen in den Block C. Vor der Zelle mit den eingesperrten Wärtern stand ein dunkler Haufen Männer mit roten Armbinden und feuerte jemand an, wie bei einer Prügelei. Was ist, sagte ich, wartet ihr auf den Bus? Der Kommandant ist hier, sagte ein Typ, Kommandant Keber ist hier. Der wußte noch nicht, daß ich in Ungnade gefallen war. Mach Platz, Kretin, sagte ich. Es war keine Prügelei, es war ein Verprügeln und Mißhandeln. Die Schutzleute, niemand anderer als Mežnars Schutzleute, mißhandelten sie. Der kleine Wärter, Schwein Albert, wegen dem alles angefangen hatte, war gegen die Wand auf dem Gang gepreßt, er war bleich und verquollen. Sein Kopf war geschwollen und fast so kürbisartig länglich wie Mrak. Ein gedrungener Typ mit prallem Arsch, der vor Energie platzte, ging mit den Händen auf dem Rücken neben ihm auf und ab und knallte ihm von Zeit zu Zeit eine an den Kopf. Albert preßte seine Lippen zusammen. Er stöhnte nicht. Er war ein Idiot, aber er war tapfer, er haßte uns. Der, der ihn mißhandelte, hatte sie nicht alle. Ich kenne solche Typen. Die machen so was gern, einen Schutzlosen mißhandeln. Wenn es keinen gibt, suchen sie sich einen. Der, der seine ganze Kraft im gespannten Arsch geladen hatte, war einmal draußen ganze Nächte durch die Parks gelaufen und hatte gewartet, daß irgend etwas Weibliches vorbeikam, egal ob alt oder jung. Nachts hatte er die Augen eines Waldtieres, und er strotzte nur so vor Kraft im prallen Arsch. Er war stark, aber feige. Immer Weiber oder Schwache. An denen mangelt es in keiner Armee und in keinem Kittchen. Wenn du so einen anständig in den Arsch trittst, zieht er Leine. Ich trat ihm in den Arsch. Überrascht drehte er sich um, er zog nicht Leine. Er hob den Arm, er versuchte ihn zu heben. Denn ich packte ihn an den Haaren und drückte ihn nach unten. Das ist ein primitiver Griff, ich kenne auch andere. Wirkungsvoll ist er immer, besonders bei Gedrungenen. Ich spürte, wie meine Hände seine Haare aus dem harten Schädel rissen. Ich stieß ihn zurück, die Augen waren blutig, rot und verwundert: Was ist das, was ist das auf einmal? Mežnar hat das befohlen.

Mežnar hat es befohlen, und Ban ist dabei. Wo? Drinnen. Sie traten auseinander, wir gingen hinein.

Zwei saßen Dolenc auf Armen und Beinen, ein dritter goß ihm Wasser in die Flappe. Er preßte die Zähne zusammen, aber jedesmal zwangen sie ihn mit Schlägen, daß er sie aufmachte. Der mit der Flasche schaukelte auf seiner Wampe. Ban lehnte an der Wand. Er grinst zufrieden.

»Noch«, sagte er, »gebt dem Mann zu trinken. Er hat Durst.«

Dolenc hatte den Bauch aufgebläht wie eine Kuh, die sich mit feuchtem Gras vollgefressen hat. Wenn die Wampe voll ist, das Bäuchlein schön prall, wird der Gedrungene auf ihn springen. Wenn er platzt, sagte jemand, stehen wir bis zu den Knien in Scheiße. Und wieder grinsten sie.

»Was ist, Ban, läßt die Blase nicht mehr nach?«

Sie haßten auch Dolenc. Der Verstand von Häftlingen ist wie der von Elefanten: Sie merken sich alles. Sie haben nichts anderes zu tun, als sich alles zu merken. Mežnar hat die Anweisung gegeben, sagte der mit der Flasche, wir sollen sie ein bißchen durchlüften.

»Ach, Verpiß-dich-Mežnar?« sagte Johann, »der, den wir immer rauswerfen und der dann durchs Fenster zurückkriecht?«

»Er ist der Polizeikommandant«, sagte Ban. »Mach dich nicht über Mežnar lustig, Johann.«

Ich fragte, welche Anweisung er noch gegeben habe. Sollen sie sie kaltmachen? Also macht sie kalt.

»Macht sie kalt«, sagte ich. »Kommt schon, nehmt sie endgültig auseinander.«

»Warum sollen wir sie kaltmachen?« fragte der, der auf Dolenc' Armen saß und stand auf. Damit wir Ruhe haben, sagte ich, damit wir sie nicht länger bewachen müssen, nicht? In Dolenc' weiße Augen kehrten die Pupillen zurück. Er kam hoch und kotzte das Wasser in großen Strömen aus sich heraus.

»Keber«, sagte der mit der Flasche, während er mit ihr spielte, sie wiegte und in der Luft hin und herdrehte, »Keber, Mežnar ist nicht von ungefähr. Auch du kannst welche in die Schnauze kriegen, Keber, auch wenn sie dich bei den Green Baretts trainiert haben.«

»Los«, sagte Johann, »probier's.«

Auch der Gedrungene war jetzt in der Zelle, der mit der geballten Energie im Arsch. Der wäre gefährlich von hinten, immer von hinten.

»Mežnar weiß, was er tut«, murmelte der Gedrungene und strich sich die Haare glatt, »ihr alle kommt euch ein bißchen zu groß vor«, hier überlegte er ein wenig, »ein bißchen ist es euch in den Kopf gestiegen. Dir, Keber, und Johann und Šipac und allen.«

»Was zu groß«, faßte Pepi Mut, »was zu groß?«

»Was was?« sagte er und fiel in angestrengtes Nachdenken, er schwitzte auf der Stirn vor Bewegung der Gehirnwindungen, schon lange hatte er nicht so viel gedacht: was was? Dann erinnerte er sich, was: Seine Augen begannen zu leuchten: Weißt du, was Mežnar gesagt hat?

Was hat Mežnar gesagt?

»Er hat gesagt: Es ist mir scheißegal, wenn Ungarn nicht am Meer liegt.«

Alle grinsten, die Gefahr war auf später verschoben. Es bedeutete aber: Mežnar ist alles scheißegal, wenn die Gelegenheit da ist, habt ihr alle ausgeschissen. Dolenc atmete auf. Sie werden ihm nicht auf der prallen Wampe herumspringen, wenigstens an diesem Tag noch nicht. Die Gefangenen, die sich in keinen häßlichen Träumen hatten vorstellen können, daß sie jemals Gefangene sein würden, wurden jetzt von den Schutzmännern, die sich ebenfalls schwer hatten vorstellen können, jemals irgendwelche Wärter in Uniform zu sein, zurück in die Zelle verfrachtet. Der verprügelte Albert sah mich feindselig an. Ihn kümmerte überhaupt nicht, daß ich ihn gerettet hatte. Seine Augen sprachen: Du bist an allem schuld, du Häftlingsschwein. Du wirst dein Fett schon kriegen. Nicht nur von Mežnar, auch von ihm, auch ihm ist es nach all dem scheißegal, wenn Ungarn nicht am Meer liegt. Als sie ihn in die Zelle schleppten, hielt er vor Pepi inne: Alter Schwuletti, merk es dir. Wenn das hier vorbei ist, werde ich dich mit dem Gummiknüppel durchlöchern.

Pepi sank zusammen, er schrie geradezu nach Drohungen, Schlägen und Gewalt.

Dolenc pißte. Er pißte wie ein Pferd. Als er aufhörte, war sein Bauch noch immer gespannt, alle Knöpfe waren abgesprungen, seine Hose hing weit unter der Wampe.

81

Auf seinem morgendlichen Rundgang, denn Mrak hatte jetzt mit morgendlichen Rundgängen in Begleitung von Mežnars Wärtern begonnen, machte er vor meiner Zelle halt. Willst du nicht aufstehen? sagte einer der Wärter, ein Bahnhofspenner. Diese Mežnarsche Bagage führte jetzt das große Wort. Mir, der Legende der Livada und des Aufstandes, mir, der ich den Fernseher aus dem Fenster geknallt hatte, zuerst in das Fenster, dann aus dem Fenster, mir sagt so ein Hühnerdieb, so ein Hurenbock: Steh auf, beweg deinen faulen Häftlingsarsch. Er hatte eine schrille Stimme, seine Stimme war das Kratzen eines Messers auf dem Teller, einer Feile am Gitter, einer Eisenfräse.

Also stand ich auf und ging auf ihn zu, um ihn zu lehren, wie man mit Keber spricht, der mit Gefährlicherem zu tun hatte, nicht nur in der Livada, sondern auch in My Tho, in der Dominikana, in Algier, in Odessa und wo immer sonst noch.

Im nächsten Augenblick dröhnte mir der ganze Kopf, mir schien, daß von dem Knall das Trommelfell geplatzt war. Die Membrane mußte gerissen sein, und was anderes auch noch. Offenbar hatte mir jemand eine mit dem Gewehrkolben gegeben, denn dort, wo das Ohr gewesen war, gähnte etwas, eine Art warmes und feuchtes Loch. Ich fiel. Auch gut, sagte der Penner, dann wirst du jetzt eben nicht mehr aufstehen. Trotzdem versuchte ich hochzukommen.

Der Gewehrkolben ging wieder in die Höhe.

»Laßt ihn«, sagte Mrak.

Er beugte sich zu mir. Leise sagte er:

»Seien Sie vernünftig, Keber, sie sind gefährlich.«

Das war Mrak, der echte Mrak. Sie sind gefährlich, nicht er. Er kann nichts dafür, wenn er mit gefährlichen Leuten zu tun hat. Er ist eigentlich hier, um zu helfen.

»Was haben Sie diese Nacht gemacht, Keber«, sprang er mir mit seiner Fistelstimme ins Gesicht und sprühte seine Spucke auf mich, »Warum waren Sie nicht auf Wache? So verstehen Sie Ihre Pflicht? Sie haben einen Schutzmann getreten, eine Amtsperson. Ich habe viele Anzeigen gegen Sie, Keber.«

Ich stand auf, obwohl mir der Kopf dröhnte, obwohl an Stelle des Ohrs ein Loch gähnte.

»Was ist, Keber?« sagte Mrak, »haben Sie eine Beschwerde? Vielleicht eine gerechte Forderung?«

»Ich fordere die Übertragung des Basketballspiels«, sagte ich.

Mrak drehte sich zu seinen Schutzleuten.

»Habt ihr gehört? Der möchte Basketball sehen.«

Er faßte sich an den Bauch und krümmte sich.

»Habt ihr gesehen? Krämpfe habe ich gekriegt vor Lachen.«

Er lachte nicht.

»Ich verlange den Ausgangszustand«, sagte ich.

Mrak wuchs in die Höhe. Er nahm die Brille ab und rieb sie. Er setzte sie wieder auf und klopfte mit der Pfeife an die Tür.

»Sie kriegen Ihren Ausgangszustand, Keber.« Er drehte sich um und ging.

82

Wie siehst du denn aus?« sagte Johann. »Bist du auf den Kopf gefallen?«

»Ja, direkt auf einen Gewehrkolben.«

Er schleppte mich in die Ambulanz. Er knirschte mit seinen goldenen Zähnen. Es roch nach Desinfektionsmitteln. Zwei dürre Männer lagen auf der Couch, die Rücken zueinander gekehrt. Der eine, der in den Raum sah, verdrehte die Augen. Am Boden lagen gebrauchte Nadeln, eine umgestülpte Wasserflasche. Sie hatten sich vollgespritzt. Johann sagte, sie sollen mir Alkohol über den Kopf und übers Ohr gießen. Und ihm in die Gurgel. Der Krankenwärter schnupfte ein weißes Pulver, wie ein Pferd zog er diese weiße Schweinerei in sich hinein, die Nüstern waren ganz rot. Er zeigte zum Regal. Johann nahm die Flasche, roch daran, machte einen Zug, dann goß er einen Strahl auf mich, daß es mir vor den Augen blitzte vor brennendem Schmerz. Er steckte die Flasche in die Tasche.

»Nur für Wunden«, sagte der Sniffer, »nichts für die Gurgel.«

Er ließ das Pulver auf dem Tisch und zog Johann die Flasche aus der Tasche. Johann fletschte die goldenen Zähne. Er sagte, er solle ihm die Flasche zurückgeben, sonst werde er sie ihm auf der vollgepumpten Nase zertrümmern.

»Ich zeige dich an«, sagte der Krankenwärter.

»Zeig du nur an«, sagte Johann und verstaute die Flasche wieder in seiner Tasche.

Noch nie wurde so viel bespitzelt, abgehört, nachgestellt, spioniert, verpetzt und verzinkt wie in diesen Tagen, als Mraks Selbstverwaltung herrschte. Jeder verzinkte jeden. Zuvor hatte eine Art Kodex gegolten. Das erste Gebot: Du sollst nicht verzinken. Wer sich versündigte, kriegte nachts eine Decke über den Kopf und eine Tracht Prügel. Das zweite lautete: Wenn du schon verzinkst, verzinke einen Zinker. So kam es oft vor, daß sich die Zinker in der Einzelzelle wiederfanden, weil sie nach gemeinsamer Übereinkunft von jenen verzinkt wurden, die absolut keine Zinker waren. Dabei herrschte eine gewisse Ordnung. Jetzt war die natürliche Ordnung der Dinge zerstört. Als wir wieder draußen waren, auf dem Gang, zog mich Johann zum Fenster, und als wir wie früher aus dem Fenster sahen, begann er zu sprechen. Ärgere dich nicht wegen dieses Kolbens, sagte er, sie werden ja bald genug haben vom Herrschen. Werden sie nicht, sagte ich. Jetzt zieht es Mrak in die Länge. Jeden Tag hat er einen höheren Preis. Und er liebt das Herrschen.

»Man müßte etwas tun«, sagte Johann. »Man müßte sich widersetzen.«

Hinter unseren Rücken führten Mežnars Leute einen kleinen Dieb vorbei, der von Kopf bis Fuß verprügelt worden war. Einer von Mežnars Wärtern hatte in der einen Hand ein Sandwich, in der anderen eine Flasche. Er trat nach ihm, daß der Kleine strauchelte. Johann schlug vor, er solle aufhören zu treten. Entschuldige, daß ich dich trete, sagte der Wärter, ich habe beide Hände voll. Dann legte er das Sandwich auf ein Regal und schlug ihn mit einem Stock. Ist es so besser?

83

Sie setzten die Durchsagestation und die Lautsprecher instand, man vernahm Mraks Bulletin. Es hieß Selbstverwaltung, Selbstverwaltung war etwas, woran Mrak außerordentliche Freude hatte. Vermutlich aus den Zeiten, als er noch Virman war. Über Lautsprecher und Bulletin wurde verlautbart, der Präsident habe einen neuen Sieg errungen. Der Justizminister wird persönlich zu den Verhandlungen kommen. Begeisterung, die die Livada bei dieser Siegesmeldung noch vor wenigen Tagen erfaßt hätte, gab es jetzt keine. Zugleich verkündeten die Lautsprecher nämlich, daß das Schnellgericht seine Tätigkeit aufgenommen habe. Es wurde von Mrak selbst geleitet.

Angeklagter, stehen Sie auf. Urteil im Namen wessen? Des Volkes? Das Schnellgericht funktionierte. Die Einzelzellen waren wieder belegt. In der Frisierstube wurden wegen Diebstahls, Prügeleien, Fluchtversuchen, Unmutsäußerungen, Alkoholismus, Psychopathentums, Vergewaltigungen und Widerstands gegen die Verwaltung Verdächtige verhört. Die Verhöre wurden vom Kalten und von Ban vorgenommen. Aus der Frisierstube drangen die Schreie der Verhörten. In der Livada verbreiteten sich blitzschnell Meldungen, dort werde eine Folterkammer betrieben; daß die Menschen dort an Haken hängen und die Wände mit Blut und sonstiger menschlicher Schweinerei vollgespritzt sind, am meisten mit der Pisse der zu Tode Geängstigten. Mežnar hatte die Uniform eines Wärteraufsehers angezogen. Er ging glatt rasiert, in einer Wolke aus Alkohol und Kölnisch

Wasser, die ganze Zeit ein wenig betrunken, in Begleitung seiner Typen, die jetzt alle mit Gewehren bewaffnet waren. Die Lage war nicht gut, nicht im geringsten. Aber Mrak hatte sie unter Kontrolle. Zumindest in den Pausen zwischen seinen neronischen Festen und den Ruhephasen. Vor dem Haupttor erschien wieder der Übertragungswagen. Sie, die Knäbin, war nicht dabei. Mrak redete etwas in das Mikrofon, das ihm von einem bärtigen Mann unter die Nase gehalten wurde. Er beschrieb den gegenwärtigen Stand, mit weiten Gesten deutete er auf die Gebäude der Strafanstalt. Er machte einen gefaßten und zufriedenen Eindruck, der Journalist nickte.

Mrak herrschte, die Belagerer waren noch immer regungslos. Sie warteten auf eine baldige Lösung. Sie war nicht mehr fern. Mrak und Mežnar hatten ihnen für ein paar lange Augenblicke entsprochen. Sie waren berechenbar, mit ihnen war in der näheren Zukunft eine Art Deal möglich. Von anarchischen Aufständlern konnten sie so etwas nicht erwarten. Außerdem, das Wichtigste: Drinnen herrschte irgendwie Ordnung. Die Wärter waren ihres Lebens sicher, langsam konnten sie sie auch befreien. Mrak garantierte persönlich für den Psychologen Teršič. Oft saßen sie zusammen im Verwaltungsbüro. Es gab keine Zerstörungen mehr. Im Gegenteil, die Produktion lief. Die Bürger der Mrakschen Republik reparierten selbst einige Türen. Schön hörte sich das Singen der Sägen und Schleifmaschinen an. Niemand zündelte mehr, nur nachts waren zwischen Musik und Partylärm hinter den Fenstern der Verwaltung die Schreie der Gequälten in der Frisierstube zu hören.

Alles hatte seine Ordnung. Mrak und sein Mežnar standen für den Alten, für den kurzgeschorenen Inspektor und für all jene, zu denen unser Auge und unsere Einbildungskraft nicht reichten, für die Öffentlichkeit, die Minister, die Regierung, für alle waren sie die beste Lösung.

84

Der am meisten Verängstigte muckte auf. Und was Pepi Pedro erreichte, war eine ziemlich schlechte Lösung. Sie sperrten ihn ein. Er wurde des Aufstandes verdächtigt. Pepi Pedro hatte nämlich zum ersten Mal in seinem Gefängnisleben etwas unternommen. Er hatte sich für die Rechte der Burschen eingesetzt, die nachts zu den Vergnügungen in die Verwaltung verschleppt wurden. Von dort kamen sie zurück, nicht nur verhurt und übernächtigt, sondern auch bleich, geprügelt und schweigend. Er hatte gehüstelt und gesagt, man müsse den Burschen die Möglichkeit geben, sich selbst zu entscheiden. Er sagte, er habe schon alles Mögliche in allen möglichen Gefängnissen gesehen, aber was man hier mit den Bursche mache, das habe er noch nirgends gesehen. Wenn man sie zur Prostitution zwinge, warum müsse man sie danach noch prügeln. Man solle ihnen wenigstens etwas menschliche Würde und die heile Haut lassen. Mežnar, der dabei war, sagte, sie prügelten sie vorher, nicht danach. Vorher prügeln sie sie, um sie gefügig zu machen, zum Dienen, nicht zur Prostitution, wie Pepi behaupte, der selbst ein Schwuli sei, und es sei nicht klar, was er eigentlich wolle. Will er einen von den Burschen? Will er seine eigene Hure, damit er Ruhe gibt. Nein, sagte Pepi, ich will Gerechtigkeit. Gerechtigkeit? sagte Mrak, nichts leichter als das. Bringt ihn zum Friseur. Und sie brachten ihn unverzüglich weg.

Pepi liebte Antiquitäten. Deshalb hatte er irgendwann vor langer Zeit aus Angst einem Pfarrer eine über den Kopf gezogen. Er liebte die Kunst, deshalb würde er eines Tages im Knast die Patschen strecken. Oder, bei etwas Glück, in Freiheit in einem Heim für Altersschwache zugrunde gehen. Zuerst hatte er alle Kirchen im Umkreis von dreißig Kilometern ausgeräumt. Das war nicht wenig, wenn man weiß, daß hier auf jedem Hügel eine Kirche, hinter jedem Busch ein Kapelle steht. Er verkaufte nichts, all die Kelche und Monstranzen und Bilder lagerte er in einem Keller. Und jede Nacht schaute er sie an. Dann brummten sie ihm dafür fünf Jahre auf. Nach vier Jahren Knast bekam er zehn Tage Urlaub. Sein erster Weg führte ihn in die nächstgelegene Kirche. Die Kirche war leer, alles, was einen Wert hatte, befand sich im Pfarrhaus. Und die Liebe zur Kunst trieb Pepi noch in derselben Nacht in dieses Pfarrhaus. Unglücklicherweise mit einem Hammer. Noch bevor er angefangen hatte, am Safe herumzuklopfen, erschien der Herr Pfarrer. Pepi Pedro erschrak, er wollte ihn nicht treffen, er war nur sehr erschrocken. Und er schlug mit dem Hammer zu. Dann kam noch die Köchin und fing an zu kreischen. Ihr versetzte er eine, damit sie Ruhe gab. Sie hat es kaum, der Pfarrer hat es nicht überlebt. Pepi bekam zwanzig Jahre. Genug bis zum Ende seiner Tage. Ansonsten war er ein ausgefuchster Knastologe.

Jetzt hatten sie ihn in der Frisierstube, eine ziemlich lange Zeit. Dann verurteilte ihn das Schnellgericht zur Einzelzelle.

85

Er lag im Keller auf dem Gang. Er war nicht in der Einzelzelle, jemand hatte ihn auf dem Gang vergessen. Auf dem Weg aus der Frisierstube in die Einzelzelle hatten sie ihn abgeworfen wie einen Sack. Wir hätten ihn übersehen, wäre Johann nicht über den Sack gestolpert. Der Liegende war etwas, was einmal Pepi Pedro gewesen war. Durch die Poren im Gesicht quoll das Blut.

O Alois Mrak, kleiner Virman, großer Tyrann, was hast du mit Pepi Pedro gemacht, dem alten Pedro, der von sich behauptete, er sei überhaupt kein richtiger Pedro!

Der war jetzt wirklich am Ende. Er bestand aus einem breiten stumpfsinnigen Gesicht, durchlöcherter und blutiger Haut, hervorquellenden Augen. Seine Knochen knirschten nicht mehr, denn sie waren gebrochen. Er lächelte, schwachsinnig und ohne Gesichtsausdruck. Wenn Schwachsinnigkeit nicht auch eine Art Ausdruck ist. Was ist, Pepi, was ist mit dir? sagte ich. Er sah mich an und sah mich überhaupt nicht, er erkannte mich nicht. Ich bin es, Keber, sagte ich. Keeeeee, meckerte er, keeee. Nicht keeee, sagte ich, Keber, sag: Keber. Du? Ich, ja. Keee. Sie sirren, sagte er dann. Wer sirrt, Pepi, was sirrt. Sie sirren, sagte er. Ich schüttelte ihn an der Schulter, wach auf, Pepi, wach auf. Ich setzte mich zu ihm auf den Boden. Er lehnte seinen Kopf an meine Schulter. Sie sirren so, schluchzte er, sie sirren so sehr. Sirrt es in deinem Kopf, Pepi? Sie sirren, sagte er langsam, über dem Triglav. Was? Er stieß sich von meiner Schulter ab und sah mich ganz vernünftig durch seine verschwollenen Augen an. Was was, was was, sagte er, die Ameisen. Ameisen, die Ameisen sirren über dem Triglav. Welcher Blödsinn, Pepi, was für blödsinnige Ameisen? Eine ganze Wolke von ihnen, sie wollen landen. Ich legte ihn auf das Bett. Seine Augen nahmen wieder den leeren Blick an, wieder lächelte er, stumpf und blödsinnig. Sein Gesicht war jetzt noch breiter. Eine schöne Bescherung, ich habe ein rauschendes Klingen im Kopf und sehe Gnome, bei ihm sirren die Ameisen über dem Triglav. Eine Wolke von Ameisen. Prima hobelt dir der Knast das Hirn zurecht. Aber noch besser hobelt Brivec in der Frisierstube, im Haarpflegesalon. Ich ließ ihn da, damit er glotze und auf sein Sirren horchte. Du alter Arsch, Mensch Pepi, so lange bist du nun schon im Knast, sagte Johann. Er tat ihm leid. Ein Scheiß, wenn dir jemand leid tut, ein richtiger Scheiß. Das ist das Allerschlechteste. Wir überließen ihn dem Desinfektor, den wir aus der Ambulanz mitgenommen hatten.

»Ihm ist der Film gerissen«, sagte Johann, als wir auf Wache gingen. »Jetzt muß Mrak auch noch ein Irrenhaus eröffnen«, sagte er. »Blödmann Teršič wird Direktor. Dann sind wir komplett.«

Auf den Gängen lagen noch einige Geprügelte und Verstümmelte. Sie stöhnten und flehten um Hilfe. Man wußte nicht mehr, wer Aufständischer und wer Wärter war. Den Wärtern hatten Mežnars Panduren schon längst die Uniformen abgenommen. Die Lage war jetzt wirklich schlimm. Möglicherweise hatte jemand auf dem Weg von der Frisierstube in die Einzelzelle oder in umgekehrter Richtung schon ins Gras gebissen, wer konnte das wissen in so einer Nacht.

»Jetzt gibt es nur noch zwei Möglichkeiten«, sagte Johann. »Entweder rettet uns Pitbull, oder Mrak kriegt genug davon.«

86

Aber noch hatte keiner genug vom Herrschen. Darin irrte Johann. Nicht Mrak und auch nicht Mežnar, auch Ban nicht, der ihnen jetzt diente, und nicht der Kalte, der in der Friseurstube metzelte, nicht Mežnars Wärter, jetzt waren alle tatsächlich nur noch Wärter, jeder von ihnen hatte ein Stück Uniform an. Noch hatte keiner genug vom Prügeln, Einsperren, Essenverteilen und Sich-Burschen-ins-Bett-Holen. Vor allem Alois Mrak war nicht mehr Virman, Virmännchen, er war ein wichtiger und verantwortungsvoller Mann, er verhandelte mit dem Minister. Mit den Armen über dem Hintern und in Begleitung der Wärter schritt er über den Hofkreis und durch die Gänge. Sein Büro betrat man nur mit gesenktem Blick. Wenn er der jungen Sklaven überdrüssig war, verlangte ihn nach Philosophie. Beim eingesperrten Teršič saß er nachts in der Einzelzelle mit einer Flasche in der Hand. Teršič mußte liegen, Alois saß auf seinem Bettgestell und diskutierte über kollektive Psychologie. Von Zeit zu Zeit setzte er Teršič die Flasche an den Mund, und Teršič mußte trinken, obwohl er völlig abstinent war.

So verging noch eine Nacht seiner absoluten Herrschaft, einer Nacht voller Vergnügungen für seine Treuesten im Verwaltungstrakt, eine Nacht der Musik und des Gesangs, aber auch der Schreie der Verdächtigen und auf besondere Weise Frisierten in der Frisierstube, des irren Geschreis der Eingeschlossenen in den Einzelzellen, die ohne Essen geblieben waren und von allen vergessen wurden. Auch eine Nacht langer Ruhe. Wenn sich Mrak zum Lesen oder zur Einkehr hinlegte, mußte Stille herrschen. Mežnars Panduren rannten in die Zellen und brachten die zu Lauten mit Tritten oder Schlägen zum Schweigen. Gitarren und andere Instrumente wurden zerschlagen. Sogar Brivec mußte in diesen Stunden ruhen, die Wachen mußten flüstern, die ganze Livada schwieg wie ein großer Friedhof.

Da mußte noch ein Tag vergehen, bis auch Mrak zum Brivec kam. Die Frisierstube war der Raum, der auf Menahem wartete.

87

An der Tür stand Ban.

»Was ist, Ban?« sagte ich, »hast du wieder jemand die Uhr aufgezogen?«

Ban blickte wütend, er schwieg und sah ziemlich gefährlich aus. Ich wußte, was mit ihm war. Als wir angriffen, hatte seine Blase nachgegeben. Das konnte er nicht vergessen. Und er konnte uns nicht vergessen, deren Blase nicht nachgegeben hatte. Auch den Rücken hatte er uns nicht freigehalten, er hatte es mit der Angst gekriegt, als es losging, er war nicht zu sehen gewesen, er hatte sich versteckt, er hatte sich nicht die Decke über den Kopf gezogen wie sein Präsident, dem er jetzt ergeben diente. Ins Badezimmer hatte er sich eingeschlossen. Dort hatte man ihn in einer Pfütze gefunden, die nicht von den Duschen herrührte, die aus ihm ausgelaufen war. Leicht ist es, die Gewalt über einen alten Lehrer in der Zelle zu haben, schön ist es, ihm die Uhr aufzuziehen. Etwas anderes aber ist es, die Verwaltung anzugreifen oder mit dem Molotow in der Hand ein gepanzertes Fahrzeug zu erwarten.

»Nein«, sagte er. »Ich habe mich angeschifft. Vor Angst.«

»Das weiß ich«, sagte ich.

Seine Blase war mir egal. Auch bei mir gab sie manchmal nach.

»Mach dir nichts draus«, sagte ich, »wie oft ist mir das schon passiert.«

»Ach wirklich?« sagte er mit einer Art Hoffnung.

»Wirklich, ja.«

Trotzdem folgte er mir wie ein schuldbewußtes Hündchen. Er stand hinter mir und sah mich an, hinunter aufs Bett.

»Sag es niemand«, sagte er halb bittend, halb drohend.

»Geh«, sagte ich, »ich sage dir ja, mir ist das auch schon passiert. Und nicht nur einmal. Ban, ich habe mich nicht nur einmal vor Angst angeschifft. Als ich diese Gewehrläufe hinter den Autos sah, ist mir der Saft in den Eiern gefroren.«

Ban setzte sich aufs Bett und nahm meine Beretta in die Hand, er ließ sie um den Finger kreisen.

»Was bedeutet das schon für dich?« sagte er, »du kannst dich anpissen, wann auch immer. Du bist berühmt.«

Ich wußte nicht, was jetzt kam. Ich wußte, daß er ein feiger Wicht war, und ich wußte, daß er deshalb um so gefährlicher war. Ich war vorsichtig, etwas Angst hatte ich doch vor ihm. Ich versuchte ihn zu beruhigen:

»Für mich? Was das für mich bedeutet? Wenn ich im Kino Schießen höre, springe ich unter den Sitz. Es zuckt mir in den Eiern, und bums, bin ich schon am Boden. Wem es einmal um den Arsch geknallt hat, der spielt nicht mehr den Helden.«

»Einmal möchte ich das erleben«, sagte er und spielte weiter mit der Pistole, »ein richtiges Schießen, verstehst du, ich würde wenigstens wissen, warum ich mich angeschifft habe.«

»Der Mensch schifft sich nicht einfach so an.«

»Einmal hätte ich mich gern richtig angeschifft, aus echter Angst, und dann nie wieder«, sagte er irgendwie ganz zufrieden.

»Hast du das nicht schon?«

»Ich weiß«, sagte er, »daß das hier einmal zu Ende sein wird. Sie werden uns das Fell gerben mit ihren Gummiknüppeln, bis wir schwarz werden. Und einen Monat Einzelzelle, das ist alles.«

Ich sagte, ihn betrifft das ja nicht, er ist jetzt sozusagen bei der Polizei. Pepi Pedro haben sie durchgegerbt, der liegt im Keller auf dem Gang.

»Jetzt wirst du schon wieder ausfällig«, sagte er. »Obwohl du gerade eins auf die Nuß gekriegt hast.«

Ich wußte nicht, was er wollte, was er überhaupt wollte.

»Wir werden sehen«, sagte ich. »Vederemo.«

»Vederemo?«

»Ja.«

Er zielte mit dem Lauf auf meinen verbundenen Kopf. Er blinzelte mit einem Auge, zielte über die Kimme und wanderte vom Kopf bis zum Bauch und tiefer und dann langsam zurück nach oben: »Vederemo?«

»Keber ...« begann er dämlich und gefährlich zu lachen, so wie damals, als er seine Scherze mit dem Schuldirektor trieb, mit dem armen alten Lustmolch. »... warst du echt der eiserne Franz? Sie sagen, sie hätten dich bei den Green Baretts für einen Deutschen gehalten. Sie hätten zu dir eiserner Franz gesagt. Ist das wahr, Keber?«

Ich kannte dieses gefährlich blöde Lachen.

»Ziel mir nicht auf den Kopf«, sagte ich ruhig, »nimm die Flinte weg.«

»Warum sagst du nie, wie es in Vietnam war«, feixte er und zielte noch immer auf mich.

»Ban, nimm diese verdammte Röhre weg.«

Er nahm den Lauf nicht weg, der mit seinem Loch in meine Augen sah, auf meinen verbundenen Kürbis.

»Sie sagen, du hättest einmal zwischen Toten geschlafen, ist das wahr?«

Ich stützte mich auf die Ellbogen.

»Ban, ich bin nicht der Direktor einer Grundschule.«

Und dieser Idiot immer mit dem Lauf von meiner Stirn bis zum Bauch und zurück und irgendwie völlig verspannt, weiß der Teufel, wovon. Irgend etwas war in seinem Kopf gerissen durch das, was sich hier drinnen abgespielt hatte. Es gibt solche, die nicht aufhören können. Ich wurde vorsichtig.

»Der alte Lustmolch hat alles erzählt«, sagte er, »sogar aufgeschrieben hat er es. Warum schreibst du eigentlich nicht deine Erinnerungen auf?«

»Gut«, sagte ich beruhigend, »gut: Sie haben mich Iron Franz genannt, sie glaubten, ich sei ein Deutscher. Es stimmt, ich habe zwischen toten Soldaten geschlafen, das heißt, ich habe so getan, als würde ich schlafen, und als sie mich fanden, habe ich diesen Namen bekommen. Zufrieden? Jetzt steck doch endlich die Zwille weg, vielleicht kannst du sie noch für was anderes gebrauchen.«

Ich stand auf und trat einen Schritt aus der Schußrichtung.

»Erzähl weiter«, sagte er und fuchtelte mit der Pistole in meine Richtung.

»Wedele nicht mit der Zwille herum, Trottel«, sagte ich, »manchmal geht so etwas sogar von selbst los.«

Er stand auf und streckte die Hand mit der Pistole direkt gegen meine Schnauze. Er war bleich.

»Erzähl!«

»Was soll ich erzählen?«

»Wo ist das gewesen?«

»In der Nähe einer kleinen Stadt namens My Tho, südlich von Saigon. Sie liegt an einem Flußufer.«

»Wann?«

»Es ging auf das Ende zu, die Vietcongs waren schon überall. Wir waren die letzte Lieferung, Kanonenfutter … Steck die Pistole weg, und ich erzähle es dir.«

Ich wollte keinen Krieg mit dem Verrückten.

»Ich steck sie weg«, sagte er, »wenn du alles erzählst. Denn dein Ruhm ist zweifelhaft, Keber. Du wirst erzählen, wie der alte Kleinemädchenficker erzählt hat.«

»Gut«, sagte ich, »gut.« Und dachte bei mir: Jetzt kriege ich dich, mit jedem einzelnen Wort kriege ich dich.

»Wir hatten eine befestigte Stellung gut einen Kilometer draußen, sie deckten uns mit Granatwerfern ein. Sie trafen genau. Die Sandsäcke vor uns flogen nur so in die Luft. Dann feuerten sie hinein. Es hat uns alle umgeblasen. Nur einer stöhnte noch. Ich tastete mich ab, ich war ganz, kein Loch. Ich rüttelte den Neger neben mir und sah nur seine weißen Augen. Die Pupillen hatte es ihm nach oben in die Stirn gezogen.«

»Wie war sein Name?«

»Ich weiß nicht, wir nannten ihn Jacks.«

»Du lügst wie eine Sau.«

Es war unanständig, es war beleidigend, ich bekam ein leises rauschendes Klingen im Kopf, trotzdem redete ich weiter, ich würde ihn kriegen.

»Warum zum Teufel sollte ich lügen, Ban?«

»Und dann hast du geschlafen?«

»Ich habe nicht geschlafen, ich habe nur so getan, als würde ich schlafen.«

»Alle sagen, du hättest friedlich zwischen den Toten geschlafen.«

»Was wissen die denn. Habe ich nicht. Die Roten waren ganz in der Nähe. Verstärkung aus My Tho kam keine, weil sie auch dort kurz zuvor ein Feuerwerk veranstaltet hatten. Ich wartete darauf, daß einer eine Handgranate hineinschmeißt. Ich deckte mich mit dem Neger zu und wartete auf die Granate. Es kam keine. Einer kam bis an die Sandsäcke herangekrochen und leuchtete mit der Stablampe hinein. Dann verschwand er im Wald. Ich rührte mich nicht bis zum Morgen, bis sie mich fanden. Unter dem toten Neger, verstehst du? Damals haben sie gesagt, ich sei der eiserne Franz. Weil ich Nerven aus Draht habe. Aber ich habe mich diese Nacht angeschifft, Ban, ich habe buchstäblich in die Hose geschifft.«

Er senkte die Pistole. Jetzt glaubte er es. Darauf hatte ich gewartet.

88

Er senkte die Pistole, und im selben Augenblick wimmelte der Boden von Vietcong-Gnomen, das rauschende Klingen war im Kopf, und im selben Augenblick trat ich ihn in den Bauch. Er krümmte sich, und ich schlug ihm von unten eine rein, daß er zusammenklappte. Ich wand ihm die Zwille aus den Händen, daß er ganz blaue Finger bekam. Ich fischte das Rasiermesser aus dem Spind und setzte es ihm an den Hals. Du Hurenbock, du. Du willst mich verhören? Was willst du denn von mir, du Arsch mit Ohren? Ich drückte ihm die Knie in den Bauch, daß er blöd aus der Wäsche glotzte. Was wollte er, was wollte er überhaupt?

»Was willst du?«

»Ich dachte, du lügst«, röchelte er. »Alle lügen.«

Wieder drückte ich zu, und Ban gurgelte es aus dem Bauch hoch in den blutigen Mund. Warum zum Teufel sollte ich wohl lügen, he? Damit du mir glaubst und all die anderen kleinen Einbrecher hier drinnen, dieser Hurenbock, diese beschissenen Wichser, die in Seitenstraßen alten Omas die Tasche entreißen, he? Deshalb soll Keber lügen? Was? Ich bin kein Vögeldirektor, ich bin nicht Pepi Pedro, den ihr in den Keller geworfen habt. Fast kam ich mit den Knien bis an den Boden durch, so flach drückte ich ihn. Hast du Pepi Pedro fertiggemacht? Er schüttelte den Kopf: nein.

»Ich war in der Dominikana«, sagte ich, »dominikanische Oberste, alle in Unterhosen. Wenn du weißt, wo das ist.«

Ich ließ etwas locker, damit er antworten konnte.

»Weißt du, wo das ist?«

Er schüttelte den Kopf.

»Dann sag bitte.«

Er preßte die Lippen zusammen. Wieder drückte ich ihm die Knie in die Eingeweide.

»Sag bitte, daß ich es dir sage, wenn du keine Geographie kennst.«

»Bitte«, sagte er, »wo ist bitte die Dominikana?«

»In der Karibik«, sagte ich.

Ich ließ los. Stand auf. Meine Hände zitterten. Gut, daß ich ihn nicht mit dem Rasiermesser geschnitten hatte. Die Pistole steckte ich in die Tasche. Der und mich fragen, wo My Tho ist? Mit der Pistole, mir aufs Maul gerichtet. Und weiß nicht einmal, wo die Dominikanische Republik ist.

»Schleich dich«, sagte ich.

»Bist ein Schwein«, sagte er. »Du hast mich erniedrigt.«

»Und«, sagte ich, »und?«

»Du hast mich getreten, als ich die Pistole gesenkt habe.«

»Wann sollte ich es denn tun?«

»Ich weiß nicht«, sagte er.

»Auch das weißt du nicht«, sagte ich, »schleich dich.«

»Du bist nicht fair«, sagte er. »Ich habe dich bewundert, Keber.«

»Marsch, raus.«

»Gut«, sagte er, »ich gehe. Aber merk dir. Das ist nicht mein letztes Wort.«

Er schlich sich.

Der Hund, der Duckmäuser, der Psychopath. Ich hatte Angst vor ihm.

89

Zu Recht. Das war nicht sein letztes Wort. Er kehrte zurück mit einer Horde Typen mit Armbinden.

»Auf Befehl des Präsidenten«, sagte er. »Du kommst vors Gericht wegen Gewalt und wegen Verletzung der Disziplin.«

Ich stürzte hinaus, ich drängte mich durch den Haufen hindurch, aber die schweren Jungs warfen mich zurück in die Zelle. Zwei hoben die Tür aus und lehnte sie an den Rahmen. Nägel, rief jemand auf dem Gang. Nach einer Zeit hörte ich ein Hämmern auf der Außenseite.

Ban lachte. Ausgangszustand, jetzt verstand ich, was Mrak gemeint hatte: Ich hatte den Ausgangszustand gefordert, ich hatte ihn bekommen. Ausgangszustand, der natürlichste Zustand für einen Häftling ist der, daß er in Haft sitzt.

Ich ging in der Zelle auf und ab. Auf einmal war ich ein Tier im Käfig. Ich ging zur Tür und trat gegen das dicke Holz. Ich trommelte mit den Fäusten dagegen. Auch das ist die natürlichste Reaktion. Es war Unrecht, auf einmal fühlte ich, mir geschah Unrecht. Ich habe den Aufstand in der Livada angefangen, ich habe den Angriff geführt, ich habe die Livada befreit. Mich können sie nicht einsperren, das ist vollkommen absurd.

Ich spürte Ban, wie er grinste.

»Daß du dich nur nicht anschiffst vor Anstrengung«,

sagte er. »Du kannst dich beschweren«, sagte er. »Jeden Tag um elf werden in der Verwaltung Anträge auf Entlassung auf Bewährung behandelt.«

Ich setzte mich aufs Bett. Jetzt wurde es böse.

90

Nachts im Gefängnis kommt zuerst das Denken, dann das Träumen, von den Frauen, den Feldern, Wiesen, Gassen und Kneipen. Und immer wieder von den Frauen. Ich habe damals schon phantasiert. Der Mann im Mantel, der sich am Haustor mit Leonca zu schaffen machte, war das nicht Johann? Wieder zwischen Schlafen und Wachen, Leonca. Ich habe ihn, ich habe Johann gesehen, wie er dort an ihrer Theke sitzt, er saß oft dort. Jetzt schenkt er ihr Flieder, Maiblumen, er sagt, ich schenke dir Maiblumen, und dann gehen sie durch die frühlingshaft warme, nächtliche Gasse. Johann, du Vieh, sagte ich. Wohin gehst du, Johann, wohin gehst du Tier? Zu ihr, sagte Johann, an den Maiblumen zwischen den Kruzifixen schnuppern, sagte er.

Auf Vertrauen, sagte sie, auch nach diesem Hausflur sagte sie: auf Vertrauen. Ihre Weisheiten brachten mich in Wut. Auf welches scheiß Vertrauen. Ihre Ruhe, ihr Dienst, ihr Schreiben, ihre blöde Leidenschaft für Lebensweisheiten, ihre immer aufs neue verwunderten Hunde-, nein, Hündinnenaugen. Du mußt lernen, sagte sie, als ich von einer Dreitagesfahrt auf dem Mississippi zurückkam, was bedeutete, daß ich beim Kartenspielen das ganze Geld und mehr durchgebracht hatte, du mußt lernen, anders zu leben. Und das glaubst du wirklich, sagte ich, du glaubst doch nicht, sagte ich, daß ich die ganzen drei Nächte mit Freunden zusammen war. Natürlich glaube ich das, sagte sie, du hast ja alles verspielt, natürlich vertraue ich dir. Sag bloß nicht, sagte ich, was du jetzt sagen willst, und ich preßte mir die

Ohren zu, um es nicht zu hören, was sie dann natürlich trotzdem sagte: Auf Vertrauen gründet die Welt. Und so gründete die Welt auf Vertrauen, als ich von der Fahrt auf dem Mississippi zurückkehrte, als ich nach vier Monaten aus Deutschland zurückkehrte, die Welt gründete auf Vertrauen, als ich sie mit diesem Menschen sah. Wenn ich dir nicht vertraute, würde ich nicht auf dich warten. Und sie sah mich mit dieser Ruhe an, bei der sich einem die Haare sträuben. Einmal wirst du umsonst auf mich warten, sagte ich, einmal werde ich überhaupt überhaupt nicht zurückkommen, sagte ich. Dann werde ich eben von dir träumen, sagte sie, das Leben, sagte sie, und schon verstopfte ich mir die Ohren, das Leben ist eine Traumvision.

Ich war in der Zelle, verrammelt, das Leben war eine Traumvision, und noch immer hatte ich nicht gelernt zu leben. Jetzt wußte ich weniger als je zuvor.

Es war verrückt, daß ich es nicht gelernt hatte, aber genauso verrückt war es, daß ich ihre Belehrungen ertrug. Verrückt war auch, daß mir jemand so dämlich vertraute, und noch verrückter war, daß auch ich ihr vertraute, obwohl ich von dem Tag an lernte, als ich die Welt erblickte, von der Stunde an wußte: niemals niemandem vertrauen. Ihr vertraute ich, obwohl sie in diesem messingstrotzenden Bistro einen kurzen Rock trug, jedenfalls zu kurz, obwohl an dieser Theke andauernd so ein Typ herumhing, der sich vorsichtig zurückzog, wenn ich mich setzte. Und nur einmal hat da ein glatzköpfiger und rotwangiger Typ etwas über ihre Hüften und ihren Hintern gesagt, und nur einmal habe ich ihn angesehen, daß ihm die Röte noch mehr in die roten Backen und hinauf in die Glatze schoß. Hör auf mit dem Unfug, sagte ich. Sonst ziehe ich dir Ohren auf. Leonca mußte lachen, das sah ich schon, obwohl sie ein so ernstes Fräulein war. Aber diese Dinge ließen sich regeln. Letztlich hat niemand sie irgendwohin begleitet, auch nicht nach Haus, zumindest nicht, bevor sie dieses Bild mit Mascha fand. Zumindest bis dahin baute sie um sich eine unsichtbare Sicherheitsmauer. Die übertrat niemand, die rammte niemand mit dem Kopf, kein Kürbiskolbiger, kein Hammelhorniger, das wußte sie. Das weiß ich schon von diesen Dingen, manche Frauen wissen das auch, und ich habe sofort gesehen, daß sie eine war, die das wußte. Auch die Typen an der Theke wußten das. Es war nicht notwendig, das irgendwem klarzumachen. Die Schwierigkeit lag nicht im Vertrauen, die Schwierigkeit lag in ihren Weisheiten.

91

Es wurde Nacht, niemand war da, der die verfluchte Tür heruntergeschlagen hätte, ich dachte, sie wollten mich in dem Loch verrecken lassen. Im Loch der Löcher, im Gefängnis der Gefängnisse. Von der Verwaltung her brandete die ganze Nacht Musik und dazwischen eine violette Stille gegen die Fassade des Gebäudes, in dem ich verfaulte, je nach dem, ob der Präsident soff oder philosophierte. Er war der Gesellschaft überdrüssig geworden, nicht einmal Mežnar ließ er mehr zu sich. Auch die Knaben mochte er nicht mehr. Jetzt saß er neben Teršič, der auf der Couch lag, und gemeinsam philosophierten sie stundenlang. Mrak flößte ihm Cognac ein, ihm, und auch sich selbst. Schließlich war er mehr Philosoph als Tyrann.

Ich lag da, unablässig zwischen Schlafen und Wachen, die ganze Zeit müde, schlaff, sie hatten mich ziemlich zusammengestaucht. Auch der Körper gehorchte nicht mehr. Er wollte sich keine Frau mehr herbeirufen, weder Mascha noch die Journalistin mit der knabenhaften Frisur, ihre Haut, wenn sie sich nach den Streichhölzern bückt, Leonca war nicht im Raum. Es gab keine Flucht mehr von der Livada, dreifache Umzingelung, eine zugenagelte Tür, das wirft dich um. Nicht einmal ans Ficken konnte man denken, nicht einmal Wichsen war möglich.

Du fickst wie ein Engel, sagte ich, laß uns ficken.

Ich will nicht, daß du so mit mir sprichst, hatte sie am Anfang gesagt.

Schreib mich ab, sagte sie am Ende. Ich habe sie abgeschrieben. Ich habe sie abgeschrieben, weil sie mich verraten hat. Zuerst wegen des Fotos, dann wegen des Traums.

Ich weiß, daß sie auf mich wartet. Ich denke oft an sie. Ich habe sie abgeschrieben. Das glaube ich jedenfalls. Sie war eifersüchtig, Leonca, sie war eine ruhige junge Frau, sie war vollgestopft mit weisen Gedanken, aber hier konnte sie sich nicht helfen: Sie wurde wahnsinnig. Sie wurde wahnsinnig, als sie das Foto aus Odessa fand: Mascha hielt mich um die Schulter gefaßt, sie lachte in die Kamera, Mama Katharina hatte uns fotografiert. Ich war in einem zerknitterten T-Shirt, Mascha war in ein Bettuch gehüllt, um den Hals baumelte ihr ein goldener Anhänger. Sie war eine richtige Hafengöttin. Leonca konnte den Blick nicht von diesem Bild losreißen. Was für ein Mensch bist du, sagte sie, als wir wieder im Bett waren. Traurig sagte sie: Wer bist du überhaupt? Ich kenne dich nicht. Das war früher, sagte ich, schon lange vorbei. Sie verstand das, trotzdem wollte sie das Bild für sich haben. Sie zerriß es nicht, unablässig starrte sie Mascha an, die sie noch weniger kannte als mich.

Wenn ich dann ein paar Nächte nicht da war, sagte sie nichts, sie fragte nichts, sie erlaubte nicht, daß ich egal was erklärte, aber sie verriet mich eben das erste Mal. Mit einem Schatten, ich sah nur einen Schatten, als ich am nächsten Abend vor ihrem Haus aus dem Auto stieg. Mit einem Schatten im Mantel, der sie an die Wand neben dem Haustor gelehnt und ihr den Rock gehoben hatte. Das war das erste Mal, das war ihre Rache, weil sie mich nicht kannte, weil ich ein anderer Mensch war, nicht mehr einsam da draußen auf dem Meer, sondern ein Schwein, ganz einfach ein Schwein. Ich wollte wissen, wer der Schatten war, der weghuschte, als ich aus dem Auto stieg. Sie schwieg, ich wußte, daß das für Mascha war, wegen dieses Fotos. Der Schatten entfernte sich seitlich, hastig, er versuchte, bei dieser unehrenhaften Flucht etwas Würde zu wahren. So hatte sich vor ein paar Nächten Johann von dem Gebäude zurückgezogen, Johann, der Pokerspieler mit den goldenen Zähnen, etwas war in seinen Bewegungen gewesen, das an jene Unglücksnacht erinnerte. Sie schwieg. Es tat ihr nicht leid. So schien es ihr richtig. Ich gab ihr eine schwere Ohrfeige. Das Blut floß ihr aus der Nase.

Dann legten wir uns auf den Boden, in den Mänteln, und führten am ganzen Leib zitternd das zu Ende, was der unbekannte Flüchtende begonnen hatte.

Zwischen dem ersten und dem zweiten Verrat war Masada, eine seltsame, romantische Reise. Meine erste Reise mit einer Frau, mit einer richtigen Frau. Meiner Frau.

Das zweite Mal war schlimmer, das zweite Mal tat sie es noch bewußter und noch mehr aus Trotz als beim ersten Mal. Das erste Mal mußte ich für ein Foto bezahlen, das zweite Mal für einen Traum. Wenn sie mir das Foto auch irgendwann vergeben hatte, den Traum konnte sie mir nicht vergeben.

Das zweite Mal quatschte sie über dieses Geld von der Post zu irgendeinem Besoffenen, einem Spitzel, in ihrem Lokal. Sie quatschte herum, sie zeigte mich sozusagen an wegen des Geldes, das ich nach Haus gebracht hatte, letztlich auch ihr, auch für sie, wegen dieser paar Kröten aus der Post, wo wir einer erschrockenen Amtsglucke was abgenommen hatten. Sie wollte, daß ich das Geld nicht anschleppe, sie wollte, daß ich, lieber Gott! ein anderer Mensch werde. Wer kann denn das? Sie wollte, daß ich aufhöre zu träumen. Deshalb zeigte sie mich an, wegen der beiden aus Odessa, Katharina und Mascha, die sie nie gesehen hat. Wegen des Traums. Du redest im Schlaf, sagte sie, du redest von Odessa. Von dieser Mascha mit dem Bettuch und dem Anhänger redest du jede Nacht. Du träumst von ihr. Wer von jemand jede Nacht träumt, der liebt jede Nacht. Du liebst nicht mich, du liebst diese Russin. Ihr Foto, das Bild einer schwarzhaarigen Frau, eingehüllt in ein Bettuch und mit einem dünnen Goldanhänger um den Hals, trug sie mit sich in der Handtasche. Im Dienst, auf der Straße, zu Hause nahm sie es heraus und sah es an.

Das zweite Mal war unwiderruflich und schicksalhaft und unkorrigierbar. Ich drückte sie gegen die Wand, etwas heftiger, als es damals dieser Schatten beim Haustor getan hatte. Jetzt lehnte ich sie für beides an die Wand, für das Haustor und für dieses dumme, sinnlose, unnötige Verrätergequatsche. Zu heftig habe ich sie gegen diese Wand gedrückt. Die Kruzifixe fielen herab von der Erschütterung, vom Schlagen ihres Kopfes gegen die Wand. Ich hatte dieses rauschende Klingen im Kopf, die Wand war rot, Büschel verklebter Haare dazwischen, zerrissene Kleidung, ausgerissene Haare auf dem Boden und zertrampelte bunte Hefte des Buches der Weisheit. Das zweite Mal verriet sie mich, weil sie mich liebte, weil sie wollte, daß ich jemand anderer wäre, und nicht das, was ich mein ganzes beschissenes Leben in Wahrheit bin. Ich habe sie gegen die Wand gedrückt, weil ich sie, wie soll ich sagen, liebte, ich hatte sie gern wie niemand zuvor. Jeder tötet das, was er liebt, stand in ihrem Buch, der Mensch mit dem Blick, mit dem Schwerte der Held. Sie mich mit dem Blick, das heißt mit Verrat, ich sie mit dem Schwert, das heißt mit meinen Händen ihren Kopf gegen die Wand, und den Verräterkörper, den ich durch dieses Zimmer da schleppte, weil ich es nicht konnte, weil ich es nicht verstehen konnte, warum sie das getan hat. Ich habe sie nicht getötet, alles, was uns gemeinsam war, haben wir getötet, sie mit dem Blick, ich mit den Händen: Maiblumen, Sonntagsforellen und -betten, die Reise übers Meer, Masada, die Wolken darüber, alles.

Noch bevor sie mich wegbrachten, habe ich ihr von allen anderen Frauen erzählt, nicht nur von Mascha, von allen, aus Triest und Koper, aus Split und Piräus, Genua und Hamburg, Saigon und Odessa. Und den Gekreuzigten habe ich vom Boden aufgehoben und ihn wieder aufgehängt, mit dem Gesicht zur Wand.

Schreib mich ab, schrieb sie mir nach gut einem Monat ins Untersuchungsgefängnis. Ich schrieb sie ab.

Am Morgen, in aller Herrgottsfrühe, habe ich auf dem Gang die fünf dressierten Typen in Uniform, die mich holen gekommen waren, auseinandergenommen. Einen von ihnen etwas mehr, sie mußten ihn ins Krankenhaus bringen und ihn an die Apparate anschließen. Zum Glück regte er sich bald wieder. Auch den Polizeiwagen habe ich demoliert. Mein klingender, rauschender Kopf war danach geschwollen und brummte wie eine große Glocke, wie ein ganzer Glockenturm.

Leonca blieb dort, allein und ernst und mit ihren Maiblumen, die nirgends zu kriegen sind, mit ihren Kruzifixen und Heften, mit ihrer ganzen Gelehrtheit. Und mit Maschas Bild.

Ich habe mich nach einiger Zeit hier wiedergefunden, mitten in dieser verrückten Anstalt, die trotz allem besser war als dieses Dahocken vorher, mitten in einem Aufstand, einer Revolution, mitten in einem Krieg, des jüdischen Kriegs: Es begann mit der Belagerung des Tempels, Titus zog über Jerusalem her, wo Hunger herrschte. Dann werden sie die Masada belagern, die sichere Zuflucht, eine der Festungen aus meiner Kindheit. So eine, wie ich sie meine ganze Kindheit, meine ganzen Knabenjahre hindurch erträumt habe. Als ich sie sah, wußte ich, daß das die sicherste Festung war, die je errichtet worden war. Ich habe viele im Traum gesehen, diese war die höchste, die sicherste. Und sie wurde zu guter Letzt doch eingenommen.

Jemand hämmerte gegen die Tür.

Auf der anderen Seite der Tür sprach jemand, mir kam vor, als wäre es Johann.

Hör auf mit dem Kaputtschlagen, Keber, du wirst dir noch den Kopf kaputtschlagen.

92

Ich hatte Wasser, Essen gab's keines.

Nachts stemmte wieder diese Echse in der Wand. In die kleinste Ritze kriecht sie und findet eine Bleibe. Nicht nur die Erinnerungen und Sehnsüchte Eingesperrter, auch die Echsen finden ihren Weg durch die Wände. Als wir im Jahre 45 bei diesem Transport auf einem Bahnhof mitten in Deutschland standen, spielten wir mit den kleinen Echsen, die über die Mauer an der Strecke huschten oder nur ruhig in der Sonne hockten. Wir nannten sie Kleiner Martin. Wenn man sie mit den Fingern am Schwanz fing, blieb einem der Schwanz in der Hand, der Kleine Martin ließ ihn zurück und verschwand. Er war ein nicht zu fassender Flüchtling. Den konnten sie nirgendwohin einsperren. Er verschwand einfach in der Wand, im kleinsten, unsichtbarsten Spalt. Drinnen hat er eine Bleibe gefunden, wahrscheinlich hat er sich eine große Höhle ausgestemmt, wo es warm und trocken war, sicherer als in der Sonne an der Strecke, wo die Züge vorüberrasten.

Jetzt war diese Echse wieder am Stemmen, der Kleine Martin aus der Kindheit, von der Wand irgendeines Bahnhofs, er stemmte in der Gefängniswand und durch sie hindurch, auf der Außenseite wird er morgen, wenn die Sonne scheint, auf und ab spazieren. Er hatte die sicherste Festung im Inneren und Ausgänge nach allen Seiten.

Beim ersten Morgengrauen war ich am Fenster, um zu sehen, was sich auf dem Hof abspielte. Die Menschen schleppten sich über den Platz, als würden sie etwas suchen, einen Ausgang aus dem verrückten neuen Zustand. Manchmal kam Johann vor meine Tür und redete zweideutige Sätze, irgendwas wollte er mitteilen, was da vor sich ging. Wieder Verhandlungen, wieder irgendwelche aufgewärmten Forderungen. Reiß die verdammte Tür herunter, sagte ich. Der Ordner steht neben mir, sagte er. Verschwinde, sagte ich. Es geht zu Ende, sagte er. Die beiden rangelten miteinander. Es war Zeit, daß diese Scheiße aufhörte.

Es konnte wirklich nicht mehr lange dauern. Mrak hatte sich zu weit seinem Traum vom Herrschen hingegeben, den Vergnügungen mit den jungen Burschen, dem Saufen und Philosophieren mit Teršič auf seinem psychiatrischen Bettgestell. Die innere Disziplin funktionierte noch immer tadellos, gegründet auf der glänzenden Kombination aus Schreckensherrschaft und Willkür der Mežnarschen Panduren sowie des denunziatorischen Bösen im Menschen, das in diesen Verhältnissen hervorragend wucherte.

Alle Spielarten des Bösen kamen auf ihre Rechnung. Dünkel, Habgier, Schmutzigkeit, Gefräßigkeit, Zorn und Faulheit. Die Blumen des Bösen blühten in der neuen Ordnung.

Ein Problem wurden die Außenbeziehungen. Draußen kam Ungeduld auf. Zwischen zwei Gebäuden beobachtete ich immer häufiger Bewegungen. Sie rückten näher heran über die einsehbare Fläche, auf der jeder Hase ausgemacht und abgeschossen werden konnte. Niemand fragte sich, was das bedeutete, den Verteidigungsfachmann hatten sie eingesperrt. Was heißt fragen, es fiel ihnen nicht einmal auf. Mežnars Wachen kratzten sich an den Eiern, eine militärische Organisation gab es nicht mehr. Das einzige, was sie konnten, war fressen, einsperren und verprügeln.

Mrak hatte fürs Fressen und Saufen schon alle Wärter verkauft, ich sah, wie man sie zum Haupttor führte. Sie wurden Mangelware. Das Ende kam näher. Nur Teršič hatte er noch. Der war zwar viel wert, aber Mrak gab ihn nicht raus. Er brauchte ihn für seine nächtlichen Gespräche, denn seine Angst wuchs zusehends. Immer seltener wurden die lauten Feste, immer häufiger die Gespräche mit dem Psychologen, der aus derselben Flasche trinken mußte wie der Tyrann. Auf neue Versprechungen von wegen Übergabe antworteten sie überhaupt nicht mehr. Es dauerte schon zu lange.

Mrak müßte aktiv werden. Wenn ich draußen gewesen wäre, hätte ich jetzt einen Ausbruch versucht. Bei militärischen Dingen darf man nie Ruhe geben, man muß Tempo machen und Initiative ergreifen. Ausbruch – und die nächstgelegene Stadt besetzen. Dann würden sie alles akzeptieren, auch die Übertragung. Mrak hingegen glaubte, er könne sie ewig mit der Beteuerung ruhig halten, daß drinnen Ruhe herrsche. Wir haben Ordnung, schrie er in seinem Büro durch das Telefon, wir haben Disziplin, wir beherrschen die Lage. Es kam keine Antwort, oder höchstens eine sehr schwache. Durch das Fenster von Mraks Büro flog eine Flasche und zerschellte mitten im Hof.

Es herrschte bleierne Lethargie. Sie dauerte den ganzen letzten Tag und noch eine Nacht, welcher Tag es war und welche Nacht, das wußte ich nicht mehr. Niemand wußte es mehr. Alle hatten Angst vor der totalen Scheiße. Werden Mežnars Panduren auf Befehl des schon halb wahnsinnigen Tyrannen damit anfangen, uns alle umzubringen, die wir in den Zellen eingesperrt sind, oder werden Rauchbomben fliegen und danach alle zulässigen Mittel angewandt? Jede Stunde erwarteten wir die Attacke, jede Stunde wartete ich darauf, daß jemand die Tür aufbricht. Die Stunden waren so lang wie Tage. Nachts riefen einander die Wachen von hüben und drüben. Manchmal war das Stöhnen der Verprügelten und Verletzten in der Ambulanz zu hören. Die Klänge der ausgelassenen Feste aus dem Verwaltungstrakt wurden immer leiser. Alois' Mädchen und seine Prätorianer, alle hockten sie da in Erwartung des armseligen Ausgangs. So mancher sehnte ihn sich herbei, vor allem die jungen Sklaven, die völlig erschöpft oder durchgeprügelt waren. Letztlich dauert kein Fest unendlich, wennschon die Tyrannei unendlich lange dauern kann. Die Vorräte an Nahrung und Getränken waren erschöpft. In Mraks Selbstverwaltungsrepublik herrschte wieder der Hunger. Hunger, Angst vor Zinkern, Panduren und Friseuren, Angst vor dem Angriff der Belagerer und ihrem Einsatz aller zulässigen Mittel.

Mein Kopf war leer von all dem. Ich wußte nicht mehr, was vor sich ging, ich konnte das Kommende nicht mehr einschätzen. Unsere letzte Niederlage hatte sich in einen Sieg verwandelt, der Sieg in eine Diktatur, die Diktatur in eine schreckliche Tyrannei. Im Lande herrschte Hunger, das feindliche Heer marschierte gegen Jerusalem, die Schrekkensherrschaft war gewaltig, die Angst groß. Nichts mehr konnte geschehen. Im leeren Kopf war nur dieses rauschende Klingen. Genaugenommen ein Läuten, Leonca hatte recht, das Läuten kam vom Hunger.

93

Wie nun Eleazar und seine Gefährten auf ihn eindrangen, hob auch das andere Volk, um seiner Wut zu genügen, Steine auf und begann sie auf sie zu werfen. Menahem und seine Leute leisteten für kurze Zeit Widerstand, aber als sie sahen, welche Volksmenge auf sie losstürmte, ergriffen sie die Flucht, wohin immer sie konnten; alle, die ergriffen wurden, wurden getötet, und alle, die sich versteckt hatten, wurden aufgespürt. Wenigen nur gelang es, sich dadurch zu retten, daß sie heimlich nach Masada entkamen, unter ihnen war Eleazar, der Sohn des Jair, ein Verwandter Menahems, der später Despot in Masada wurde. Menahem, der zum Hügel Ophel geflohen und sich dort feige versteckt hatte, wurde lebendig gefangen, ans Licht gezogen und unter allen möglichen Foltern zu Tode befördert.

Blutig von der Steinigung hob sich Menahem auf die Ellbogen. Sein Mörder hielt den Spieß in den Händen. Bevor er ihn in seinen Hals stieß und ihn endgültig tötete, erkannte er im Sikarier das Gesicht jenes Schattens, den er einst gesehen hatte, in jener Nacht auf dem Gipfel der Herrschaft, als er aus der Stadt herausgegangen und es finster geworden war und er lange die dunkle Flanke des Berges betrachtet hatte. Er wußte, schon damals hatte er es gewußt, daß er ihm von Jahve gesandt war. Jetzt hatte er ihn eingeholt.

Seine Stellvertreter aber, darunter Absalom, sein schlimmster Handlanger in der Tyrannei, ereilte ein ähnliches Schicksal.

94

Am nächsten Morgen machte Mrak den entscheidenden Fehler. Er stellte Brivec vor Gericht.

Sie wollten über ihn zu Gericht sitzen, weil er Leute an Fleischerhaken aufgehängt hatte. Mrak wußte, daß das Ende herankam, er war zur Besinnung gekommen. Er wollte nicht die Verantwortung für dieses Schlachthaus übernehmen. Er wußte, daß einige Sachen etwas zu weit gegangen waren. Er sperrte auch Ban ein, der in der Friseurfleischerei immer aktiver geworden war. Dann ließ er die Frisierstube gründlich waschen. Er spürte das Ende kommen. Die da draußen wollten nicht mehr verhandeln.

Über den Kalten saß er selbst zu Gericht. Vor den johlenden Geschworenen verurteilte er ihn zu einem Monat Einzelzelle. Alle wußten, daß seine Herrschaft keinen Monat mehr dauern würde. Aber er sagte, Angeklagter, stehen Sie auf. Wegen Überschreitung der zulässigen Gewaltmittel werden Sie zu einem Monat Einzelzelle verurteilt. Alles johlte, aber der Kalte hatte keinen Sinn für Humor. Er hörte, Angeklagter, stehen Sie auf, und von nun an war Mrak für ihn nur noch Richter. So wie Richter Stifter, der schon in der Reihe wartete, irgendwo draußen, weit draußen, aber auch sein Vorgänger war weit weg gewesen, auch die Richterin, der er die Goldsachen abgenommen hatte. Dem Kalten war das völlig egal. Er konnte noch länger warten. Von nun an würde er auch auf Mrak warten. Nicht mehr lange.

95

Dann erlaubte Präsident Mrak die Landung des Hubschraubers im Hofkreis.

Die Verhandlungen waren abgebrochen, es wurde nur eine einzige Forderung erhoben: bedingungslose Kapitulation. Sie werden keine einzige der Forderungen erfüllen. Wenn wir kapitulieren, können wir damit rechnen, daß nur die Hauptschuldigen bestraft werden. Mrak schlug vor, der Justizminister solle kommen, ihm werde er die Führung der Livada übergeben. Niemand außer Mrak glaubte, daß der Justizminister tatsächlich zustimmen würde. Er mußte betrunken oder von Machtrausch besessen sein. Noch nie im Leben hatte er so viel Macht und Gewalt gehabt. Vielleicht hatte er erkannt, daß er mit dem Verkauf aller Wärter einen Fehler begangen hatte. Teršič, der ihm als einziger geblieben war, war zu wenig. Auch Teršič war die ganze Zeit über betrunken und schon ziemlich verrückt von den nächtlichen Wahnsinnssitzungen mit dem Tyrannen. Er konnte nicht mehr ans Telefon gehen oder gab nur völlig irre Sätze über Massenpsychologie und Aggressivität von sich. Also glaubte nur noch Mrak, daß sich der Minister mit ihm unterhalten wollte. Ein paar Argumente hatte er noch.

Mich im Gefängnis, den dreifachen Mörder Brivec hatte er verurteilt, er konnte auch Ban ausliefern, der einer von denen war, die angefangen hatten. Wohin Johann verschwunden war, war nicht klar. Er war so eine Echse, ein gerissene kleine Eidechse, die ihr Loch gefunden hatte, eine sichere Bleibe irgendwo zwischen den Ritzen in den Gemäuern der Livada.

Alois Mrak wollte, daß ihm bei dem, woran niemand mehr glaubte, alle zuschauten. Mrak, der große Führer, der einst nur Mrak, wenn nicht nur Virman, ja Virmännchen gewesen war, wird mit dem Minister verhandeln. Der kleine Buchhalter, Virman, erlebte seinen letzten großen Augenblick. Im Namen von ein paar hundert Leuten, die ihm auf einen Wink gehorchen, absolut gehorchen, wird er mit dem Minister verhandeln. Den letzten Augenblick seines Ruhms wollte er bis zum letzten Tropfen auskosten. Die Lautsprecher befahlen, daß alle an die Fenster zu kommen hätten. In der Mitte des Hofkreises wurde ein Verhandlungstisch aufgestellt, auf ihm lagen irgendwelche Papiere, wahrscheinlich zur Vertragsunterzeichnung. Ein bißchen erinnerte mich die Szene an einen Film, Viva Zapata oder so ähnlich. Der Held ist umgeben von Mauern, auf den Mauern sind Schützen postiert, sie werden ihn durchsieben. Aber hier gab es keinen Helden, nur überall kleine Schurken, und auch Mrak rechnete damit, daß sich im letzten Moment etwas ändern könnte. Aber die Mauern gab es, die schwarzen Fenster der ausgebrannten Strafanstalt, in ihnen Trauben von Köpfen, die auf den Ausgang warteten.

96

Der Hubschrauber kam über den Hof geflattert und entfernte sich wieder. Wir hörten ihn, wie er in großen Kreisen die Livada umflog. Sie wollten sich noch einmal davon überzeugen, ob es sicher war, zwischen diesen Verrückten zu landen. Sie hätten landen können, schon längst. Es gab keine Verteidigung mehr, sie hätten durch den Eingang hereinspazieren können, wo Mežnars betrunkene Ordner mit ihren roten Armbinden herumlungerten. Am Rand meines Sichtfeldes sah ich, wie Polizeiwagen über die zersplitterte Schranke gefahren kamen.

In dem Augenblick knirschte es an der Zellentür. Jemand versuchte, die Tür aufzubrechen. Ich dachte, jetzt kommen sie mich holen. Es war mir egal, es mußte ein Ende nehmen.

Dann flog die Tür zur Seite, draußen standen Johann und der vertrottelte Flappe mit Spitzhacken in den Händen, beide grinsten. Nirgends war mehr eine Wache zu sehen. Flappe schmiß das Werkzeug in den Gang, daß es weithin hallte, im Nu war er mit dem Hall verschwunden, mit Schallgeschwindigkeit. Johann zischte: Mir nach, lauf. Wir liefen durch einen langen Gang, sprangen über Gerümpel, zerschlagene Flaschen, Johann rutschte auf irgendeiner Schweinerei aus, fluchte, fiel, rannte weiter. Wir wandten uns zur Treppen nach oben, liefen zum Dachgeschoß, rissen eine Tür auf. Unter unseren Schritten stieg Staub auf. Als sich meine Augen an die schemenhafte staubige Helle gewöhnt hatten, sah ich ein Bett, ein paar Flaschen und etwas zum Essen. Hier hatte er sich versteckt, der Iltis. Von hier hatte er seine Ausflüge zu meiner Zelle und zurück unternommen.

Wir stiegen zur Dachluke hinauf. Der Anblick war schön. Und jämmerlich. Von hier beobachteten wir, wie der letzte klägliche Akt des berühmten Aufstandes in der Livada begann. Genaugenommen nur noch die Agonie der Mrakschen Tyrannei.

97

Das Ende war ganz einfach. Bevor wir ihn sehen konnten, hörten wir ihn, wieder näherte sich der Hubschrauber über den kahlgemähten Maisacker, auf dem sie jeden, der versuchen würde zu fliehen, abschießen würden wie einen Hasen. Dies brauchte niemand zu sagen, niemand rief mehr zur Vernunft, nunft, nunft auf. Der Hubschrauber stoppte dann wirklich über dem Hofkreis und landete langsam. Präsident Mrak trat mit den Händen über dem Hintern zurück, er zeigte noch immer Würde. Neben ihm standen Mežnar und eine Reihe von Ordnern mit Armbinden, bereit zu ehrenvoller militärischer Übergabe, wie die Japaner auf dem Flugzeugträger im Jahr 45. Als sich der große Vogel senkte, fegten seine Flügel im Nu alle Papiere weg und warfen den Tisch um, die Ordner wurden von Panik ergriffen, die geordnete Formation löste sich, sie flüchteten durch die offenen Türen der Blocks ins Innere.

Der Hubschrauber landete, und statt des Ministers sprangen Angehörige der Sondereinheit heraus, Rauchbomben flogen auf den Hof, ein paar Mal knallte es gewaltig, so daß ich sehen konnte, wie es die Leute in den unteren Geschossen von den Fenstern zurückwarf. Der Rauch stieg bis zum Dach. Durch den vernebelten Anblick, der sich mit Gastränen füllte, sah ich den geschorenen Kopf des Inspektors, seine Gestalt, die mit den Händen irgendwohin deutete, und gebückte Gestalten, die in diese Richtungen liefen. Alois Mrak lief wie eine dünne Bohnenstange zwischen den Spezialern herum, die ihn mit bloßen Händen zu fangen suchten. Es gelang ihm, sich irgendwo im Nebel zu verkrümeln. Es gab kein triumphales Händeschütteln, kein Unterzeichnen, Mrak verschwand im Nebel, alles verschwand im Nebel. Mežnars Panduren gaben keinen einzigen Schuß ab, es passierte gar nichts. Außer der Tatsache, daß wir uns in einer Minute oder zwei dort befanden, wo wir ganz zu Anfang des Aufstandes gewesen waren. Die Angreifer hatten das Haupttor besetzt, die Werkstätten, den Hof, Block A, praktisch alles, außer drei Gebäuden, in die sie Gott weiß warum nicht eindrangen. Noch nicht, es war nur eine Frage der Zeit, wann das geschehen würde.

Ich schaute über die grüne Ebene zum Waldrand hinüber und weiter, von den Mauern der Masada dorthin, wo das Wüstenmeer lag und weit dahinter die dunkle Fläche des Toten Meeres.

98

Leonca stand auf der Spitze des weißen Turms. Ich war unten, ich sah den Abgrund unter dem Turm. Paß auf, sagte ich, das ist der letzte. Ich weiß, sagte sie, der siebenunddreißigste weiße Turm Masadas. Eine Schar Touristen mit lautem Führer entfernte sich. Der Wind zauste Leoncas Haar, das Seidentuch flatterte um ihren Hals. Woher dieser Wind, dachte ich, dort oben gab es keinen Wind. Die Luft stand still, es war heiß, in der Ferne lag das Tote Meer im Dunst. Es ist heiß, sagte sie, es gibt keinen Frühling in Masada, sagte sie, nur Hitze und den Blick aufs Tote Meer. Was redest du, sagte ich, ich verstehe dich nicht. Es ist hoch, sagte sie, und tief zugleich. Bleib nicht dort stehen, sagte ich, sie sind schon alle gegangen. Wenn du ausrutschst, sagte ich, wenn dich ein Windstoß umwirft, werde ich dich allein nicht auffangen können. Ich will ja gar nicht, daß du mich auffängst, sagte sie. Warte, sagte ich, ich klettere hinauf. Ich hielt mich an den Steinen fest und fing an, wie eine Echse an die Wand geklebt nach oben zu klettern. Der Wind wurde immer stärker. Von hier sind sie in den Abgrund gesprungen, rief sie von hoch oben. Sie sind nicht gesprungen, rief ich, niemand ist gesprungen. Mit dem Schwert haben sie sich umgebracht. Das Los entschied. Gott entschied mit dem Los, wer als letzter das Schwert erheben mußte. Ich mag keine Schwerter, ich mag keine Messer, rief sie, ich mag kein Blut. Mit Messern, mit Schwertern, sagte ich. Jeder tötete seine Lieben. Jeder tötet das, was er liebt. Niemand ist gesprungen. Sie haben gelost. Jener, den Gott in dieser Todeslotterie auserwählt hat, war der Letzte. Der hat sich selbst umgebracht.

Ihr hätten sie gesagt, daß sie in die Tiefe gesprungen sind. Wer hat dir das gesagt, Leonca, wer hat dir denn den Unsinn erzählt? Noch immer war sie hoch oben auf dem siebenunddreißigsten Turm. Je weiter ich, die Echse, kletterte, desto höher war sie. Wie weißt du das denn? rief sie, warst du dabei? Eine Frau, die in einer Wasserzisterne überlebte, hat den römischen Soldaten erzählt, was geschehen ist, beeilte ich mich ihr zu erklären. Niemand ist gesprungen, glaub mir. Dir, rief sie, dir glaube ich nie mehr. Sie stand am Rand, unten war der Abgrund, weiter unten das Tote Meer. Ich blieb an die Turmmauer geklebt hängen, zwischen Himmel und Erde. Ich wußte, daß sie springt, ich wußte es.

99

Vielleicht waren sie nicht in die Blocks eingedrungen, weil sie eine strikte Anweisung hatten: keine Opfer. Die freigelassenen Wärter hatten ihnen sicher erzählt, was sich hier drinnen abspielt: eine böse Diktatur. Hier gilt der Kopf nicht viel, der ist nicht viel wert. Obwohl sie nicht eindrangen, ergab sich Block B zehn Minuten nach der Landung des Himmelschiffs, das auf wundersame Weise ein Abkommen bringen sollte, das Ende der Verhandlungen, das Ende der Belagerung und einen historischen Kompromiß. Da war der berühmte Mežnar, der Befehlshaber der Panduren, er ergab sich, weil er sich von allem Anfang an hatte ergeben wollen, weil er ein Verräter war von allem Anfang an. Nur die Umstände waren es gewesen, daß er es nicht früher getan hatte. Wie auch Mrak alles zusammen verkauft hätte, wenn er gekonnt hätte, von allem Anfang an hatte er das beabsichtigt.

Dann wurden wir, die beiden Dachstuhlgaffer, Zeugen elendiglicher Erniedrigungsszenen: Die einen kamen heraus mit erhobenen Händen, die anderen krochen über den staubigen Hof, sie fraßen den Staub unter den Füßen der bewaffneten Polizisten.

Jetzt bedurfte es keines Mikrofons, der Lautsprecher funktionierte gut, Mrak hatte die Durchsagestation für die Propagandabedürfnisse seines Staates instand setzen lassen. Es war die Stimme des kurzgeschorenen Inspektors, ich erkannte ihn sofort. Das ist deiner, Johann, sagte ich. Meinst du die Plomben? sagte er. Die Plomben, ja, sagte ich, aber jetzt wieder deine. Vederemo, sagte Johann. Der Inspektor rief natürlich nicht mehr zu irgendeiner nunft, nunft auf, nur noch zu bedingungsloser Kapitulation, marsch, sofort raus aus dem Loch, auf den Boden, in den Staub, vor die Füße. Mežnars Zinker und Panduren warfen die Waffen aus den Fenstern, bis man ihnen befahl, sie sollten sie schön auf einen Haufen legen, die Feuerwaffen, die kalten Waffen, die Stöcke, die Armbinden, das ganze verfluchte Beweismaterial. Sie hatten die Flinten aus dem Fenster geworfen, und dazu auch die Kleidungsstücke der Wärter, die seine Prätorianergarde auszog, bevor sie die Gefängnislumpen wieder anzog.

Dann kam Teršič über die Stufen des Verwaltungstrakts angeschlurft. Er hielt sich am Geländer fest. Er ging langsam, es sah so aus, als würde er fallen. Tat er aber nicht, Teršič trat auf den Hof, schwankte, verfiel dann in einen Marschtritt und sang irgendeinen Militärmarsch. Er war vollständig betrunken. Psychologe Teršič hatte sich auf seiner Couch während den langen nächtlichen Gesprächen mit einem Menschen von außerordentlichen psychologischen Fähigkeiten, der angeblich den Großen Aufstand anführte, das Trinken angewöhnt. Er wankte Richtung Pförtnerloge davon. Noch viele Jahre später erzählte Teršič an den Theken der Stadt, was für eine Persönlichkeit Alois Mrak gewesen sei und wie er sich das Trinken angewöhnt habe.

Wir sahen, wie sie aus dem Keller jenen Bauernochsen anbrachten, dem Šipac an den Hals gesprungen war wie eine Hyäne, der mit seinem Sprung die Eroberung des Verwaltungstrakts und letztlich auch Mraks Diktatur erst ermöglichte. Draußen hatten sie befürchtet, daß der Ochse tot war, denn von den freigelassenen Wärtern hatte ihn niemand mehr gesehen. Aber er war nicht tot, sie hatten ihn irgendwo liegenlassen wie Pepi Pedro. Also brachten sie den schweren Körper heraus, ohne Uniform, aber doch in Verbänden, und verfrachteten ihn in den Rettungswagen, der mit Blaulicht und eingeschalteter Sirene durch das Haupttor raste. Ich mußte an Pepi Pedro denken, an sein breites Gesicht, seinen zerschlagenen Körper, der irgendwo im Keller lag. Der Inspektor verlangte jetzt über Lautsprecher den Mann, der den Ochsen so zugerichtet hatte. Niemand wußte, wo Šipac war, er hatte sich in Luft aufgelöst.

Sie brachten Essen, um die vielen Ausgehungerten zu versorgen. Um den Lastwagen herum brach unverzüglich eine Prügelei aus. Es bildete sich ein Knäuel, Geschrei, ein Wälzen um Pasteten und Brot im Staub, die Polizisten droschen auf die Köpfe ein, um sie auseinanderzutreiben. Es war elendiglich – der traurige Untergang der Republik und des Großen Aufstandes.

Nicht das Schwert, nicht das falsche Glück, uns hat der menschliche Dreck vernichtet. Die Hygiene, die wohlriechende Journalistin würde sagen: Die hygienischen Verhältnisse waren auf den Hund gekommen. Hygiene war von jeher nicht das besondere Renommee dieser Räumlichkeiten gewesen, jetzt, in der Agonie der Mrakschen Republik, stank es zum Himmel. Bis zum Himmel stanken auch die humanen Beziehungen, wie diese Person sagen würde, es stanken auch Mežnars Verrat und Mraks elende Flucht.

Einige von den Wärtern stürmten jetzt im Triumphgefühl in die Verwaltung. Niemand leistete Widerstand. Sie schleppten Šipac heraus und stießen ihn unter allgemeiner Billigung in den Polizeiwagen. Das ist er, schrie die Meute, das ist der Schlächter. Durch die offene Tür sah man, wie er die Bank zertrümmerte und Beschläge verbog. Der einzige, der Widerstand leistete. Sie kletterten hinter ihm in den Wagen, und wir hörten das Schlagen, sie verdroschen ihn wie einen Eber. Das, was sie ihm für den Ochsen schuldig waren, dem Šipac den Hals durchgebissen hatte, würden sie in der Einzelzelle nachholen. Unter den Wärtern, die kampflos die Verwaltung erobert hatten, waren auch der dicke Dolenc und Albert. Später erzählten Augenzeugen, Schwein Albert habe Pepi Pedro auf dem Gangboden im Keller liegend aufgefunden. Er habe ihm den Gummiknüppel von hinten hineingeschoben, dem hilflosen Pedro in den Anus.

100

Ganz langsam kam der Alte auf den Hof. Er war allein. Er war allein wie der römische Prokurator im wieder unterworfenen Judäa. Das ganze Land lag niedergebrannt und verwüstet zu seinen Füßen. Wieder würde er des Nachts durch blitzende Gänge gehen, wenn er nicht schlafen konnte. Er unterhielt sich mit dem Direktor und sah zu, wie sie die Waffen einsammelten. Mežnars aufgelöster Armee, die sich mit gesenkten Köpfen und eingeklemmten Schwänzen in einer langen Reihe an der Wand aufgestellt hatte, schenkte er nicht einmal einen Blick. Mežnar ging die Reihe ab und zeigte auf einige, die dann in die Polizeiwagen geworfen wurden. Mrak hätte dasselbe getan, wenn er sich nicht versteckt hätte. Schließlich war er einmal Virman gewesen, Mežnar hatte junge Mädchen verkauft, alles war auf einmal wieder so elendig wie vorher. Die Sache war zu Ende. Aus dem Verwaltungstrakt trieben die Wärter an die zwanzig Gestalten herbei, ein paar von Mraks Prätorianern, ein paar Knaben. Die Huren, schrien die Livadaner, sie bringen die Huren. Unter ihnen war auch der begehrte Blondschopf. Der Bursche kam in einer Art Frauenrock angetänzelt, und trotz der Niedergeschlagenheit löste das Ganze wieder ein Gejohle aus, besonders bei jenen, die bereits an der Wand standen. Schließlich brachten sie eine Reihe blutverschmierter Leute, die dem Kalten in die Hände gefallen waren. Nervös winkten sie mit den Armen und zeigten zur Frisierstube hinüber. Das waren die letzten Minuten.

Was sich dort in den letzten Minuten abspielte, erfuhren wir später.

Brivec zerschlug die verrammelte Tür zu Mraks Zelle. Der Präsident hatte sich unter einer Decke versteckt. Brivec zog den Präsidenten hervor und schleppte ihn in die Frisierstube.

Dort drinnen, in letzter Minute und ganz langsam, metzelte der Kalte jetzt Mrak, für ihn der Richter, nur der Richter und nichts anderes als der Richter.

Er nahm ihm die Brille ab und zertrat sie.

La vendetta, sagte er, la vendetta si mangia fredda.

Mrak saß jetzt auf dem Boden der Frisierstube, er saß in einer Blutlache und sah wie ein greinendes Kind auf seine zerstoßenen und blutigen Knie: Was ist mir passiert? Der

Kalte saß mit der Schere in der Hand neben ihm auf dem Stuhl und sprach: Angeklagter, stehen Sie auf. Richter Alois Mrak, stehen Sie auf. Der Angeklagte konnte nicht aufstehen. Der Angeklagte saß in einer Pfütze Blut, und seine wässerigen blauen Augen sahen irgendwie verwundert, irgendwie verängstigt, vor allem aber beleidigt in das struppige Gesicht des schrecklichen Friseurs und in dessen noch kältere Augen. Ich bin kein Richter, sprach er hastig und schluchzend, ich bin Buchhalter. Ich schreibe und rechne. Siebenhundert und achthundert ist tausendfünfhundert. Ich bin Virman, Virmännchen sagen sie zu mir. Richter Alois Mrak, sagte der Kalte, Präsident Mrak. Sie sind angeklagt, stehen Sie auf. Im Namen des Volkes. Der Angeklagte aber gurgelte durch die etwas angeschnittene Kehle und den Mund etwas Blut und seltsame Wörter: Zinssatz, Skonto Skonto, Virement, Devisenscheck, Kredit, Einkommen, Budget Budget. Und das dunkle Blut kroch ihm in dicken Strahlen aus Hals, Nase und Ohren, aus seinen Augen sah blutige Gekränktheit hervor.

Alois Mrak, unser Menahem, war in der Frisierstube und ziemlich am Ende.

Mežnar stand in der Unterhose vor der Wand im Hof, denn man hatte ihm befohlen, die Aufseheruniform auszuziehen; und es gab niemand, der ihm eine Hose gegeben hätte.

101

Aber Masada war noch nicht gefallen. Livada war gefallen, Masada nicht. Hier oben gab es noch immer Eleazar und sein Heer der letzten tapferen Verteidiger.

»Scheiße«, sagte Johann, »und was jetzt?«

»Ich forder' die Übertragung«, sagte ich, »mach du, wie du willst.«

»Eigentlich«, setzte Johann ein Grinsen auf, »würde ich dieses Spiel auch gern zu Ende sehen.«

Im Buch vom jüdischen Krieg steht, daß der Mensch immer, auch bei der Entscheidung für den Krieg, freie Wahl hat. Er kann das Gute oder das Böse wählen, und es bleibt dem Willen jedes einzelnen überlassen, ob er dem einen oder dem anderen folgt. Das sagte ich Johann. Wärest du dem einen gefolgt, sagte er, wärest du nicht hier drinnen, von allem Anfang an. Du folgst immer dem anderen. Es steht aber auch geschrieben, sagte ich, daß alles vorherbestimmt ist, auch das, wie sich einer entscheidet. Ist dir etwas zu Kopfe gestiegen? sagte Johann. Ja, sagte ich, so ist es vorhergesehen. Und vorherbestimmt, sagte Johann. Also verkündeten wir: Soll gehen, wer will, wir beide bleiben.

Wir liefen die Treppe hinunter und sammelten von den Gängen ein paar Kanister Benzin auf. Die waren dort zurückgeblieben aus den Zeiten, als wir beide noch etwas mitzureden hatten. Wir schleppten sie unter das Dach.

Jetzt sollte mir dieser Gekreuzigte, den ich zur Wand gedreht hatte, aber doch ein bißchen helfen, dachte ich, es ist an der Zeit, daß er mir hilft. Durch die Luke kletterten wir auf das Dach.

»Herr Direktor«, rief ich.

»Und Herr Inspektor«, rief Johann.

Alle drehten die Köpfe und sahen herauf.

»Auf dem Dachgeschoß befinden sich Benzinkanister«, rief ich, »auch das, was noch geblieben ist, wird brennen.«

»Ihr beide auch«, sagte der Lautsprecher.

»Das ist Pitbull«, sagte Johann, »sie haben ihm die Zähne repariert.«

Ein paar Spezialer rasselten mit ihrer Ausrüstung zum Eingang von Block C.

»Die sollten lieber stehenbleiben«, rief ich.

Pitbull grunzte irgend etwas. Sie blieben stehen. Der Lautsprecher sagte, Keber, seien Sie vernünftig. Das war die

Stimme des Alten. Wieder soll ich vernünftig sein. Warum sollte ich vernünftig sein, wo doch alles vorhergesehen ist. Ich rief, sie sollen einen Fernseher ins Fernsehzimmer bringen. Ich möchte mir gern die Übertragung ansehen.

»Er kennt das Ergebnis noch immer nicht«, rief Johann.

Sie standen um den Polizeiwagen herum und beratschlagten. Wir zündeten uns eine Zigarette an.

Ich sagte, ob er sich an die Geschichte von Masada erinnere. Dies ist jetzt Masada. Und ich bin dieser Eleazar. Aber auch er, wenn er will.

Johann kletterte auf das Dach und rief:

»Hier ist Masada. Wenn ihr Ärsche da unten überhaupt wißt, was Masada ist.«

Er setze sich wieder zu mir. Er sagte, ich hätte ihm die Geschichte damals nicht zu Ende erzählt.

Ich sagte, daß sie sich in der Festung verbarrikadieren, sie sind von allen Seiten belagert, das römische Heer baut einen Brückenkopf. Es ist die letzte Nacht, Eleazar sieht zum Himmel empor. Meiner Meinung nach, sagte ich, erwartete er, daß da eine Leiter herunterkommen würde. Denn woandershin als in den Himmel war nicht mehr möglich.

»Leiter? Vom Himmel?«

»Ja«, sagte ich, »einmal ist das schon vorgekommen.«

Ich erzählte ihm, was mit Jakob gewesen war: Gott hatte dem Flüchtling das Reich Gottes gezeigt. Er war auf einem Stein unter dem Kopf eingeschlafen. Und ihm war eine Leiter erschienen, die bis in den Himmel reichte. Auf ihr stiegen die Engel auf und ab, wie es ihnen beliebte. Und Jakob stand auf, stieg hinauf und rettete sich.

Johann war noch mehr begeistert als bei Masada. Er sagte, auch beim Poker rettest du dich manchmal im letzten Moment. Aber eine Leiter war trotzdem besser:

»Verdammt, das wäre prima, wenn für uns jetzt so eine Leiter vom Himmel auf das Dach herunterkäme.«

Aber das mit Jakob war im Traum geschehen.

102

Leonca atmete gleichmäßig in den Hörer. Erinnerst du dich an Masada? sagte sie. Ich erinnere mich, sagte ich, es war schön. Hier ist es auch schön, sagte sie. Von wo rufst du an? Aus dem Hotel, sagte sie. Aus welchem? Sie legte den Hörer auf. Ich sah sie, wie sie im Hotelzimmer auf und abging. Sie telefoniert, legt den Hörer ab, geht zum Fenster. Sie sieht in die Tiefe. Sie dreht sich um, schaltet den Fernseher ein. Sie sieht auf den Bildschirm, sie lackiert sich die Fingernägel, wirft das Nagelzeug zur Seite, geht wieder zum Fenster. Sie hebt den Hörer ab, hastig wählt sie eine Nummer. Sie atmet in den Hörer. Sie hört meine Stimme. Erinnerst du dich an Masada? Wo bist du, Leonca, sag mir, wo bist du? Sie war im Krankenhaus, das Blut lief ihr aus den Ohren, die Haare hatte sie ausgerissen. Sie kam aus dem Krankenhaus, sie fuhr mit dem Taxi direkt ins Hotel. Ich habe mich hinreißen lassen, sagte ich, ich wollte es nicht. Lange hörte ich nur Atmen. Ich liebe dich. Hörst du? Ich liebe dich, es tut mir leid. Ist doch egal, sagte sie nach einiger Zeit. Wo bist du? Atmen. Haben sich wirklich alle umgebracht, alle neunhundert? Ja, alle neunhundertsiebenundsechzig. Niemand ist am Leben geblieben? Eine Frau, sagte ich. Sie hatte sich in einer Zisterne versteckt, als sie sich umbrachten. Und warum hat sie es nicht getan? Das weiß ich nicht, sagte ich. Ich weiß, warum sie es nicht getan hat, sagte sie. Ich lese es dir aus meinem Buch vor. Ich hörte, wie sie blätterte. Sie hat sich gesagt: Pflück nicht dein Leben, es gibt so schöne Blumen und Vögel. Die Zeit wendet sich. Die Zeit dreht sich, sagte sie, sie wird besser. Ich komme dich holen, sagte ich. Du gehst aufs Schiff, sagte sie. Nach Odessa. Ich gehe nicht nach Odessa, sondern ins Gefängnis. Das ist auf einer ganz anderen Seite. Ist doch egal, sagte sie. Ich werde dich nicht mehr anrufen. Warte, sagte ich. Sprich mit mir. Sie hat den Hörer aufgelegt. Sie hat mich nicht mehr angerufen. Sie ist aus dem Hotelfenster gesprungen. Die Kruzifixe haben sie nicht vor diesem Wahnsinn beschützt. Auch ihr Buch nicht. Eine merkwürdige Frau war sie.

Jetzt ist sie es angeblich nicht mehr. Ein Typ, der mir die Post gebracht hat, erzählte, sie sei im Gesicht etwas aufgequollen, vom Trinken. Das Gesicht sei etwas verzogen. Sie hat weniger Haar, das ist mein trauriges Werk. Sie ist nicht ganz unbeweglich, neben dem Rollstuhl hat sie die Krükken in Reichweite. Sie kann zur Not aufstehen und zum Schrank hinken. Sie blickt auf das Bild, wir wissen, welches. Sie trinkt.

Dann setzt sie sich wieder ans Fenster, sie schaut durchs Fenster, sie denkt an mich. Auch ich denke an sie. Um den Hals hat sie das Seidentuch aus Jaffa gebunden. Ich werde hingehen, und wir werden ein wenig über das Meer reden, über unsichtbare Klänge und Musik und Gespräche unbekannter Menschen, die man nicht sieht, die aber trotzdem über die Meeresfläche zu einem wandern.

103

Statt einer Antwort begannen sie hastig den Hof zu räumen. Es vergingen keine zehn Minuten, und schon gab es dort nur noch die Panduren, in schweren Helmen und Anzügen. Der Lautsprecher sagte: Keber, keine Dummheiten. Die Sache ist zu Ende, sagte er. Übertragung, rief ich. Wenn es die Übertragung gibt, dann ist sie zu Ende. Wieder war es einige Zeit still. Einige Gnome rannten weit unten hin und her. Mehrere Autos fuhren durch das Haupttor. Johann zog einen der Kanister, die auf dem Dachgeschoß an der Tür standen, auf das Dach. Er öffnete ihn und stopfte zusammengeknülltes Zeitungspapier hinein. Schönen Gruß von Genossen Molotow, rief er und zündete es an. Er wartete kurz, damit das Feuer über die Lunte aus Zeitungspapier bis zum Loch hinunterbrennen konnte, dann gab er dem Kanister einen Tritt, so daß er vom Dach rutschte. Etwas schien mich hinter sich herzuziehen, als würde ich diesem metallischen Über-das-Dach-Sirren des Kanisters und dem jetzt schon ununterbrochenen Klingen in meinem Kopf hinterherfallen. Ich rutschte ab und fing mich erst im letzten Moment am Blitzableiter. Ich hatte mich schon gesehen, wie ich ebenfalls in die Tiefe flog, klingend wie Bronze. Ich fing mich, noch einmal hatte ich mich gefangen, der Draht des Blitzableiters schnitt mir in die Hand bis aufs Blut. Die Gnome flogen in alle Richtungen auseinander, der Kanister explodierte, das Feuer breitete sich blitzartig im Hofkreis aus, sie sprangen weg, als hätten sie Glut unter den Füßen. Feuerwehrmänner, sagte der Lautsprecher, rufen Sie die Feuerwehrmänner. Bevor sie durch das Haupttor gerast kamen, loderte das Feuer so richtig auf und erfaßte ein Auto, das auf dem Hof stand. Mir schien, als käme durch den Maisacker auch dieses weiße Fernsehauto näher. Vielleicht ist sie drin, die Knäbin, dachte ich. Vielleicht kommen jetzt diese fünf Minuten für mich. Der Hof hatte sich geleert.

Wir krochen zurück unters Dach. Es war kein Geräusch zu hören, niemand versuchte einzubrechen. Wieder rauchten wir und warteten, was freier Wille und Vorsehung jetzt sagen würden. Durch die Luke sahen wir das Feuer, vor dem die Belagerer der letzten Festung geflüchtet waren.

104

Eleazar beobachtete verzweifelt die Flammen, die die Mauern und Türme Masadas fraßen. Dann zuckte er zusammen, auf dem Gesicht spürte er einen heißen Wind.

Noch einmal sah es so aus, als würde sich das Glück in Masada wenden. Das Feuer, mit dem die römischen Soldaten von ihrem nördlichen Brückenkopf aus die Festung eindeckten, die jetzt schon an allen Ecken brannte, daß vor der gewaltigen Hitze die Mauern einstürzten und die Verteidiger unter sich begruben, dieses Feuer hatte sich wie durch ein Wunder plötzlich gedreht. Die Luft, die so viele Tage ruhig gewesen war, war plötzlich in Bewegung geraten, und ein starker Wind hatte angezogen. Eleazar und alle Verteidiger hoben verwundert ihre Blicke auf zum Himmel. Und das Feuer stieß, wie Josephus Flavius berichtet, in die Gesichter der Römer. Fünfzehntausend Belagerer begannen konfus zurückzuweichen. Einige von ihnen stürzten kopfüber den Abhang hinunter, auf dem Brückenkopf leckten die Flammen bereits an den Katapulten und anderen Belagerungsvorrichtungen. Der große Judengott hatte noch einmal seine Macht gezeigt, und die römischen Soldaten wurden jetzt von Verzweiflung und Panik erfaßt. Jetzt flüchteten sie schon in großen Haufen vor dem Feuersturm. 967 Krieger, Frauen und Kinder fielen in Masada auf die Knie und begannen dem Mächtigen, der keinen Namen hat, der der Herr ist der Himmel und der Erde und auch der Winde, Dankesworte darzubringen. Doch der Plan der göttlichen Meteorologie war an diesem Tag ein anderer. Einen Augenblick später zog ein Südwind auf und erfaßte wieder die Mauern der unbezwingbaren Festung. Die römischen Soldaten, die sich auf die Flucht begeben hatten, begannen jetzt, stehenzubleiben und sich verwundert umzudrehen. Jahve hatte es sich überlegt. Masada brannte, die Mauern stürzten ein. Bald donnerte der letzte der siebenunddreißig Türme in den Abgrund. Nunmehr sahen sie stumm auf das Ende Masadas, auf ihr eigenes Ende.

Es kam der Abend, und es kam die Nacht, Eleazar wandte noch immer nicht seine Augen vom Himmel, der vom Feuer hell glühte und von den zahlreichen Sternen leuchtete, zu denen ihre starren Seelen bald reisen würden. Denn der Mensch, so glaubten sie, lebt in der anderen Welt im Zustand der Starre. Vielleicht sitzt er am Fenster im Rollstuhl, ein Seidentuch um den Hals, vielleicht liegt er in einer Zelle, oder, wenn er Glück hat, in einer Schiffskajüte. Gib mir eine Leiter, dachte Eleazar, gib mir Engelssprossen, wie du sie Jakob gegeben hast, auf daß wir auf ihnen in den Himmel steigen, gib uns einen feurigen Wagen, auf daß wir wie Elias auffahren unter die Sterne in unser anderes, starres Leben.

Dann senkte er den Blick, er hörte die Siegesrufe der römischen Soldaten unterhalb der einstürzenden Mauern und auf dem Brückenkopf, mit seinem Blick erfaßte er jetzt die hell erleuchtete Wüste bis hin zum Jordan und zum Toten Meer, und er fing an, sich in seinen Gedanken auf seine letzte Rede vorzubereiten:

Da unsere Arme frei sind und noch die Schwerter halten können, sollen sie ihr ehrenvolles Werk tun. Wir wollen unversklavt sterben und diese Welt als freie Männer zusammen mit unseren Frauen und Kindern verlassen. Die Römer sahen verwundert auf die Verteidiger, die sich von den Mauern zurückzogen. Masada wurde von Stille erfaßt.

105

Ich lehnte mich an einen Balken und schloß die Augen. Ich hörte, wie das Wasser durch die Rohre floß. Irgendwo war ein Rohr undicht, aus ihm zischte der Dampf. Das heißt, daß das Leben zurückkehrte, Strom, warmes Wasser. Aber ich war irgendwie starr, irgendwie in jener Welt der Starre. Draußen herrschte Friede, die Meeresfläche lag groß und still. Über sie liefen in der Kajüte Signale ein, das laute Pulsen von Morsezeichen, Radiostimmen, Fetzen einer entfernten Musik. Auch unter Wasser reisten die unsichtbaren

Schallwellen, durch das Wasser reisen sie viermal schneller als durch die Luft. Die Unterwasserglocke fing das unsichtbare Klingen ein, es waren viele Botschaften, und das Schiff fuhr nach Odessa, zum Quarantäne-Kai, wo Mascha war, die Leonca war. Leonca saß am Fenster, um den Hals hatte sie das Seidentuch, die Maiblumen wuchsen im Garten. Mascha saß auf dem Bettrand und dachte an alle Männer, die sie gehabt hatte und deren es noch nicht so viele waren, weshalb sie an jeden einzeln dachte. Ich sah, wie sie lächelte, jetzt dachte sie an mich. Leonca sah sich um, es gab keine Kruzifixe an der Wand, es gab nicht den Gekreuzigten, der den Unfrieden gebracht hatte. An der Wand waren Blutflecken und zwischen ihnen Büschel verklebter Haare. Jetzt gehst du mit mir nach Odessa, sagte ich, wieder werden wir übers Meer fahren in meiner Kajüte, ich werde dir erklären, was ein Oszillator ist, was eine Unterwasserglokke ist, wie der Schall reist, du wirst an Knöpfen drehen und entfernte Gespräche auf der Meeresfläche hören. In Odessa wird der warme Schwarzmeernachmittag von der Straße wehen, er bringt jene beruhigende Geräuschkulisse, Rufe der Kinder, Hundegebell, im Hintergrund ist der Hafenlärm zu ahnen, der Heulton eines Schiffes, das anlegen will, das Gemurmel der wartenden Menge auf dem Quarantäne-Kai. Leonca wird Mascha, und Mascha wird Leonca, ein und dieselbe Person, ich werde die duftende Wärme ihres Körpers spüren. Das Schiff wird ganze vierzehn Tage dort liegen. Das stille Zimmer wird die Kajüte, die Kajüte wird die Zelle, die Zelle wird der Waggon, der Waggon wird das Dachgeschoß sein, oben werden die Wolken ziehen, dazwischen die Türme Masadas, aufragen werden sie über den Häusern und Kuppeln Odessas.

106

Johann stieß mich an. Sie sind draußen, flüsterte er. Ich öffnete die Augen. Es war Nacht. Der Dampf zischte noch immer aus dem Rohr. Ich glaube, der Alte ist vor der Tür. Ich trau ihm nicht, sagte er. Es war der Alte. Er sagte, ich solle öffnen. Ich sagte, ich könne es nur anstecken. Das Benzin. Er sagte, die Sache sei zu Ende. Ich sagte, für mich ist sie es nicht. Er sagte, ich verstünde ihn nicht, der Fernseher stehe bereit, ich könne mir die Aufzeichnung des Spiels ansehen. Aufzeichnung ist nicht Übertragung, sagte ich. Das wäre alles, was sie machen könnten, sagte er. Scheiße, sagte Johann, du hast gesiegt. Glaubst du? sagte ich. Aber ja, sagte er. Du hast gesiegt. Außer es ist eine Falle.

Es ist keine Falle, sagte ich, ich kenne den Alten. Ich öffnete die Tür. Der Alte war allein. Zu dritt gingen wir durch die geschwärzten Gänge und an den zerschlagenen Türen vorbei zum Fernsehzimmer. In Block C gab es keinen einzigen Panduren mit Helm. Es hatte wirklich den Anschein, als hätte ich gesiegt. Ich ging ins Fernsehzimmer. Es war leer. Es war dunkel, und vorne flimmerte der Bildschirm. Tatsächlich lief irgendein Basketballspiel. Ich setzte mich in die erste Reihe und sah zu. Johann lehnte an der Tür. Wir waren allein.

Ich wußte, daß sie uns bald holen kämen. Die Frage war, ob Johann noch immer mit seinen Goldzähnen grinsen oder ob er sie Pitbull vor die Füße spucken würde. Und die Frage war auch, was wird mit mir, gibt es für mich überhaupt noch irgendwo ein Schiff?

Ich drehte mich auf dem Stuhl um.

»Johann«, sagte ich. »Bevor sie uns beide wegbringen, wirst du mir etwas sagen. Wenn du mich anlügst, bring ich dich um.«

Er drehte die Augen zu mir. Über sein Gesicht flackerte

das Licht vom Bildschirm. Die Halle tobte, die Unseren hämmerten den Schwarzen Korb um Korb hinein.

»Du warst in jener Nacht am Haustor mit Leonca.«

Er grinste, seine Goldzähne glänzten im Flimmern des Fernsehers.

»Hast du sie flachgelegt?«

»Alter Esel«, sagte er. »Sieh dir lieber das Spiel an.«

Ich ging zum Fernseher und schaltete die Kanäle durch. Mein Kopf war wie ausgehöhlt, vom Klingen und Rauschen ausgebrannt. Dieses Geräusch war noch immer in meinem leeren Kopf. Das kommt vom freien Willen, und weil es vorhergesehen ist, dachte ich in diese Leere, die ein Nichts war, eine schmerzendes, tönendes Nichts.

Ich schaltete die Kanäle durch, ich sagte, ich hätte lieber einen Film über Odessa.

Also sprach Keber.

Er war es, der mir im August 1975 in der uralten Strafanstalt der Stadt M. die Geschichte erzählt hat, die ich hier versucht habe, bis in die Einzelheiten wiederzugeben. An mehreren Abenden hörte ich seine Stimme unter verwehten Orchesterklängen, die von der nahe gelegenen Hotelterrasse durch die Schwüle zu uns heraufsickerten. Ich erinnere mich: Wir standen auf dem Gang an einer Fensternische, deren unterer Teil sich ungefähr in Ellbogenhöhe befand, genau gegenüber der Tür jener Zelle, in der ich diesen Sommer zubrachte.

Manchmal ging er mit seinem bekannten schlurfenden Gang, der den erfahrenen Seemann verriet, den sturmerprobten Soldaten, den Initiator und letzten Teilnehmer des Aufstandes der Livada, im Gang auf und ab, hielt inne, dachte nach, fixierte mit seinem Blick einen unbestimmten Punkt zwischen den Gittern und fuhr mit dem Erzählen fort.

Ich wußte, daß in diesen Pausen sein Blick durch die Gitter, durch die Nacht, in der Ferne suchte, in der Vergangenheit, in einem Traum. Danach suchte er immer mit seltsamem Blick nicht meine Augen, sondern meinen Kugelschreiber. Warum schreibst du nicht? sagte er traurig, wenn der Stift ruhte. Das sind wichtige Dinge.

Zwischen die mächtigen österreichisch-ungarischen Mauern, die uns tagsüber so angenehm vor der Sommerhitze schützten, kroch an den Abenden unmerklich die betäubende Augustschwüle, und mit ihr kamen die Klänge des Ensembles, das auf der Hotelterrasse auf der anderen Seite der breiten Straße spielte. Und so kamen zwischen die Mauern in der Dämmerung und unter den Klängen elektrischer Orgeln und Gitarren auch der Widerhall der großen Schlachten und der Widerschein der Brände, die die aufständische Livada erhellt hatten, ihre heroischen und ihre weniger heroischen Taten. Wenn das Orchester auf der Hotelterrasse sein allabendliches *Besa me mucho* gespielt und die breit schnarrende Glocke verkündete hatte, daß jetzt Schlafenszeit sei, wenn die Riegel ein- und die Schlüssel der Wärter davongerasselt waren, wenn die letzten abendlichen sexuellen Belästigungen, das Räuspern, die Pißstrahlen in die Muschel, das Hin- und Herdrehen und die ersten Schnarchtöne vorbei waren, dachte ich jede Nacht an diesen Menschen, an sein Leben, an den Aufstand, den er siegreich zu Ende geführt hatte.

Damals wußte ich, daß ich seine Erzählung eines Tages niederschreiben werde. Das Gewicht zweier Jahrzehnte hat sich auf die Erinnerung und auch auf die hingekritzelten Notizen gesetzt. Aber schon damals wußte ich, daß ich mich bei meinem Bericht auf jene Flügel werde verlassen müssen, die meinen Erzähler unaufhörlich so hoch empor trugen und ihn immer wieder tief unten hart landen ließen.

Das sind die Flügel der Phantasie, die jede Nacht um alle versperrten Räume dieser Welt flattern. Es sind freie und mächtige Flügel. Über die höchste und älteste Legende tragen sie mit der gleichen Kraft hinweg wie über die niedrigste und jüngste Realität. Deshalb sind in meinen Aufzeichnungen auch nach zwanzig Jahren ein paar der uralten Ereignisse aus Judäa mit jenen verbunden geblieben, die in Wahrheit mein Erzähler erlebt hat. Deshalb sind an jenen Abenden mit der gleichen Kraft wie die grausamen und tatsächlichen Ereignisse von der Livada auf jenen Flügeln auch die Träume von Maiblumen, von der Meeresglätte und ihren unsichtbaren Klängen um das alte österreich-ungarische Gemäuer geflattert. Die Träume haben sich, vermischt mit der entschwimmenden Musik von der anderen Straßenseite, in den Zellen und Köpfen gefangen wie unsichtbare Schallsignale in der Unterwasserglocke, die am Schiffsboden befestigt ist. Das Treiben des fernen Hafens vermischte sich mit dem Rattern eines fernen Zuges. In der Stille der Himmels- und Meereswege siedelte das lärmende Gewimmel des menschlichen Untergrunds. Ein Wimmeln, das jede Nacht als ein Klingen zu hören war, als unerträgliches Sehnen, als reines und leeres, schmerzendes und laut tönendes Nichts.

Im Paul Zsolnay Verlag:

Eginald Schlattner
Der geköpfte Hahn
Roman
1998. 520 Seiten

Schlattners Milieu ist ein Städtchen in Siebenbürgen. Nach fünfhundert Seiten kennt man die Plätze und Gassen, die Häuser am Fluß, an dem sie liegen und nach mehreren Bootsfahrten sogar seine Strömungen. Bevölkert ist diese Landschaft von Ungarn, Rumänen, Zigeunern, Juden und Deutschen ... Die eigentliche Romangegenwart ist ein einziger Tag, der 23. August 1944, an dem nicht nur die Abschlußfeier einer Schulklasse stattfindet, sondern auch der Sturz des Regimes Antonescu und die bedingungslose Kapitulation Rumäniens. Der geköpfte Hahn ist ein Erzählwerk, das weit über dem Durchschnitt des gewöhnlich Gebotenen steht.

Egon Schwarz, *Frankfurter Allgemeine Zeitung*

Eginald Schlattner erzählt souverän und spannend diese komplizierte Geschichte vom Ende einer jugendlichen Verwirrtheit und nationalsozialistisch-faschistischer Faszinierheit, aber auch von Humor, Menschlichkeit und gesundem Menschenverstand.

Nicole Henneberg, *Der Tagesspiegel*

Vielleicht wird an Schlattner, dem Pfarrer und Erzähler, auch die Funktion der Priester in Gottes Träumen klar: Sie müssen in seine Alpträume schöne Geschichten von verzweifelten Menschen spinnen, die ihren Humor und ihre Hoffnung nicht verloren haben.

Christian Zillner, *Falter*

Bogdan Bogdanović
Der verdammte Baumeister
Erinnerungen
Aus dem Serbischen von Milo Dor
1997. 352 Seiten

Das »magische Lachen« beschreibt der Jakobiner und Querkopf Bogdanović als effizienten Angriff auf bestehende politische Ordnungen. Seine Selbstbiographie weist ihn als Surrealisten aus, der als Student morbide Inszenierungen plant, als Gründer der »Dorfschule für Philosophie«, die als eine Anstalt künstlerischer Inspiration den kommunistischen Argwohn auf sich zieht, und als Besitzer einer »grünen Schachtel«. In diese Schachtel wirft Bogdanović Notizen, aufgezeichnete Träume und Skizzen. Jahre später ist das Treibgut der Erinnerung durcheinandergeworfen. Bogdanović kann sich dann beim Öffnen wiederentdecken: als Republikaner und Kommunist, als Jakobiner und Trotzkist oder als »prädestinierter Pythagoräer«: »Was sind Sie von Beruf, Onkel?« wird Bogdanović einmal in einem serbischen Dorf gefragt. »›Ein Magier‹ antwortete ich entschieden.«

Paul Jandl, *Neue Zürcher Zeitung*

In jedem Wort des Kosmopoliten Bogdanović spürt man die Trauer über Serbiens »provinzielle Selbstzerstörung«. Er konnte sie nicht aufhalten, nur beschreiben. Mit schöpferischem Zorn.

Ulrich Weinzierl, *Frankfurter Allgemeine Zeitung*

Viel hat er zu erzählen, einfühlsam und sacht, von Kindheit und Jugend in Belgrad, von den Jahren, die durch prägende Erlebnisse die Strukturen des Individuums festlegen, und mehr als einmal erinnert er in Duktus und Stil an Canettis *Gerettete Zunge*.

Günther Fischer, *Süddeutsche Zeitung*